單讀 One-way Street

驻马店伤心故事集

郑在欢 著

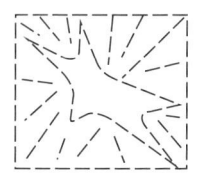

上海文艺出版社

再版序

就让它逝去

"当初讲故事的人变成故事里的人,我知道,世界就又更新了一次。"

这是六年前《驻马店伤心故事集》出版时我写在后记里的话,六年后,当一本书有幸再版,所要面临的世界毫无疑问变得更新了。这本书出来后有人喜欢,也有人担忧,担忧的是:这种直接来自生活的取材,你用尽了可该怎么办?我从没正视过这个问题,每次都是打个哈哈:放心吧,我要是想,每次回家都能写一本书。这里的次,是年的意思,离家之后,回家通常以年为机缘,也以年为刻度。我当然没再写过这样的书,因为离家的时间总比在家多。写作是跟着生活走的,或者说写作就是生活,生活,是耗不尽的。这么说,那句玩笑似乎也不能算错,是的,世界一直在更新,生活永远耗不尽,或许下次碰到这个问题,我还是会开个玩笑:放心吧,只要我想,每次回家都能写一本书。

我喜欢玩笑，玩，然后笑，多奢侈啊。生活已经如此严肃让人不敢掉以轻心，说起故事，难道还不能轻松一点吗？太能了。在我的理解里，小说是松绑的艺术，绝不是让人忧心忡忡的一副枷锁。枷锁已经够多了。在耗不尽的生活里，小说也只能勉强提供一点喘息、一次驻足，最多是一个假性结局。生活是不可能有结局的，甚至连过程都很模糊，而世界，一直在更新，哪怕是小说里的世界。所以我说，只要我想，每次回家都能写一本书。家那边的世界不会因为我的缺席就停止更新。

这次回家我依然被刷新——这里的次，是两年——这里的年，是2023年。距离写作这本书，刚好过了十年。十年之间，世界得更新多少轮呢，毕竟连我们用的手机都变成了iPhone14。而一本书，却最多只能出版两次。对于世界，文学总是落后的，没人喜欢落后，但文学喜欢，也只有在文学里，才容得下落后与崭新相提并论、如切如磋。对于城市来说，我是一个不折不扣的新人，一回到家就迅速变旧了，旧成十多年前那个还没坐过火车的小孩。而家乡总是新的，有多新，取决于我离开有多久。回到家，面对崭新的村庄和崭新的人，我也只能接受文学的落后。

书刚出来那会儿，因为忘了屏蔽家乡的人，导致几乎人手一本。那一年我都有点害怕回家了，怕挨揍，怕遇到被我写进书里的人。好些人的名字，换了之后感觉怎么都不对，就索性用了真名，那时完全没有考虑过会被当事人看到，毕竟那时也不是所有的手机都能上网。买了这本书的有我的家人和朋友，也有仇人和陌路，还有几个被写到书里的人。奇怪的是，除了个别陌生人，几乎没有人主动跟我聊过这本书，只有一个发小因为太熟所以不怕得罪我地说：你写的都是大家知道的事，有啥看头呢？

是啊，我写的都是大家知道的事，或者干脆就是大家告诉我的事，有什么可怕的呢？

这就是农村作为一个熟人社会的坦荡，既然大家都那么坦荡，我想我也没啥可藏着掖着的了。新东西太多了，想藏也藏不住。崭新的楼房和汽车充斥着这一小片古老的土地，楼房里充斥着崭新的孩童，汽车里充斥着崭新的老司机。孩童我大多不认识，司机们倒是打孩提时代就相熟，只是不知道他们怎么就成了老司机，怎么就买了车，生了孩，盖了楼，成了家。这里的世界更新得太快、太多，让我这么一个旧人很难把握。或许哪天我会再写一本书，我当然想，就看条件允不允许吧。现在我也只能简单介绍几个在书里出现过的人、我又见到的人，权作对这个落后的世界做一点有限的更新吧。

第一个是红星，那时我还没有回家。在回家的前夕，村里的发小拉了一个群，互相传递各自的归期。已经在家的人会发点照片，一个老地方，一场婚礼，或者一些老熟人，妄图以此勾引游子的归心。其中有一个视频，红星正站在村口的大雾里跳舞，配合着动感的迪斯科舞曲，他眉飞色舞，每一个舞步都踩在了拍子上。如发视频的人所愿，我动了归心。我存下那个视频。红星的亲侄子，那个已经身家千万的淘宝店主在群里说：说来说去，还是红星最潇洒。大家纷纷赞同。我没说话，我知道这话里有矫情的成分、也有玩笑的成分，那些赞同有跟风的成分、也有逢迎的成分……我马上就讨厌起自己的角色，难道我就没有羡慕过红星吗？哪怕只是一瞬？我为什么要存下他跳舞的视频呢？我说嗨皮，并发送了一个表情包。

第二个是我的弟弟玉龙，他开车来高铁站接我。高铁站到家有两个小时的车程，往年都是马宏来，这一次他跟马宏说，我知道你们玩得好，可那是我哥，应该我去接他。马宏问我怎么办，我说那你们就一起来吧。第二天他没跟马宏打招呼就上了路，告诉我就快到了。我有点疑惑，不知道他为什么那么积极，还以为他要跟我借钱。碍于他是一个赌徒，我很少给，这次我同样打算不给，可他并没有借。他开车很老练，两个小时的路一个半就到了。我开玩笑说你这技术以后我挣得钱你可以给我当司机，他笑笑没说话。一路上，我们聊得很融洽，很难想到我们儿时打过那么凶的架。他讲起他在外的工作，家里的赌局，近期谈过的恋爱，以及离掉的两次婚和留下的孩子。我拿出哥哥的架势劝他，他没还一句嘴。我以为他变了，很欣慰，虽然很快就在牌桌上见识到了他的本来面目，但我也很难说他完全没变。

然后是咕咕哩嘀，他明显苍老了。我们在发小的院子里打牌，他走进来，穿着一件很脏的军大衣，拿着一个保温杯。他鼻涕黏在胡须上，身上的味道出奇得大，我们只有不停抽烟才能好受一点。他坐在一旁看我们打牌，从始至终不说一句话，有一次我跟他对上眼神，他像是认出了我，又像是没有。曾经我们也是这样在他的院子里打牌，那时候我们还不能抽烟，他烧一袋水烟，恶作剧地让我们抽一口，看我们被呛的样子。如今他也能抽上我们给的烟了。他抽完了两根，悄无声息地走了。前几年我回来他还会跟我说话，现在他很少说话了。我好奇他还会不会跟孩子说"咕咕哩嘀"，可我身边已经没有那么小的孩子了。

还有八摊，我再也见不到他了。我的手机里还有他两段视频，是马宏拍的。2020年的春节，马宏一时不能出门，在村子里到处闲逛。他拍了八摊的视频，为了给我们看看八摊说话有多"熊蛋"。熊蛋是搞笑的意思，我们看了都说太熊蛋了，八摊可太熊蛋了。熊蛋还有怂的意思，八摊当然也怂。那时八摊作为孤寡老人得了几万块钱救助款，全被他的侄子拿了去。大家都为八摊不平，可八摊太熊蛋了，再不平的事都能被他的熊蛋抹平。他每天出门捡废品，他能养活自己，不光自己，他还养活着四五条狗和七八只猫，都是他捡回来的。我给马宏看了一个东北老头的视频，那个老头虽然住楼房，子孙满堂，但也爱捡废品，说话也熊蛋。我给马宏出主意，就这样拍八摊，在网上肯定火，要是挣了钱你跟八摊一分，他不用捡废品了，你也不用去打工了，多好。马宏来了劲，说起网红，他总是激动，之前他跟我科普过一个快手的大主播，说得头头是道并眼红心热。他也拍过喊麦视频，反响平平，他总结是因为自己不够帅。我说帅是够的，你只是不读书。他说对，但还是不读书。第二天，他拍了几条八摊发在抖音上，没一点动静。我看了那些视频很失望，也很生气。视频里，马宏提着东西来看八摊，盘问他的生活状况，配着煽情的音乐和字幕。我问他，八摊的熊蛋呢，你把八摊的熊蛋弄哪儿去了。你是县领导吗你只关心他的困难不关心他的熊蛋。马宏解释说八摊面对镜头反而有些紧张，所以说不出搞笑的话。我说那你就多去找他，让他习惯你和你的镜头。马宏答应着，一通车就去了深圳，拍八摊的事也不了了之。再跟我说到八摊，就是他的死。他说八摊是夏天热死的。我说人怎么会热死呢。他说不知道，反正大家都这么说。有一天八摊拾破烂回来，倒在了门口那一堆破烂上，破烂堆里还有很多他捡的瓶子，好多瓶子里还残留着不少的水。我问马宏，他的猫狗呢。马宏说，那谁知道。

我也主动问起过一些人。比如菊花，作为第一个在书里亮相的人，很容易就能想到她。说完八摊之后，我问马宏，菊花还在吗？他说还在。说完他就打住了，似乎并没有太多可说的，我也就没有问太多。

我觉得够了，我宁愿没事可说。这个旧世界，就让它在这本书里逝去吧。这次再版，我忍不住润色了一遍全书。写这本书时我已经闷在家里写了三年小说，没什么交际，也没什么反馈，对写作的热情与希冀差不多消磨殆尽。想要写的长篇反复修改反复推倒重来，期间写的短篇也找不到发表途径，明明是喜欢的事，却被我干成了陷阱。我都开始琢磨回工厂上班了，最起码还能见见活人。后来我写了一篇《红星》，发在一个叫右边的APP上，拿到了五百块钱稿费，这是三年写作所产生的为数不多的回报。为了更多回报，我写了《圣女菊花》，然后就是一整个"病人列传"，再然后是"Cult家族"。我给自己定的规矩是每天一篇，不论长短。我受够了斟词酌句，受够了推翻自己，这一次我只想尽情地写，不删一个字地、一往无前地写。最长的一篇应该是《没娘的孩子》，一万七千字，从午后写到深夜，写完都直不起腰了，但写完还是照例去散了步。像放风一样散步，像越狱一样散步，走在没什么人的街上，我感到了自由。这样的写作当然粗糙，初版有不少错漏的反馈，这一次借着校对我整体润色了一遍，修了修不太通顺的句子，除了在其中一篇把一件一笔略过的往事用一千五百字展开讲了讲，再没别的改动。这也应该是最后一次改动了。我不想再继续了，我宁愿这本书成为坚固的牢笼，不再释放一点类似的伤心出来。

郑在欢
2023年2月18日

目录

再版序：就让它逝去 / i

第一部分　病人列传

圣女菊花 / 003

圣女菊花 2：枣树保卫者 / 009

八 摊 / 015

咕咕哩嘀 / 023

送终老人 / 029

电话狂人 / 037

红 星 / 045

再见大欢欢 / 051

傻瓜的爱情 / 061

山林、海洋、高飞 / 069

吵架夫妻 / 077

回家之路 / 089

第二部分　Cult 家族

疯狂原始人 / 101

暴烈之花 / 121

勇 士 / 141

没娘的孩子 / 161

人生规划师 / 197

人渣的悲伤 / 219

恶棍之死 / 235

渴睡司机 / 253

法外之徒 / 271

后记：所有故事都是人活出来的 / 305

第一部分
病人列传

十一个故事,十一个人。十一个人,有十一种病。这只是汪洋中的一滴水,世界上有多少人,就有多少病。我们治不好自己,只能去嘲笑别人。

圣女菊花

不知道这样称呼她是不是合适,她既不像圣女贞德那样统率千军,冲锋陷阵,也没有被万民拥戴,视死如归,她只是一个誓死保卫自己贞操的倔强姑娘而已。虽然她现在已经四十大几,可以说是很老很老的姑娘了,但不论如何,人们还是得叫她姑娘。她没有向那些男人屈服,不论他们怎么威逼利诱,她从不动摇,成功地保住了自己的处女之身。在四十多年的人生路途中,她打退了三任丈夫,赶走了无数闻腥而至的狂蜂浪蝶。她完全可以说自己圣洁如初。

圣女贞德保卫的是法国,菊花保卫的只是自己。贞德因此被千古传诵,菊花却要被万人唾骂。人们说她是怪胎,骂她是疯子,说她一心只为自己,不顾家人死活。她不为所动,一意孤行,坚决抗争到底。她成功了,代价是孤老终身。或许这正是她希望的。每一天,她拿着铁锹,站在枣树下,无忧无虑,怡然自得。她的父亲死了,没有人再逼她结婚。她的容颜一天天老去,来烦她的男人越来越少。她终于不用再被迫把铁锹砍在别人身上。

菊花是个超大号的美女。她身材高大，体态丰腴，这也是让十里八村的青年趋之若鹜的原因之一。在他们看来，菊花一身都是女人味，却怎么也不愿意接近男人。在他们那里，征服菊花的成就比登上珠穆朗玛来得还高，可惜的是至今仍没有一人成功。刚出落成个大姑娘时，她是绝对的抢手货色，保媒的人把门槛都踏破了。那时候的菊花还没有显露出抵触情绪，她只是不太热心。直到定下未婚夫，到了谈婚论嫁的当口，她才拼命反对。她的母亲重病在床，她说自己不想结婚，只想好好照顾母亲。家人说你结了婚一样可以照顾。父亲以对方家境好，八字合为由强行让他们完了婚。结果没过多久，对方就把菊花送了回来。在马尔克斯的《一桩事先张扬的凶杀案》中，男方因为新娘不是处女才把她退回娘家，最终酿成悲剧。到了这里，却因为菊花是个坚定的贞节保卫者才无奈退货。

菊花的父兄非常生气，大骂对方无能，既然你们已经是合法夫妻，好好的一个大姑娘送到床上都搞不定还算什么男子汉。新郎很委屈，说菊花根本不让他靠近。第一天洞房，新郎醉醺醺地摸到床上，被菊花一脚踹了下去，直接赶出屋子。他以为菊花只是一时害羞，没想到天天如此，好说歹说，她就是不肯就范。新郎说，我长得又矮小，根本打不过她，总不能洞个房还要别人帮忙吧。

这件事直接加速了母亲的死亡，因为连年卧病在床，家里入不敷出，好不容易靠菊花的彩礼渡过难关，却因为她的执拗，不得不把礼金如数退还。

    菊花被屈而就的三次婚礼，分别赶上了家里的三次死亡，或许这只是巧合，但在人们口中，她完全成了一个不祥之人。第一次被退婚后，家人见识到菊花的厉害，不敢再逼她，以为她只是没有开窍，就先由着她待字闺中。这样过了几年，同龄人纷纷出嫁，常常带着孩子回娘家。家人为了让菊花看到婚姻的好处，每逢邻居携家带口回娘家，就让她过去看看。她也确实喜欢和那些小孩子玩，对待人家丈夫也彬彬有礼。这时候家人邻居就劝开了，你看结婚多好，有丈夫有孩子，有人疼也可以疼别人。菊花从来都是充耳不闻，不置一词。虽然有了前面的事情，不过依然有人上门提亲，只是对方门第和彩礼方面已经大不如前。他们认为菊花只是过不了那道坎，一旦生米煮成熟饭，她体会到男女之乐，自然就水到渠成了。

    父亲本不想再强逼她了，作为村里的医生，他也算是个有学问的人，还算尊重儿女意愿。可邻里的闲话还是让他如坐针毡，恰好那一年他的小儿子要动手术，家里急缺用度，他再一次强行把菊花嫁了出去。有了前车之鉴，这次他们挑了个高大强壮的女婿，在体型方面完胜菊花。这一次，菊花总不会把人家打得抱头鼠窜了吧。可没过几天，菊花还是被退了回来。高大的女婿果然心宽体胖，虽然没有征服菊花，但颇有绅士风度，没有要求他们退还彩礼。

"没办法。"他说，"愿赌服输，那些彩礼就权当是菊花赢过去的吧。"

言辞之间对菊花竟颇有敬慕之情，饶是如此，菊花也没有被他打动。遗憾的是，菊花的三弟用她"赢回"的彩礼做了手术，还是没保住性命。他死于小时候的一桩意外，那天他和伙伴们在田间玩耍，路过一个水沟，伙伴们一一跳过去，轮到他时没有跳好，喉咙摔在沟坎上，折断了气管。虽然在医院接了一段塑料气管，但终究不是长远之计，还是死在菊花的婚礼之后。这样一来，顿时流言四起，说菊花不定是什么怪胎，一结婚就死人，还不愿和男人同房。再也没人敢来说媒了，眼看着菊花就要变成老姑娘。村人非议，家人埋怨，菊花越来越沉默，经常在枣树下一站就是一天。

作为一个医生，父亲开始怀疑菊花是不是心理出了问题。他找了些心理方面的书看，只读懂了弗洛伊德。他回想菊花的童年，没发现什么不寻常的事。他和菊花聊天，问她以前的事，特别是男女之事，同样没什么收获。菊花为什么会变成这样，完全是一个谜。他放弃了治疗菊花，却没有放弃给她再找个丈夫。在他看来，菊花是必须要结婚的，不结婚的话，将来他死了，菊花无依无靠，该怎么生活呢。

第三次婚姻，是家里托人保的媒。那时候菊花已经三十岁了。他们声称菊花是个疯女，只要有人愿意娶她，可以不收彩礼。找了很久，总算有人同意了，是个刑满释放人员，因为坐牢妻离子散，正好缺个老婆。连婚礼都没有，菊花是被骗过去的。当天晚上，菊花就一个人跑了回来。第二天，刑满释放人员的家属找来，向他们索要医药费，说菊花把新郎的睾丸踢碎了。村人都说正好，菊花不是不愿意和男人同房吗，正好那家伙失去了性能力，这样就可以相安无事地过日子啦。菊花的父亲老泪纵横，说算了，我不想再强求她了，她喜欢待在家里，就待在家里吧，她有两个哥哥，怎么也能养活她。

他们赔了医药费，父亲一个月之后就死了。菊花披麻戴孝，哭得非常伤心。她砍了棵枣树种在父亲坟头，如今已经长得很高了。每天，她都要到门前的枣树下站一会儿，有时候时间长，有时候时间短。有一次，我和表姐从那里经过，表姐说这棵枣树真大啊，得有好多年了吧。菊花笑了。"六十二年了，"她说，"是我爸七岁的时候种下去的，今年他刚好死了七年。"

菊花笑得那么平和，好像完全忘了我曾偷过她的枣。那一次，她拿着铁锹把我们追出老远，从此我再也没敢靠近过她和这棵枣树。

圣女菊花2：枣树保卫者

如果你路过这棵枣树，看到站在树下的菊花，千万不要害怕，她不会伤害任何人，除非有人伤害枣树。

菊花拿着铁锹，傲然立于树下，像个门神一样身材高大，不怒自威。她披散着半长的头发，额头上系一根绿布条，穿着宽大的袍褂，我们那里从没有人这样装扮，后来我看了爸爸拿回来的《拳皇》漫画，才知道那是日本武士的造型。菊花这样穿，有一种不可轻易靠近的威严。再加上她手持利器，运用娴熟，更没有人敢对其不敬了。她的铁锹是那种圆头锹，由于使用频繁，刃口磨得雪白锋利，连木头的锹把都光滑锃亮。她就是用这把铁锹，保住了挚爱的枣树。

菊花一辈子都在保护两样东西，贞操与枣树。退掉第二桩婚事后，村里有迷信的人说菊花这样油盐不进，是不是因为这棵枣树，是不是这棵枣树经年累月吸收了日月精华成了精，勾了菊花的魂儿去，所以她才不喜欢男人。这个说法一经提出就传得沸沸扬扬，一时间三人成虎。连菊花的父亲，那个读过书、长得像蒋介石的乡村医生也不得不重视起来。他去请教村里的司仪，既然这样，该如何才好。这个司仪，我们更喜欢叫他送终老人，他的主要工作就是执行葬礼，给人送终。由于常年跟死人打交道，村民们碰到什么超自然现象自然喜欢问问他。这一次也不例外，他没有让大家失望，马上想出了对策。

"解铃还（huán）须系铃人。"他捋着已经不剩几根的胡须说，"既然是这棵枣树捣的鬼，那就一不做二不休，砍掉它！"

砍树那天，很多人去看。大家都想看看会不会像鬼故事里说的那样，一砍这棵树就血流如注，或者在树根下发现什么宝物，或者像《西游记》里一样，这棵高大繁茂的枣树会在倒下去之后现出原形。

考虑到菊花有多喜欢这棵枣树，考虑到菊花有多勇猛，父亲在伐树那天把她锁在屋子里，给她吃了安眠药。本以为万无一失，没想到送终老人刚做完法事，正要把香插进香炉，菊花从天而降。她拨开人群，一铁锹就把送终老人打昏了。这可把大家吓坏了，老年人是经不起打的，人们都以为这下送终老人要一命呜呼了。可送终老人毕竟是送终老人，只有他给别人送终的份，哪会让人送了自己的终。菊花的当头一棒，也只是在他头上留下了一个大包而已。做法事的昏过去了，人们一时不知道下一步该怎么办，法事到底有没有做完，能不能强行伐树。当然，即使他们想要强行伐树，也得先过菊花这一关。

菊花撂倒了送终老人，一时找不到第二个领头的，只好一脚踹翻香案，背靠枣树高举铁锹愤而大喝：你们谁敢动这棵枣树，把我撂倒再说。

大家你看我我看你，都不敢动了。菊花的勇猛大家都有所耳闻，这会儿还有送终老人躺在地上作证，谁敢以身犯险。也只有她的父亲能开口劝劝她，老头知道一定是有人通风报信，她才会及时赶到，可他明明从外面锁了门，菊花是怎么出来的呢。那要等他回家才能发现，门已经被菊花砍得稀巴烂。

"菊花啊。"他说，"听爸爸的，这棵树不好啊，砍了它你就会好了。"

在父亲的劝说下，菊花放松下来。医生连忙示意两个儿子，要他们拖住菊花，伐树工也趁机拉响了电锯。

"这可是你亲手种的。"菊花被两个哥哥按住，一个青年去夺她的铁锹。

"听爸爸的，砍了它爸爸再给你种一棵行不行。"

伐树工来到树下，弯下了腰。

"不行！"菊花急了。她挣脱两位哥哥，一拳把抢她铁锹的青年打翻在地，举起铁锹就奔伐木工去了。那时我也站在人群里，以为这下一定要出人命了，吓得不敢睁眼。好一会儿过去了，什么动静都没有，连电锯都不出声了。再一睁眼，才知道是菊花砍断了电线。在场的人都说惊险，菊花连电都不怕。这一下伐树工具没了，父亲只好作罢。

菊花站在树下，对所有人说，你们谁砍我的树，我就要你们的命。

谁都知道她不是说着玩的，医生再也找不来愿意帮忙伐树的人。这之后的几天，菊花没有回家睡觉，她怕父亲再背着她把树砍掉。枣树离她家有一百多米，她不放心，就睡在了紧挨着枣树的四川老人家。四川老人的老伴早死了，一个人住在两间低矮的土屋里。这里本是菊花家的旧宅，他们盖了新房，就把旧宅让给了四川老人。

四川老人顾名思义，是个来自四川的老人，是第一个嫁到我们那里的外地人。老年人都管她叫蛮子，那时候，只有实在娶不到媳妇的人才娶蛮子，所以四川老人的地位不是很高，再加上她一直没有生育，老伴死后就孤零零地一个人生活。菊花的枣树就在她家门前，那是一片很大的空地，每一天都有很多小孩在这里玩耍，再往前就是村里最大的鱼塘。夏天，有很多人在水塘里洗澡，洗衣服。这里总是很热闹，四川老人也不算寂寞。她每天都把屋里的凳子搬出来，供来往的路人歇脚，坐下来陪她聊天。这里有菊花一个固定座席，只是菊花更喜欢站着。每一次，我们从那里路过，经常会看到四川老人坐着，菊花站着。她们一老一少很少讲话，像一幅挂了很久的油画，陈旧、永恒。

现在来说说这棵枣树。其实这里有两棵枣树，但菊花只喜欢靠南面的得到更多阳光的父亲种的那棵。北面那棵要小很多，是母亲嫁过来之后种的，其实说小也不小，完全是被另一棵欺负小的。这两棵枣树在村子里算是佼佼者了，到了夏天枝繁叶茂，果实累累，格外诱人。树上结的果实在我们那里叫驴奶枣，我想大概是因为长得像驴的奶头，至于味道相不相同，那就不得而知了。我只知道驴奶枣个头不大，非常地甜，可以说是我们那儿最甜的枣了。

乡下人穷地薄，除了一日三餐没什么零嘴，我们那帮孩子当然不会错过这些天赐的美味。纵然菊花威名在外，我们还是时常抱着侥幸心理到树下溜达，要是碰巧菊花不在，捡起个砖头瓦片就往树上扔。树上果实浓密，不管扔什么上去都能换下来奖励。这样走运的时刻并不算多，因为菊花总在。就算不在，四川老人也会充当替补，大叫着把我们骂走。

从菊花那里捞不着便宜，我们就只好到别处转转了。离这里不远，其实就在我家屋后，有一棵同样茂盛的枣树。这棵树结的不是驴奶枣，叫作小孩头，很大，但不太甜，要红了之后才好吃。这里同样有一个看守枣树的人，他叫山林，因为小儿麻痹，他不能行走，只好坐在门前看守枣树了。他的任务就是盯着树上的果实，盯到它们成熟，再全部卸下来拿到集市售卖。他有一个弹弓，他自己做的，非常精巧，准头非常之高。如果你能跟他搞好关系,他会用弹弓打下来几颗枣给你吃,如果你硬要偷枣,他就用弹弓打你。

菊花和山林,他们各自守卫着一棵枣树,但从没见过面。那一年,山林死了,就埋在菊花父亲不远处。不知道是谁,告到了火葬局,他们开着车,把山林从地下挖出来。那天菊花也在围观的人群中,她问旁边的人,这是在干什么?一个女孩告诉了她,他们挖走了山林。菊花说,哦,山林,我知道他,他也有一棵枣树。

菊花拦住殡仪车,让他们先停一下,殡仪车不同意,继续往前开。菊花抡起铁锹,扎破了轮胎,趁他们换轮胎的时候,菊花跑到父亲坟头,在她为父亲种下的枣树上折下一根树枝,放在山林的棺材上。因为扎破轮胎,哥哥们不得不为她赔偿公家的损失。后来听我这样说,山林的侄子,也是我的好朋友马宏表示,菊花完全是自作多情,山林根本就不喜欢枣树。

"他不止一次跟我说,受够了一个人在家,守着那棵枣树,连个说话的人都没有。"

"那他喜欢什么。"

"喜欢菊花。"马宏说,"他亲口跟我说的。"

八　摊

　　八摊这个名字来自一项已经消失的劳动技能。上世纪六十年代的三年困难时期饿死了不少人，我们那里遭灾最严重的是一九五九年，现在的老年人还是常常把这一词组挂在嘴边，如果家里来了客人，他们劝人进食时就会说，能吃多少吃多少，不要客气，现在又不是五九年。如果小孩浪费了粮食，或者挑食，他们又会眉头一皱，这个不吃那个不吃，搁五九年连树皮都没得吃。过去了那么多年，老人们还是挂在嘴上，并对吃这件事情极为严肃，可见确实只有饿过肚子的人才懂得粮食的可贵。

　　粮食想要取得丰收，有一样东西必不可少，就是肥料。那个时候，化肥还没有普及，就是普及了恐怕农民们也买不起。大跃进时，公社之间搞竞赛，为了提高粮食产量，一切可以当作肥料的东西都被搜刮一空，人和牲口的粪便沰水自不必说，连河里的淤泥、枯死的野草也被挑出来沤肥。当然农民们寻找肥料的眼睛是雪亮的，厨房里吸收了油烟的墙皮、厕所里饱尝了粪味的茅草都被当作肥料撒进了田地。这样一来，肥料一跃成为乡村的稀缺资源，如果有人在路上踩到屎，简直比捡到宝还高兴。在这种环境之下，一种劳动应运而生，在农村，我们称之为拾粪，用今天的话讲，就是捡屎了。不管是什么屎，只要一离开屁股，就有被捡的风险。拾粪人左手挎一个藤箩筐，右手拿一把小铁锹，遇到屎就停下来，像工兵挖地雷一样小心翼翼，毕恭毕敬，连屎下面的一层薄土一起铲进筐子。被铲过屎的地面留下一块新鲜的伤口，这也是此处有屎的重要凭证，伤口越大，证明这泡屎分量越足。漫步在乡间的小路上，经常可以看到这样的情景：一个捡屎客左手挽筐，右手执锹，信步闲游，寻寻觅觅，眼观六路，鼻闻四方。一旦看到熟悉的地面新添了伤，顿时懊悔不已，暗道一声来晚了，好屎已被人捷足先登。

拾粪人很少有满载而归的，毕竟可捡之屎太少了，他们回来，大多是因为饭点到了，而不是屎捡够了。拾粪不是例行劳动，只是兴之所至，或曰习惯使然，毕竟有人即便饿死，也没有捡过一泡屎。只是爱捡屎的人，确实更讨人喜欢，给人一种会过日子、勤俭持家的感觉。拾粪归来的人，把屎倒进自家粪池，怕倒不干净，还要在树上磕磕。说到这我才恍然惊觉：怪不得每个粪池旁都有一棵树，原来是作此用途。要是磕了半天还嫌不干净，他们就会铲点干土进去，把不小心沾在筐里的屎再沾回土上，然后一并倒进粪坑。那时候，几乎每家每户都有粪池，且基本上设在大门前，大概是方便看管，足见人们对粪便的重视程度。

　　说了半天，现在讲讲八摊，他的名字就是这么来的。八摊，顾名思义就是八摊屎，作为一个拾粪高手，这是他每天最少的定量，要是完不成任务，他绝不会允许自己停下来。不要以为这没什么了不起的，要知道，平均每个人每天才拉一泡屎。当然啦，人屎基本上不在被捡之列，俗话说肥水不流外人田，在肥料如此珍贵的年代，没有人会随随便便把屎拉在外面，即使拉在外面，恐怕用手捧也要捧回家。在填不饱肚子的年代，是不允许败家子存在的，如果有谁拉完屎不捡，直接擦屁股走人，恐怕会被家人骂死。所以呢，拾粪人多半只能捡到狗屎猪屎，鸡屎鸭屎，如果捡到牛屎，那真是走了狗屎运了，捡到人屎呢，那就偷着乐吧，要不然被拉屎之人知道，再找上门来讨要，那可真就是徒生事端了。拾粪人偏爱大屎臭屎，但小屎也不会嫌弃，比如说鸟屎，一般只有指甲盖大小，多半落在树叶草叶上，拾粪人会直接把叶子拔掉，扔进粪筐。

　　说到这或许有人会问，既然拾粪的人那么多，为什么只有八摊因为这项运动得了称谓呢？说来说去，还是因为八摊对拾粪最上心、最认真，试问天下还有人比八摊更精于拾粪一道吗？没有。外国人搞出来的一万小时理论同样适用于八摊拾粪，他几乎无时无刻不在和屎打交道，见的屎多了，自然更容易找到它们。形容八摊和拾粪的关系，我还是更喜欢老祖宗传下来的那句"拳不离手，曲不离口"，这样说更亲切形象一些。在拾粪风行的年月，每个人见到的八摊都是一副行头：鸭舌帽，旧大衣（后来我才明白那不是大衣，只是因为八摊个子太矮了），左手筐，右手锹，对于八摊来说，出门不带这两样拾粪利器，简直就像上战场不带枪一样不可饶恕。饶是如此，还是有不尽如人意的时候，据说有一次他去参加婚礼，回来的路上看到一坨屎，看上去也不算什么好屎，是那种很稀的猪屎，但八摊马上根据经验判定，这是一头壮年种猪所拉的屎。肯定是赶猪人急着去配种，才没顾上这摊屎。由于是边走边拉的，这屎有很长一溜，没有铁锹的话很不好搞。八摊懊恼不已，痛恨自己参加的是婚礼而不是葬礼，要是参加葬礼的话，带锹也就是顺理成章的事了。可惜啊，那家可恶的亲戚是娶新人，而不是送旧人。没有带锹的八摊对那长长的一溜束手无策，他就站在那里等着，护着那溜屎，不让人靠近。功夫不负有心人，他最终还是等来了一个带锹人，得以将屎铲回家。或许有人会说，那般死等，白白浪费时间，岂不是为了一摊屎错过无数屎？这正是我的疑问。爷爷告诉我，八摊有一个原则，那就是看到的屎，才是真屎！绝不轻易放过任何一摊屎。

爷爷还给我讲过另一件事。有一天，他在拾粪的路上和八摊狭路相逢，互相看过对方的收获之后，他们并肩而行，随意闲聊。爷爷自知在拾粪这件事上远不如八摊，和他一路，恐怕沿途的屎都要被他一人尽收囊下。短短数百米，八摊已经捡了好几泡鸟屎，耳目之刁钻，非一般人所能敌，你根本想象不到的地方，他都能有屎迹可循。虽然鸟屎不算什么，但爷爷也暗自着急，不甘落于人后。他怒睁双目，想找泡屎以示实力。正走着，八摊指着不远处的草丛说，那里有摊牛粪。爷爷往前看，根本什么都看不到，于是问他何以见得。你看，八摊说，草间有蚊蝇飞舞，经久不散，可见那里必有屎所居。那为什么是牛屎呢？爷爷受尽屈辱，心有不服，知道他说得对，但就是不信八摊连什么屎都能看出来。八摊说，你再看，那些蚊蝇，都是个小米短的草蚊草蝇，而非喜欢恶臭的绿头苍蝇，也不是厕所里常见的屎蝇，可见那里的屎并不是很臭，引不来那些逐臭之辈。当然，不臭的屎有很多，为什么非是牛屎呢？你再细看，此间蚊蝇甚多，非一般屎所能比拟，所以我认定，那是牛屎！既然你不信，他转而对爷爷说，我们可以打个赌，不是牛屎，那坨就归你，是的话，你筐里的屎就全归我。爷爷虽然生气，还不至于昏了头脑，他没敢跟八摊在屎的问题上较真。他们一起走过去，果然是摊牛屎。

八摊捡了牛屎，很是高兴，继续得意洋洋地往前走。爷爷不敢再和他一路了，正想找个由头与其分道扬镳。刚转过一道墙，爷爷赫然大叫：屎！

是羊屎。八摊都没有低头去看，淡定地开了口。

你咋知道？爷爷又好奇了。

因为我踩到了。八摊松开脚，地上出现几颗被踩碎的羊屎球。

那这泡屎算谁的。爷爷说，是我先看到的。

是我先踩到的。八摊说，要不然我怎么知道是羊屎蛋子。

他们互不相让，争论起来。最后终于达成和解，决定平分了这些羊屎。羊拉的屎是最奇特的，不是成坨的，也不是成条的，而是一颗颗，像珠子一样。八摊很喜欢羊屎，称之为黑珍珠。羊屎既不臭，又便于保存，肥力也好。这样的屎，最适合进贡给城里人，让他们用来种花。遇到这等好屎，八摊自然爱不释手，但爷爷怎么也没想到他会如此认真——真的下了手。商议好一人一半后，爷爷正准备用铁锹把屎分成两份，八摊拦住了他。

慢着。你这样怎么能分清楚。八摊说，用铁锹很容易把屎弄烂，造成肥力外泄，真是暴殄天物。

那怎么办。

让我来。八摊蹲下去，一颗一颗数起来。

"我永远都忘不了，"爷爷跟我说，"那天一共分到了五十四颗羊屎蛋子。虽然羊屎很干，八摊还是沾了一手屎粉，不过他很高兴，屎粉也是屎，是他赚来的，他捧了点土，在手里搓搓，撒进了筐子。"

"五十四颗？"我说，"你为什么不多要两颗，那样就是五十六颗，和五十六个民族一样多了。"

"是啊，"爷爷说，"八摊也是这么说，五十六个民族在他那里聚齐了。"

说到这，八摊似乎一副勤俭持家、聪明伶俐的样子，其实他的日子过得并不很好。他一生未娶，是村里资格最老的光棍。他只有一间低矮的小房子，甚至都没有人家的厨房高大。那么一间低矮的小房子，孤零零地立在一个水塘边。以前，他常坐在门前钓鱼，现在连水塘也干了。听奶奶说，八摊的母亲在他三岁的时候饿跑了，父亲过两年也死了。他靠着两位叔伯的接济长大，从小没怎么吃饱过，再加上遗传基因，个子就没长高，只有一米五左右。因为人小力薄，他年轻时候都不敢出去找工作，怕人家嫌他没力气，不要他。他没有挣到什么钱，只好在家安心种地。直到如今，国人找对象还是讲究个门当户对，更别提那时候了，八摊门又低，个又矮，很难有人愿意嫁给他。他的粪池是全村料理得最好的，可那又有什么用，媒人总不能在介绍优势的时候说，八摊有个好粪池吧。一直以来，媒人拿得出手的说辞都是：有房有地，有牛有车，有父有母，有钱有势，要人有人，要个有个……所有这些，他都没有。人们喜欢他，觉得他能干，但没有人愿意给他保媒，好像已经默认他就该打一辈子光棍似的。

现在，八摊已经年过花甲，仍然每年外出打工，为自己存点养老钱。他一生节俭，从不赌博喝酒，抽烟都是自己卷。一提到他，奶奶就说，那个苦人儿，活得轻松着呢，没子没孙，无牵无挂，不像我，整天为你们这帮兔崽子牵肠挂肚，吃不好睡不香。我多想像八摊一样啊。有一次我嘴贱，说，那你咋不嫁给他。奶奶脱了鞋，追着我跑了老远。

爷爷去世很久了，我们那儿也没人拾粪了。偶尔有一两个老头，见到屎仍会条件反射，要是碰巧手边有锹，也会将其铲起来，只是不会再特意带回家了，而是就近埋在某棵树下。也许那不是自家的树，这没有关系，他们只是不习惯看着好好的肥料浪费掉。

去年回家，我在路上碰到八摊和红星上工回来，红星叫了我的名字之后就不说话了。八摊热情地招呼我去看戏，就在我奶奶的娘家，有一台大戏连唱三天。

"你怎么不去看戏，"八摊说，"那里有很多漂亮小妮儿。"

是啊，我想，我正是找小妮的年纪，而你，八摊，那时候却在拾粪。

咕咕哩嘀

咕咕哩嘀是个疯子——连我都讨厌这样的开头了,可我又能怎么说,咕咕哩嘀是个校长?是村里第一个大学生?这样的身份年代久远,恐怕连他都忘记了。人们已经习惯了把他当成一个疯子看待,再具体一点,就是一个喜欢纵火、崇拜耶稣、逼死了老婆的疯子。虽然我们这些孩子从没见过他发病,家长们还是嘱咐离他远一点,因为他发起疯了实在是太吓人了。

疯子不像傻子,像红星那样的傻子,完全没有攻击行为。疯子就不一样了,他们非常危险,大多都有暴力倾向,一旦发病,很难控制。不发病的时候,咕咕哩嘀和正常人没什么两样,因为上过大学,甚至显得还要聪明点、博学点。即便如此,大人们还是在背后叫他疯子,当面就没人敢这样了,而是叫他的全名。这应该算是一种疏远,农村人有了一定岁数,很少直呼其名,多半在其孩子的名字上冠以"爸"、

"妈"，若是熬过古稀，就要升为奶奶爷爷了。当然，前提是必须得有孩子，打光棍的就享受不到这种待遇了。咕咕哩嘀有两个儿子一个女儿，女儿是他从火车站捡回来的，但叫他跃进爸的还是只有少数几个亲戚。大家都知道疯子杀人不偿命的说法，既然惹不起，就只能躲了。好在他也不喜欢跟人打交道，妻子死后，他一人独拥一前一后两座房子。他把前面的房子辟作教堂，每周日有一个教士从城里过来传教。他自己住在后面的房子里，这么多年，几乎从来没有人进去过，直到他开始和我们玩麻将。

一开始，我们都很怕他。见到十岁以下的小孩，他就弯下腰，张牙舞爪地逼上前来，嘴里大声喊着"咕咕哩嘀"。他声音粗鲁，分贝很大，经常把孩子吓得不知所措。后来我们才摸到规律，他并非故意吓人，而是想跟我们玩。"咕咕哩嘀"听得多了，自然也就习惯了，这也成了他的个人标签。毕竟，不是每一个大人见了小孩都这样打招呼，事实上只有他，这四个字是他从嘴里发明出来的，到头来被我们用来称呼他。他成了第一个在小孩之中拥有外号的老头。

除了跟小孩说句"咕咕哩嘀"，他很少说话，在有成年人的场合，他完全是另一副模样，古板，严肃，不苟言笑。他信主，但是不跟大伙一块儿唱圣歌，也不祷告。每个礼拜天，前面的屋子里聚集了来自十里八村的信徒，坐在拆除了墙壁的大屋子里唱歌祷告，听教士讲经。他一个人坐在最后面，通场不说一句话。有一次，我们听说基督徒要过什么节日，与会者可以领到糖果和瓜子，就一窝蜂地拥进去。看到那么多小孩，他也没有对我们说"咕咕哩嘀"。他坐在那，似乎不能动弹。

　　咕咕哩嘀绝对是个行动派，想干什么立即就干，毫不犹豫。一天，他在报纸上看到一个女大学生离开城市，靠养鸡发了财。我也是个大学生，他说。然后买了一百二十只小鸡回来，因为买得多，老板还送了他五只，所以一共是一百二十五只。这是他亲口告诉我们的。他通过计算，买了足够把鸡养大的饲料，还进城买了几本养鸡方面的书。他把鸡放在前面基督徒做礼拜的院子里养。那几天我们天天去看他的小鸡，黄黄的一大片，很是壮观。可惜的是没多久就起了鸡瘟，小鸡们在三两天之内就死了个干净。人们分析说可能是做礼拜的人把瘟疫带进来的，每周那么多人进进出出，很容易传染病毒。

　　"那就是因为主了，"他说，"主怎么会这样。"

　　"是啊，"人们说，"主怎么会这样。"

　　"跟主一点关系都没有，"他突然恶狠狠地说，"是人的问题！"

养鸡失败之后，他还养过鱼。就是那时候，我们的关系密切起来。我们长大了一些，有十三四岁了，他不再对我们说咕咕哩嘀，但我们还是那么叫他。我们经常聚集在碰碰家打麻将，他家就在教会隔壁。咕咕哩嘀经常端一杯茶站在旁边看我们玩，他蓬头垢面，身上发出一种常年不洗衣服不洗澡的味道，这就是我们不喜欢和他玩的原因。但他承包了鱼塘，这对我们来说可是太酷了。那是村里最大的鱼塘，一到夏天，我们就到里面游泳、钓鱼。那本来是属于一百户王姓人家的共有财产，每一年春天，一百户人家各拿出五块钱来，买了鱼苗放进去，到秋天，就把鱼打捞出来分成一百份。咕咕哩嘀出钱承包了鱼塘，就没那一百户什么事儿了。我们想去钓鱼，必须跟他搞好关系。

他买足了饲料，在水塘中央建了一座小灯塔，每天夜里都亮着灯，虽然不知道有什么用，但就是酷。我们能看出来咕咕哩嘀准备大干一场，也准备大挣一笔。每天的上午和傍晚，是喂鱼的时间。他敲着手里的铁盆，嘴里喊着"唠唠唠唠唠唠唠"，一组七个字，不多不少。我们问他有什么用，他说这样鱼就能记住每天这个时候是饭点了，等到捕鱼的时候，你站在岸边一喊"唠唠唠唠唠唠唠"，它们就挤在一块来吃食，那样也好捉。后来的事情就有些悲伤，还没等他喊"唠唠唠唠唠唠唠"，鱼就已经被人捞光了。当然，说是偷更准确点，甚至，称之为抢也不为过。最大的一次捕捞就发生在白天，参与这次行动的有我四叔，他和他那帮混社会的狐朋狗友从广州回来，听说大塘里的鱼被咕咕哩嘀养得膘肥体壮，趁他做礼拜的时间，拉着大网进去拉了几个来回。

那一天好多人站在岸上看。对农民来说，不管什么时候，收获都是一件值得庆祝的大事，更何况这些鱼是咕咕哩嘀用科学方法养的，大家都想看看效果怎么样。叔叔他们在水里捕鱼，岸上的人越聚越多。带头的人蹦上岸说，谁也不许去告诉咕咕哩嘀，乖乖在岸上等着，等会儿还有鱼可分，去报信的话，可就别怪他们不客气了。结果就和往年一样，大家都分到了鱼，除了养鱼的咕咕哩嘀。等他做完礼拜再去喂鱼，等待他的是浑浊的塘水，湿漉漉的水岸，还有那个被撞得歪三扭四的灯塔。

事发之后，人们都说，完了，疯子要发疯了，谁也挡不住了。还记得他被学校开除之后干的事吗？这次他要烧的恐怕就是整个村子了。因为叔叔是主要从犯，奶奶又气又怕，不停地骂他。连我也为咕咕哩嘀打抱不平，不过叔叔拿回来的鱼我们还是吃得一条不剩。那一段时间大家过得提心吊胆，见到咕咕哩嘀都要绕道走。一天过去了，两天过去了，一个月过去了，咕咕哩嘀没有像大家说的那样发疯，他还和从前一样，只是更加不和大人说话了。见到我们，他也像看见陌生人一样没有一点表情。在这之前，我们还天天在他家里打麻将，看来一夜之间，我们全成了大人。很久之后的一天,我的一个小堂妹哭着跑回来,我们问她怎么了。她说一个老头拦住她,冲她大喊"咕咕哩嘀"。不知道为什么,听到这个,我突然觉得高兴。我说不用害怕,他只是想和你玩。

送终老人

今天要讲的是一个老人,你可以叫他送终老人,或者等死老人。他是个身材矮小的老头,双眼浑浊,满脸皱纹,常年头戴一顶军便帽,身穿一套黑衣服。他老了之后,一直以来都在做同一件事情,就是为死去的人送终。在葬礼上,他像死者一样必不可少。他不是神汉也不是喇嘛,他不会为死者超度亡灵,也不会安抚死者亲属,他只会唱诵悼词。在葬礼上,在棺材前,他对着死者或者遗像,吟诵家属们写下的悼词,既不悲戚也不伤心。他的声调就像空气一样平淡,听到的人总会暂且忘记悲伤。

上面是我根据送终老人所写的小说的第一段,虽然用词比较文学化,拿来做开头还是不错的。里面提到的黑衣服就是中山装,农村男人把它当作正装穿,军便帽就是赵本山在小品里戴的那种帽子,现在很少有人戴了,恐怕也没有地方卖了,送终老人那一顶破烂不堪,帽檐也折了。这篇小说一直没有写完，我不知道在等什么，或许跟送终老人一样，等的是一场落幕、一次离别、一种尘埃落定的盖棺论定。送终老人跟棺材打了大半辈子交道，到头来却躺在了骨灰盒里，这是任谁也想不到的。还能说什么呢，我们只能说一句世事弄人。时代的车轮滚滚向前，随着送终老人的辞世，又一个古老的职业淡出历史舞台。之所以说淡出，是因为仍有些老人按老规矩操办婚丧嫁娶，只是懂规矩的人已经不多了。年轻人多半嫌麻烦，认为这是陋习，是繁文缛节。新式的司仪取代了老式的支客，电子乐队取代了唢呐，反正都是为了热闹一下，狂欢中没有人去揣摩老人的感受，他们的时代已经过去，他们的仪式已然腐朽。即便他们仍有话语权，决定办一场老式葬礼，恐怕也找不到像送终老人那样出色的好手了。

吃这碗饭，全凭一张嘴，喊丧，报喜，致悼词，各有各的说法，各有各的讲究。所有这些礼节必须烂熟于心，送终老人如同一本活字典，什么时候该做什么事他都提前安排好，并一直在场监督，迎来送往，事必躬亲。只可惜由于一件小事我一直仇视他，所以没跟他好好聊聊这些事情，如今他驾鹤西去，再也无从问起。老人们对这些事情大多一知半解，他们太过依赖送终老人这样的专业人士，没想到这种差事吃力不讨好，已经没人愿意承此衣钵了。

爷爷离世，同样是送终老人操持的葬礼。说起来，我对他有敌意，也是因为爷爷，现在两位当事人都已作古，也可以放开讲讲了。那是刚上学的时候，因为交不起学费，我躲在厢房里生气。生气当然是很累人的，更何况生气的对象是钱、生气的事由是没钱，这气生得就很飘渺，根本没有的东西，能拿它怎么办呢。所以很快就气不动了，我重新变回一个好奇的小孩，在屋里东摸摸西翻翻，翻出了一本旧书来看。刚把书翻开，我就叫起来，飞奔着去找奶奶，给她展示书里夹着的那一百块钱。我当时的学费也就一百一十块。我说奶奶，你们不是说没钱吗？这不是钱吗？这不是钱吗？这是钱吧！我举着那一百块，像是举着一个魔术道具，一时不能确定是真是假，也怕一不小心就被谁变不见了。后来爷爷回来，彻底消灭了我的希望。他说这是一张假钱，是卖牛时收到的，他不舍得扔，又怕奶奶看到生气，就藏起来了。奶奶炸了锅，骂开了送终老人，还要去找人家算账，被爷爷拦了下来。爷爷说，又不是人家给的，你找人家干什么。奶奶连爷爷也骂上了，你傻啊，他是中间人不找他找谁。在爷爷的阻拦下，奶奶最终也没去成，只是以后会时不时骂两句送终老人解解气。说到这里或许有人还是不太明白，送终老人这个中间人为啥那么招骂呢，这也是我后来才懂的事。在旧时乡下，做大宗交易一般都会有个掮客，送终老人到处给人送终，交游广泛，干这行也是顺理成章。那是我最后一次看到有掮客的交易现场，爷爷卖牛的时候，全程没有交谈，场面极其严肃。送终老人作为捐客,拉拉爷爷的手,再拉拉牛贩子的手,拉完牛贩子的手,再拉拉爷爷的手……交易在沉默的拉手中完成,看起来像在做什么非法买卖。牛贩子交了钱,带走了牛。爷爷拿钱的手是抖的,当然不是因为里面的一张假钱,迟钝的他要等很久以后才能发现。他必然是舍不得牛的。我记得小时候,牛是养在厢房里的,夜晚常常传来咀嚼声,爷爷会突然起床,披一件衣服去添草料,铲牛粪。他掀被子时带起的风有时会让我醒来,所以记忆中有这一幕,半夜里,他跟牛在厢房里制造噪音,把奶奶和我留在床上。他这么宝贝的牛换来一张假钞,竟也能忍气吞声。奶奶就不太能忍了,在她三不五时的骂声中,甚至还发展出了剧情:送终老人这个黑心鬼肯定是跟牛贩子串通一气欺负爷爷这么个老实人,那一百块,他们必然是每人分了五十,或许送终老人还要多拿点。作为奶奶的贴心小棉袄,我自然要拥护她的仇恨,加磅她的诅咒。让我迷惑的是,她这么恨送终老人,爷爷死了,她还是第一时间去找了他。那几天,送终老人在院子里忙前忙后,我也不知道该不该恨他了。记得客人入席的时候,他扯开了嗓子喊:近客让远客,远客让近客,不管哪里的客,来了都是贵客。声调抑扬顿挫,好像唱歌一样。等菜上桌,他又喊:八大味,十三香,油盐酱醋都搁上。吃得好,吃得香,吃得碗空盘子光;吃得干,吃得净,吃得一点都不剩。他喊得非常卖力,我们也觉得好玩,常常跟在后面学他这几句。

相比掮客，送终老人似乎更喜欢送终，虽然忙上忙下，酬劳也不过是吃点剩饭剩菜，抽几包烟而已。不管哪里死了人，只要来请，他一定会去。忙的时候，他一向精神百倍，可一闲下来，假如好长时间没有活干，他就有点坐卧不安了。他到处游逛，专找那些垂老之人聊天。他逮到一个老人，就日日拜访，坐在人家的门前不走，一聊就是大半天。很多老人在他的殷勤问候之下驾鹤西归，然后送终老人就又忙上了，再花上几天去给他们送终。人们起了议论，说送终老人就像乌鸦一样讨厌、不吉祥。也有人说他这是职业病，长年和死打交道，当然能先人一步发现死亡的迹象。他去拜访那些将死之人，只是为了去送送他们，帮他们散散心结，好让其放下牵绊，早登极乐。送终老人常年行走乡里，德高望重，又掌握着异世界的解释权，人们普遍还是相信后一种说法。直到送终老人盯上四川老人，大家心里才不由得打起了鼓。

在讲菊花和枣树那一段，我提到过四川老人，她的小屋就在菊花的枣树旁。年轻时候她从四川逃荒出来，在郑州遇见当兵的丈夫，就和他一起回到我们村，从此再没回去过。她不知道她的家人是否仍存活于世，和人们闲聊时也很少提及。她的军人丈夫去世得早，村民都以为她会再嫁或者离开，但她没有，她一直一个人生活，住在那两间漆黑的土屋里。她很怕死，一旦村里死了人，她就把家里所有鸡蛋都煮上，大吃大喝两天。死讯总是来得猝不及防，让人防不胜防，她不想浪费那些鸡蛋。

那一年，四川老人去打水，在水井旁摔坏了腿，躺在床上不能动，吃喝都是菊花帮她解决，后来虽然好了，但还是不能走路，只能每天坐在门前晒太阳。有一天，送终老人不期而至，坐在门前的凳子上和她聊起天来。碍于送终老人的职业，四川老人并不太喜欢和他打交道，一切与死相关的事情四川老人都不喜欢。他们离得又远，一个住在大东头，一个住在大西头，平常也没什么交集，送终老人的突然到访，四川老人是不太欢迎的。他们坐在门前，晒着太阳，看着大塘，有一搭没一搭地聊着天。四川老人本想故意冷淡他，让他自讨没趣快些走，无奈送终老人走南闯北，知道的事情一大堆，说什么都有鼻子有眼，再加上他的职业使他幽默健谈，常常惹得四川老人哈哈大笑。这样一来，她不但没赶走他，反而期待他每天的定时来访了。

每天下午，送终老人吃过午饭，穿过大半个村子去看她。他们坐在门前，看着水塘洗衣服的妇女和水中嬉戏的小孩，一直聊到太阳下山。这样过了半个月，有一天四川老人没有出来晒太阳，而是把自己吊上了房梁。幸亏菊花发现及时，把她救了下来。送终老人闻讯赶到，刚进门就被四川老人用竹竿打了出去。

"都是他，"四川老人叫道，"是他让我这么干的。"

屋里的人都惊呆了，齐整整看着送终老人。

"我怎么会这样，你一定是误会了，我只是让你看开点。"

送终老人的解释很无力，四川老人还在自顾自地说着："他老跟我说活着多苦，多不容易，还是死了好，死了能上天堂。像我这样摔断了腿，哪也去不了，活着跟死了有什么两样。我被他骗了，就是腿好着的时候我也没想去哪儿啊，我就喜欢待在家，我就喜欢活着……"

那以后，人们对送终老人不再像从前那样了，家里有老人卧病在床的，都会躲着他。虽然仍有人请他去主持葬礼，可也越来越少，再加上那几年推行火葬，很少有人再大办葬礼。有时候一连几个月送终老人都接不到一单活，他自己也慢慢变老，声音不像从前那么洪亮高亢了。他变得很少出门，每天坐在门前，也没有人和他聊天。有一天邻居发现，他在院子里小声唱诵悼词，喊到"远客让近客"的时候声音不由得又大起来。人们在背后议论，说他是不是精神出了问题。

生命的最后几年，他得了老年痴呆，开始慢慢忘记人的名字。每天，他坐在门口，一旦有年轻人经过，他就问，你看到阿祥没？阿祥去哪了？阿祥什么时候回来？阿祥是他的孙子，一个十分聪明、爱说彩话的胆小鬼，玩扎金花不拿到豹子从来不敢跟牌的孙子。这大概是送终老人到死都没有忘记的名字，他太喜欢这个孙子了。去年冬天，送终老人死了，就在阿祥大婚后的夜里。因为刚刚办完喜事，喜宴还没来得及撤，就换成了丧宴。他们用这残羹剩饭招待了前来奔丧的客人，没有唢呐，也没有司仪。由于儿子有个小小公职,他们不能偷埋他,只能送去火化。在送终老人去世的第二天,四川老人又一次煮上了家里所有的鸡蛋,她说的一句话被人们当作笑话广为传诵:"哼!想骗我死,你还得再活两年。"

电话狂人

电话狂人比我大三四岁,算是同龄人吧,因为他比较笨,在学校只比我高一级。在这里就不透露他的名字了,免得他看到了打我,毕竟我没打算说他什么好话。

电话狂人这种人,算不上是傻子,但也谈不上正常,他是那种无法界定的人。我们那里的方言称之为半吊子,或者二杆子,这两个词常被用来形容各种不靠谱的人,具体到电话狂人身上,就是管不住自己的嘴。他的嘴恐怕是世界上最忙碌的器官了,有人的时候不停说话,没人的时候就放声歌唱,除了抽根烟的工夫,恐怕没有停歇的时候。他和谁都能聊得不亦乐乎,不管是妇女儿童,还是老人壮汉。他聊天从不挑人,也不挑话题,讲到哪算哪,妇女们总说他"顺嘴淌",就是口无遮拦的意思。我在用来写诗的本子上写了这么一句话:别怕,语言没有禁区。以此来勉励自己减少顾虑,勇于表达。没想到,率先做到这一点的是电话狂人。他从不阉割自己的想法，向来都是直抒胸臆，有话就说。奶奶曾告诫过我，"会说的想着说，不会说的抢着说"，又说"话是开心锁，没什么是通过谈话解决不了的"，我一度深以为然。我想电话狂人的家人也一定不止一次这么告诉他，但他不会在乎这些世故的经验之谈，他只是单纯享受说话的乐趣，只要他的话还能收获欢笑和反馈，他就能一直说下去。即便很多哈哈大笑的人转过脸来就说他半吊子、顺嘴淌，他也不会受到打击，而是将其视为称赞。他总说，没办法，我有一个笑话，总不能不讲吧。

兴致勃勃地说笑，不惜把自己变为玩笑的一部分，他的付出就是那么大。讲话时，他声音洪亮，手舞足蹈，必要时还要拟声比物，比如讲到狗叫，他绝不会偷懒说，那只狗汪汪大叫，而是直接学给你听。在这方面他确实天赋异禀，学什么都惟妙惟肖。熟悉他的人，在他说话时从来不会离他太近，因为他的口水非常之多，射程至少可达两米开外。我一直以为，像他这么一个以娱乐大众为己任的人，最适合的职业应该是相声演员或者脱口秀艺人，最不济也可以兼个婚礼司仪。做个建筑工人，委实有些屈才。

像这样的一个人，若是给他一部电话，我想你立刻就会明白为什么有"狂人"跟在后面。

电话对于人类来说，不失为一个天大的发明，据说"二战"没有电话都不可能打起来。一台伟大的电话落到一个嘴大的话痨手里，不亚于久旱逢甘霖，不亚于水尽花又明，不亚于猛虎添双翼，不亚于——哪那么多不亚于——简直就是蛟龙入海又上天，猴子偷桃又闹神仙……可以这么说，对于他的亲友来说，让电话狂人得到电话，一点不比让希特勒得到德国造成的灾难小。他的父母最终意识到这一点，为了他的终身大事，非常不人道地剥夺了他使用电话的权利。这就是后话了，还是让我们先说说电话为什么会影响到他的终身大事吧。

电话狂人身高超过一米八，相较于他那位一米四几、只能在家磨豆腐的叔叔而言，他简直就是鹤立鸡群。他的长相也不错，浓眉大眼，符合国人的传统审美，说是一表人才也不为过。他有两个姐姐，有年富力强的父母，一家五口在外挣钱，只为他一人的终身大事而奋斗。有这样的强大后盾，再加上优良的先天条件，娶个把媳妇似乎不在话下。可他却不知不觉混到了二十八，除了几个资深光棍，他成了村里最晚结婚的人。

这么晚还没找到媳妇，他也着急，他对女人的渴望并不比别人少，甚至还要更强烈。从十八九岁开始，家里就陆陆续续给他说媒，到如今，他见过的女孩少说也有百八十个了，附近年纪相当的姑娘几乎被他见了个遍。一上街，他经常能遇到跟他相过亲的女人，人家多半挽着丈夫奶着孩子，出双入对其乐融融，只有他还形单影只吊儿郎当，见到熟人就打招呼。一开始，相亲总是失败，家人百思不得其解，就差人去女方那里打听，答案全都相差无几，女孩们多半嫌他嘻嘻哈哈，说了很多不该说的话，看起来有点二唬。后来家人为了控制他的嘴，就派个年轻人和他一起去，以便监视他，这样勉强起点作用，直到有一次女方没看上他，反而看上了陪他去相亲的人，家人才绝望地认识到这个办法也不可行。最后，他们不得不事先为他安排好说辞，就像给外交发言人写演讲稿一样，除了稿子上的，别的多一句也不许说。不得不说，果真是外交无小事，按外交规格准备的相亲辞令果然不同凡响。当电话狂人不再说话，看起来是那么沉稳，那么地有男子气概，再加上家里条件那么好，几乎见一个成一个。家人们总算松了一口气，但很快他们就发现这口气松得太早了。想要结婚，相亲只是第一步，确定关系之后还得等个一两年，让两个人互相了解了解。电话狂人就是败在这一环上，没办法，谁让他有电话呢。

相亲成功之后，虽然没有订婚仪式，但也可以称得上是准夫妻了。结婚之前，他们相处的机会不多，家长们也不鼓励年轻人私下交往，顶多一起逛逛街，逢年过节，男方会买点猪牛鸡羊孝敬未来老丈人，顺便见见未婚妻。因为各有工作，见面的机会也少，这些年普及了手机，男女双方会象征性地互留号码，但只是象征性的，大多不会联系，除了电话狂人。

有一年中秋，电话狂人在外打工，他父亲就买了些猪羊代为送去女方家。不料对方勃然大怒，不但不收礼物，还要取消婚事。父亲不明就里，说好端端的为什么要取消呢。女方家很无奈，说闺女打电话回来哭诉，抱怨电话狂人天天半夜打电话，说个没完没了，严重影响了她的睡眠。她实在受不了了。

电话狂人喜欢打电话，这是公认的事实。在外打工，大家都很累，一回到寝室就睡下了。这时候他却来了精神，想说话又找不到人，就只好打电话了。我的好朋友马宏曾和他在一起工作，跟我学电话狂人打电话的样子非常形象，让人捧腹。半夜十二点，大家都睡了，电话狂人拿起电话，照着通讯簿一个一个拨过去，对方不是关机就是不接，最后，电话狂人只得拿出杀手锏，拨通未婚妻的电话。因为这层关系，对方比较害羞，不会那么冷酷地挂断电话。电话一通，他精神百倍，不过每晚的开头都一样，话题的转换通常得靠对方，要是对方也像他一样没有创造力，那通话只能变成这样：

喂，电话狂人说，猜猜我是谁？

猜什么，我有来电显示的。

噢。你吃饭了吗？

吃过了。

是吗，吃的什么饭？

米饭。

还有什么？

茄子。

好吃吗？

好吃。

在哪吃的？

饭馆啊。

啥饭馆？多少钱？贵不贵……

他像个问卷调查员，只要还有信号，就能一直追问，绝不给对方留say goodbye的机会。对方一时说不了拜拜，只能和他永远拜拜喽。不过他倒不太难过，在外面，他看起来永远那么开心，不管是家人遭了灾还是自己闯了祸，只要能做个谈资博人一笑，他绝不会忍住不说。

去年，他又说了两句经典，一时间被广为传颂，他也得意非凡。一旦有新听众到场，我们就得再听一次。

第一件事事关他的母亲。那是一位身强体壮、吨位可观的中年女人，看到她，你就会明白电话狂人的健壮体魄从何而来。去年秋天的一个夜晚，她起床去上厕所，结果踩到自己的小便滑倒了。她摔断了腿，卧床好几个月，花了好几千块。幸好电话狂人和他父亲都在本地的工地干活，可以常回家照料她。电话狂人很高兴，因为无论谁看到他，都要问候母亲的伤情，继而谈到伤情的起因。就是在不厌其烦地汇报中，他说出了那句经典台词：×他娘，我们爷俩儿辛辛苦苦大半年，还不够她一泡尿滋的。

笑声被引爆的威力深深震撼了他，此后无论何时说到事，他都会以这句话压轴。有人闲着无聊，听到别人转达还不过瘾，非要让他亲口说出来。在这方面，他从来没有让人失望过。

既然可以用老妈来逗乐，那么拿老爹开涮也就不足为奇了。这句话严格来说是他父亲说的，电话狂人只是负责把它传扬出去。

是这样的，因为厌倦了在外打工，电话狂人这两年赋闲在家，工地上有活就去干干，没活就到处溜达。一天，他溜达到表叔家的瓜地里，看到表叔一家在摘瓜，他也不帮忙，坐在路边的三轮车上打开一个瓜，边吃边玩。表哥见到他又吃又玩，也不想干活了，跑过来和他闲聊。聊了一会儿没什么意思，他从表哥腰里取下车钥匙，发动车子说要带他去兜兜风。

"我唱着张学友的'我要带你去兜兜风，去兜兜风——'，"说到这他真的唱起来，"就开着车，嗡——嗡——，带他上路了。结果一不小心，翻路沟里了，幸亏我麻溜，一下就跳了下来。我跳到瓜地里，要不是正好跳到一个西瓜，我根本不会摔倒。"

看得出来，他很满意自己的表现，他的表哥可就没那么大能耐了。车子翻到路沟里，压住了表哥的腿，右脚脚踝粉碎性骨折，住院半年，花了好几万，一直没有康复，恐怕就是康复了也会落下终身残疾。因为是电话狂人惹的祸，医药费当然全算在他头上。他还说母亲一泡尿报销了他们父子大半年的劳动成果，到了他这里，恐怕五泡尿都打不住。父亲气得唉声叹气，欲哭无泪，他对儿子说：你老这样可不行啊，我就是棵摇钱树，也要被你摇死了。

我们可以想见这位父亲说这话时有多无奈，他当然不会想到，儿子竟从这句话里发现了喜剧成分，并且迫不及待地分享给每一个人。可以这么说，我们村里的人都因为他笑过，却很少有人为他担心过。人们已经习惯了把他当作一个笑话看待，或许有一天他突然哭起来，大家还以为他是在故意搞笑呢。

红　星

红星是个傻子。和不认识的人谈起他，我只能这么开头，就像某某是个军人，谁谁是个司机一样，这是最显著的特点。不同的是，傻子这个职业是终身的，甚至还有世袭的可能。不过考虑到他们家太穷，父母年事已高，红星结婚的可能性已经微乎其微。但那不代表他没有努力过。

第一次和红星有所接触，大约是我六七岁的时候。我们的村子很大，不一定互相都认识，个别住得远的更是见都没见过。但是每一个人都认识红星，红星也认识每一个人。他爱到处闲逛，几乎停不下来，所以扩大了相遇。那一天刚下过雨，我们正在玩泥巴，红星从远处走来，看见我们一群人在玩，正想往这边走。一个大点的孩子指着他说，快看，那就是红星，他害怕砖头。为了使我们信服，他喊了一声红星，从地上捡起一块砖头。红星很给面子地抱头鼠窜。那时候他已经十七八岁，长得非常高大，没想到会被一个小孩子吓得屁滚尿流。我们觉得很有意思，也就记住了他，并且都想在他身上试试砖头的威力。

红星虽然胆小，却有点贱兮兮的，爱开一些占人便宜的玩笑。在路上碰上个小孩子，他就叫人家的名字，某某，你大姨来了。在哪呢？在我被窝里呢，嘿嘿。大多数孩子都会对他举起砖头，把他吓得落荒而逃。也有人真的扔出去，用很小的力气砸中他。

到了夏天，就很少能看见红星的踪影了，只有到有水的地方，才能找到他。他特别喜欢钓鱼，制作了很多渔具。我们还小，不会自己做，大人也不让靠近水边，所以在这一点上很是羡慕。有一天，我们在路上相遇，他叫我的名字，我问他干吗，他说你大姨来了。我知道他的把戏，就准备找块砖头把他吓跑。他从口袋里摸出一只鱼钩，还是金黄色的，这严重吸引了我。他把它递给我。你看看，他说，我还有很多。那这个给我吧，我说。这个鱼钩很大，是钓大鱼用的，你有竹竿吗？他问我。然后又给我讲了一堆钓鱼的事。我们边走边说，我走得很快，想赶紧摆脱他，好把鱼钩据为己有。他一直喋喋不休，好像几百年没说过话似的。看来他是不会轻易放过我了。快到家时，我让他走，说我要回家了。他不说话了，站在那儿呆呆地看着我。我以为没事了，就往家跑去。把我的鱼钩还给我。他喊着追上来。看他气势汹汹，那么大的个子在后面追，我吓得不轻。什么鱼钩。我企图骗过他，没想到他记忆力那么好，就认定鱼钩在我身上。

他几步就追上我,抓着我要鱼钩。我觉得既害怕又丢脸,竟然和一个傻子纠缠不清。我找个机会挣脱他,顺势从地上捡起一块砖头。他一下后退几米,嘴里还嘟囔着还我鱼钩。我举起砖头,他又后退几米,但没有像往常一样跑掉。我往前追几步,他就跑几步。我往回走,他又跟上来。我们就这样,走走停停,追追跑跑,互相拉锯着跑回家。我锁上门,把他挡在外面。他在外面徘徊不去。我想他过不了多久就会自行离开,于是坐在屋里等着,不时扒门缝里看看。他一直在外面。家里没有人,我打开电视,心虚地根本没心思看。看看手里的鱼钩,真的不舍得还回去。后来奶奶回来,问我是不是拿了红星的鱼钩,让我赶快还回去。我走到门口,红星坐在门前的树下,手里拿着一块砖头。这把我吓得不轻,他不是害怕砖头吗。我把鱼钩扔在地上,慌忙跑回屋子。

后来我们长大了一点,早忘了鱼钩的事,红星也不再害怕砖头。因为我最好的玩伴和红星是堂兄弟,他的两个亲外甥也在我们学校上学,就经常能见面。红星的堂弟常年一个人在家,他家就成了我们的聚集地,一堆人每天在那里听音乐,玩游戏,打麻将,闹得乌烟瘴气。

起初,我们打麻将的赌注是糖果,红星来了就随便从桌上抓一颗,反正桌上大部分是他的亲戚。看在他亲戚的面子上,已经没有人再戏弄他,顶多在言语上互相占占便宜。相较于从前，红星变得直接多了，不再玩你大姨来了那一套，而是直接说，×你大姨，或者×你大姨个×毛尾。这时候的红星有点混不吝，砖头已经吓不到他，大家也就互骂一通，最后谁骂得花哨算谁赢。可以说红星乐在其中，骂人的时候总是笑眯眯的，而且一直揪着对方的大姨不放。这时候没有大姨的相对占便宜些，反正他骂的人不存在。但由于一屋子都是红星的亲戚，所以骂红星的人难免殃及池鱼，很容易被群起而攻之。

总而言之，我们都从红星骂人方式的转变上注意到一件事，那就是他开始想老婆了。但是老婆在哪里，想必他也很茫然。

在红星堂弟家的聚会中，有时会放点毛片。红星要是在，大家就拿他开玩笑，毕竟就他一个人发育完好，整装待发。红星看片时非常害羞，完全不像他骂人时那么当仁不让，尽管如此，他还是很爱看。也许这或多或少地鼓励了他接下来的行为，去调戏村里的一个老姑娘。

那就是菊花。那个高大威猛的女人，为了保住处女之身，已经离婚三次，外加踢伤一任丈夫。红星连这样的人都敢动，无异于老虎头上拔毛。那一天我不在场，是听人说的。菊花拿着铁锹站在枣树下，红星在不远处的池塘钓鱼。后来他钓到一条大鱼，装在水桶里准备拿回家。路过菊花的时候，菊花让他停下，弯腰看着桶里的鱼说，好大一条啊。红星看到菊花领口里的内容，情难自持，伸手摸了上去，说，再大也没有你的咪咪大啊。

这件事的结果我们后来都看到了，那就是红星少了一块肉的脚后跟。那是菊花用铁锹砍的。从此以后，红星就新增了一个天敌，菊花。

去年春节回家，看到红星，我对朋友说，红星老了。虽然三十出头，但已形容憔悴。他和八摊在本地的工地干活，每天日出而作日落而归，这是他长这么大以来第一次外出挣钱。他的父母年岁已高，他不得不试着自己养活自己。他现在很少再有时间闲逛，也不怎么爱钓鱼了，最大的爱好变成了坐在门口的池塘边抽烟。多年不见，他依然记得我。那次他和八摊上工回来，在路上看见我，笑着叫我的名字，欢欢，欢欢。我说干吗。他就不再说话了。我真希望接下来他会说你大姨来了，但他什么都没说。

再见大欢欢

这个题目有点奇怪，大家都知道欢欢是我的名字，为什么要在前面加上一个"大"字呢？这是一种区分重名的常见方式，比方说我们学校有两个磊磊，一个胖一个瘦，大家就叫他们胖磊磊和瘦磊磊。小学时，学校里加上我一共三个欢欢，另外两个一男一女，来自同一个村庄，村里的人叫他们男欢和女欢。这种叫法一直延续到学校，他们是同班同学，大家必须以此区分。后来我上了学，大家也没有因为又一个欢欢的加入而改称呼。我比他们低两级，基本没什么交集，但如果有人在操场上大喊一句：郑欢欢是傻瓜！肯定会一下惹怒三个人。在这里我要讲的是男欢，因为他年纪比我大，身材也比我高大，所以就叫他大欢欢吧。这一回我甘愿做小。

我们同名同姓，却不是来自同一个村庄。他们的村子叫大郑庄，我虽然也姓郑，却住在不远处的大王庄。大王庄姓什么的都有，不过还是以王姓为主。大郑庄就非常纯粹，清一色姓郑，这也可以理解为一种排外行为，他们非常抱团，认为村民系一脉相承，坚决不允许外姓人侵。对于我们这些生在王庄的同姓人，他们常常开玩笑，说我们是被大水冲过去的。老一辈则说我们是逃荒逃过去的，那时候郑庄的粮食不够吃，老祖宗就来到了王庄。这么说有一点逃兵、叛徒的味道，那就怪不得他们不尊重我们了。

郑庄人非常团结，就好像有那么一条看不见的村规似的，只要是村人受外人的欺负，他们绝不会坐视不理。听大人说郑庄人曾为了一桩冤案，集体出动，包围了乡政府，直到他们认真了结。具体到我看到的，就是学校里的事情了，从我入学之日起，学校里的霸主地位就由郑氏子弟牢牢把持着（当然我这种身在王庄的姓郑人是不算数的，也不会受到保护），要是姓郑的孩子被人打了，只要到教室吼一声，马上有一帮人为其出头。要是姓郑的打姓郑的，就会有一圈姓郑的围着看，以保他们公平竞争。

刚入学那两年，学校里的头号人物是大龙小龙两兄弟，平日里嚣张跋扈，连老师都不放眼里。他们家是开公路旅店的，平常可以接触到很多坏蛋，所以成长得很快。他们崛起的标志性事件是暴打副校长。副校长是个热爱唱歌的文艺青年，总爱到县里参加歌唱比赛，总爱拿三等奖，而且每次奖品都是电饭锅。副校长挨打不是因为唱歌，不过多少也和唱歌有点关系，他喜欢单独辅导高年级的女同学，且都是发育早、身材好的漂亮女生。学生们就编排他们，说他没安好心，渐渐生发出很多情节。小学生的想象力是无穷的，再加上不知疲倦的精力，一时间副校长和各个女生的风流韵事满天飘，直到气哭了一个女孩，也许你也猜到了，这个女孩姓郑。

学生们义愤填膺，那时候我还小，不懂这有什么好生气的。高年级的同学把副校长恨得牙根痒痒，大骂其有女朋友还来抢我们的。那时候小孩上学晚，上到五六年级都有十五六岁了，他们大多春心萌动，正是需要女孩的年纪。在这种情况下，大龙小龙应运而生，站出来打了副校长一顿。他们埋伏在副校长参加歌唱比赛回来的路上，取出他的电饭锅打得他满头包。

副校长是个上过师范的年轻人，简直不敢相信还有这种学生，坚持要开除他们。二龙的父亲很有权势，开着一辆红旗，带着一群奇形怪状的人来到学校，分分钟就摆平了这件事。那是我们第一次看到混社会的人，觉得真是酷极了，后来看了《黑客帝国》，我才知道他们的造型来自哪里。那些光头戴墨镜的黑社会和袒胸露大腿的妓女在学校引发了不小的骚动。因为副校长是个外乡人，几乎没有人站在他那一边。就这样，大龙小龙一战成名，开始了在学校横着行走的日子。直到他们惹了不该惹的人——大欢欢。

大欢欢身材高大，相貌英俊，本来是属于那种不问世事的人，虽然他也不是什么好鸟，但对欺负人兴趣不大，他只是喜欢和女孩玩，举止打扮也有点女孩气，用现在的话说就是娘炮。这就会给人一种错觉，觉得他好欺负，只是他父亲一直在外面做生意，家里有钱，也没有人傻到去欺负他，从而落得无福去分享他的大方。当然只有一个人除外，那就是小龙。大龙小龙在学校里威名赫赫，大家真正害怕的还是小龙，他平日最喜欢以戏弄人为乐。大欢欢在郑家子弟中地位很高，连大龙都让他三分，只有小龙不理这茬。

大欢欢喜欢和女孩玩，其中一个代表人物就是女欢。他们既同名又同龄，还是邻居。女欢长得很漂亮，只是家里穷，她妈在她很小的时候跟人跑了，父亲一个人把她养大。由于住得近，父亲一旦出门，就把她托付给大欢欢的妈妈，所以可以说他们是青梅竹马，每天上学放学都一起，就像一家人一样。小龙最喜欢拿这一点取笑他们，跟大家编他们的故事，说看见他们在大衣柜里搞那事，或者在庄稼地里什么什么的。不得不说，编这种故事是很有快感的，我也给人编过。以往小龙都是背着他们说，有一天在上学的路上碰见，他也这样说起来。女欢立马就不干了。她把带到学校喝的绿豆汤泼了小龙一脸，小龙也不干了，抬手就打女欢。大欢欢就更不干了。他们一男一女，把小龙打得毫无还手之力。虽然小龙屁股后面有一群跟班，但没有人参战，他们谨守郑家的规矩，眼睁睁看着二欢把小龙打倒在地，还踩上一脚，吐口吐沫。

小龙吃了瘪，当然不愿善罢甘休，他一边逃离现场一边指着二欢说，有种别走，你们在这等着。

现在想想二欢也够傻的，人家让等着他们就在那里等着。没多大一会儿小龙就带着大龙回来了，大龙虽然尊重大欢欢，但终究还是以守护家人为己任。大欢欢看到他们，指着小龙对大龙说，正好你来了，好好管管你弟。他话没有说完，大家就叫起来，与此同时，一层血雾喷出来，简直就像电影里看到的一样。大欢欢稍一愣神，意识到发生了什么。是大龙出的手。敢动我弟。他说道，又一次扬了手。小龙早就迫不及待了，立刻像疯狗一样扑上去。这时候大家才看到他们手里的玻璃刀。

那天大欢欢一共身中十七刀，浑身都是血，最致命的一刀在脖子上，差点就划到喉管，但他一直没有倒下。他把女欢推到人群里，独自面对二龙。女欢找人到学校报告老师，然后拿块砖头在边上伺机而动。二龙就像疯狗一样，完全不顾后果，特别是小龙，一直蹦着想往大欢欢脸上划。幸亏大欢欢身高体壮，勉强能以一敌二。他拽着小龙的头发，在树上把他撞晕了。女欢立即跑过去，使劲踩小龙的头。大龙扑过来保护弟弟，她把手里的砖头拍在他头上。就这样，二欢战胜了二龙。那恐怕是我见过的最血腥的场面了，每个人身上都是血，大欢欢简直成了血人。不管怎么样，躺在地上的人是二龙，站到最后的人是二欢。

后来的事就简单了。大欢欢在外办厂的父亲匆匆赶回，在医院看到缠满绷带的儿子，立刻召集人马砸了二龙家的饭店。二龙家在财力上远不如大欢欢家，很识时务地赔礼道歉。二龙依照要求，在学校操场上给大欢欢下跪认错，那天连学校老师都趴在窗口上看热闹。可以看出来，小龙跪得有一百个不情愿，是他爸的光头跟班硬摁下去的。他的头肿得很大，裹着绷带，几年后他也和大欢欢一样，脑子出现了问题，不知道和这次撞击有没有关系。在二龙下跪的一刻，我们都意识到，学校的老大已经易主。只是没想到，其中还有个女的。

没过多久，女欢就被父亲带到外地去了。大欢欢有点低落，毕竟是一起患过难的女孩，就这么离开了他。另一方面，他不得不接受老大这个席位，接受郑家子弟和外族势力的朝贺。俗话说居其位谋其事，作为一个老大，平时不做点坏事怎么行呢，更何况如果可以随意做坏事，恐怕谁也不会拒绝。

大欢欢做的第一件坏事就是染头发。从三年级他就开始染头发了，因为家里有钱，他的穿着和发型永远是学校里最酷炫的。到了六年级这一年，老师们不知道抽什么风，觉得小孩子染得红一绺黄一绺的不像话，勒令他们统统染回来。结果就在命令发出的第二天，老师们全傻眼了，学校成了颜色的海洋。这是大欢欢带着手下强行做的好事，虽然是强行，我们还是愿意称其为"好事"，毕竟爱美之心人皆有之，大家平常也买不起染发水，很多人半推半就被他们在脑袋上乱揉一通。由于时间匆忙，效果也不尽如人意。我本来想让他们把额前染红，结果头顶变黄了。他们随便在人头上涂抹染发剂，最终导致学生们像得了狗皮疮，头顶着东一块西一块的颜色。

法不责众，老师们见适得其反，只好让大家爱染什么染什么，如果有人愿意染回来，别人也不得阻挠。这里的别人当然是指大欢欢了。

受人敬畏，全班女生都把目光聚集在自己身上，大欢欢还是很受用这种感觉的。大家都以和他同出同进为荣。我们村有一个人混进了他们的内部，每天跟出跟进，也不算什么重要人物，但起码算个人物了。我那时候刚读四年级，读了很多爱国文章，知道我们是祖国的花朵，是未来的栋梁。像大欢欢这帮人，除了惹事还能为祖国做什么贡献呢。所以我很鄙视他们。有一天，我做了个梦，梦见他们到处去杀人。我就跟我们村的那个人说，你不要再和大欢欢玩了，我梦见他带着你们到处去杀人。没想到这家伙竟然把话告诉了大欢欢。大欢欢很生气，后果很严重，到班里打了我一顿。不过劳烦他亲自动手，我也算很荣幸了。那天他站在讲台上，大声问谁是郑欢欢，大家都笑了，说你不就是吗。

后来我们上了中学，有两三年没见过他。再见的时候，他已经变成了傻子,完全没了往日的威风,身体发胖了,头发剪短了,虽然穿的还是干干净净的运动名牌,但已经没有了曾经的动感。没有人再害怕他了,大家只是觉得他很烦。在中学里,郑氏一脉也丢了风光,大龙被人打得退了学,小龙的脑子出了问题,休学在家。郑氏子弟群龙无首,虽然个个仍有一颗坏蛋的心,但也只能给人跑跑腿,做做帮派小老大,说一不二的人再也找不出一个了。

那时候我跟郑庄的人玩得很好,同在一个帮派里当小混混,去郑庄玩的时候经常碰到大欢欢。他总是跟在大家屁股后面,如果没有人和他说话他就不说话,一旦和他讲话,他就讲个不停,不管是什么话题,他都有兴趣聊聊,即使是他根本不知道的事情,他也聊个没完,经常把自己绕进去,没完没了地重复已经说过的话。所以大家的对策就是不和他说话。

他和一般傻子不同,智力水平和常人几乎不相上下,真要说,也说不出来他到底傻在哪里,只是大家都已经把他当傻子看待了。他对自己的情况也很有自知之明,有一次我们在他家门前相遇,他又跟在我们屁股后面走起来。我跟他聊了几句,他说自己是学习学傻的。他爸爸为了让他学业有成,把他送进市里的寄宿学校,在那里他谁也不认识,而且大家个个都比他有钱,他只能好好学习。短短三个月,他从全班第四十三名一跃而至前六名,结果用脑过度,得了脑膜炎。"那天我正在下楼梯,"他说,"突然脑袋一紧,我叫唤一声，醒来就在医院里了。"出院后，他不能再上学，一用脑子就犯病，只能回家休养。我问他现在能用脑子吗，他说不能，"我不能想问题，问我问题就等于谋杀我"。我犹豫了一会儿，还是决定把他谋杀了，"你为什么那么用功读书？"

"我爸说只要我考上大学就让我娶女欢。"他说。他没有犯病，倒是笑起来。

我不说话了。他紧跟在后面，我们费了好大的劲儿才把他甩脱。同学告诉我，女欢在广州傍了个大款，是那种真正的黑社会，平均每个月都要花掉好几万块，我们这里的男人是绝对养不起她的。

傻瓜的爱情

现在我抱着侥幸的心理，打出上面的标题，准备讲一讲我的表哥。他是我大姨的儿子，和我住在一个村，因为村里有三个年纪相仿的磊磊，为了方便区分，人们就在名字前面冠以他们最显著的特征，胖的那个叫胖磊，瘦的那个因为有个哥哥叫石头，大家就叫他石磊，至于我的表哥为什么叫傻磊，就用不着解释了，只要和他相处上半天，很容易就能得出这个结论。

这样的别号，人们当然不敢当着家人的面叫，在大姨家，傻这个字眼是绝对的禁忌，如果真要骂表哥傻，大姨也只用半吊子、二信毯这种说法。这就是我为什么要说，我是怀着侥幸心理写这篇文章，如果被大姨看到，她一定很伤心，想不到那么疼我，我还专门写文章说他儿子傻。

表哥的傻不是先天的，所以他傻得不太彻底，比红星要强很多。前面说到我们是一个村的，这和他的命运息息相关，我也一样。我曾不止一次这么想，如果不是大姨非要给我爸保媒，或许我妈就不会死，就算死了，如果嫁的不是我爸，我也就不会摊上一个那么彪悍的继母。大姨也常常自责，觉得和自己脱不了干系，所以待我分外好。连外公也责怪她，这门亲事如果不是她极力主张绝对不会成。母亲去世后，外公开始研究命理八卦，他的发现是我爹跟我妈的八字不合，五行相克。一个火命人，一个水命人，水火不相容，相容必相伤。结果就在他们斗得不可开交的时候，母亲又生了我，因为我也是火命人，所以我们父子二火合一，就把她给克死了。那时候我才七八个月大，母亲得了白血病，躺在医院里快死了。大姨父骑着自行车去看她，三岁大的表哥坐在后面的婴儿座里。姨父刹车的时候他从车上掉下来，摔在刚修好的柏油路上，摔坏了脑子。

按照外公的说法，这同样跟我们父子的毒火脱不了干系，就在我们的火将要把妈妈置于死地的紧要关头，姨父的出现被当成一种障碍，于是这火就动了点手脚，摔坏了表哥，让他们自顾不暇。当然这只是外公的怪力乱神之说，没有人当真。表哥家自顾不暇倒是真的，他们四处求医，很快花光了积蓄。那时候姨父是个司机，他当兵的时候就是汽车兵，所以挣的还算多。大姨是一家日本工厂的小组长，本来有望升迁，为了给表哥治病，他们放弃了工作，带着表哥四处问药。钱花完之后，姨父慌不择路，偷了邻居家的牛。后来姨父的父亲喝醉酒跟妍头说漏了嘴，导致事情败露。丢牛的人家兄弟很多，一起围殴了姨父。姨父一怒之下举家去了北京，在那里工作生活了十年，几乎没有回过家。所以十岁之前我根本不认识他们一家，见到表哥的时候他已经十三岁了。

突然之间，我有了一个疼我的姨妈，也是突然之间，村里又多了个磊磊，他们的邻居反应很迅速，马上开始以傻磊来称呼他，并充分享受戏弄他的乐趣。家人一直把他当作正常孩子培养，在北京他上了幼儿园，还好幼儿园没有留级制，要不然恐怕他的整个学生生涯就要在那里度过了。到一年级，他结结实实留了三级，转学回来我们正好在一班。他个子大，学习又差，坐在最后一排。刚开始不太熟悉，我和他基本上没什么交集。他没有攻击意识，不管谁打他，他只是躲。还有就是爱说话，但仅限于熟悉的人，在陌生人面前他一声不吭，碰上熟人就喋喋不休，只有大喝一声让他别说了，他才会停下。这种效力只能持续几分钟，过一会儿他趁人不备又会说起来。在日后的相处中，这成了每一个人要面对的问题，每次和他走在路上，不管是谁，都会不时爆出一声大喝：别说了！

在他家住了几天之后，我们混熟了，他开始缠上我，我也意识到有责任去保护他免受欺负。以前邻家的孩子把他的内裤挂在树上，我还说干得好，现在我开始觉得我们是亲人，欺负他就是欺负我。我要做的第一件事就是不许人再用傻磊称呼他了。这件事难度很大，后来连我自己都不得不同流合污。一说到磊磊，伙伴们就问哪个磊磊。"就是我大姨的儿子。""你大姨是谁？"这样解释太累了，后来我也发现用傻磊要方便得多。上到五年级，他离家去了浙江的余姚，大姨一家在那里卖水果。他因为学习太差，每次只考二十来分，家人觉得他上不上学都无所谓了，在家里还要为他担心。记得有一年放烟花，点着之后好久没有动静，他凑上前去查看，就在这时烟花冲出来，把他的头发烧了，眼睛也受了伤，幸好没什么大碍。大姨担心不过，让他去了余姚。这一下又是好几年不见，后来我也不上学了，就去余姚找他们。他还记得我，并且很自然地把我当作老友。他已经完全长大了。我们有很多亲戚在那里，他带着我四处转悠，嘴里一直没闲着。到了晚上，他带我去热闹的夜市，亲戚们大多在那里摆摊卖水果。他认识每一个摊主，和他们热情地打招呼，开玩笑。出门在外，这里的人要和气多了，没有人叫他傻磊，也没有人戏弄他。

那几乎是我们最快乐的一年。卖水果的生意很好，出门就是本市最大的农贸市场。我找了一份很轻松的工作，每天只上半天班就跑回来玩了。表哥喜欢电子音乐，电视里经常放着迪斯科碟片，走在路上就用山寨机放得震天响。他定期去街边的手机店让老板给他更新音乐，一次收他十块钱。后来我来了，就到网吧给他下载。一开始，我们睡在一起，我每天要忍受他的两个怪癖。一是他的手机设有无数闹铃，经常没有来由地响起来，特别是夜里，山寨机的声音很大，经常把人吵醒。二是他从来不刷牙，每天起床就用被子蹭蹭，可想而知这被子会是什么样。

后来大姨给他找了一个女人，我不得不腾地，和另一个表弟合租一间房子。一直以来，为他找媳妇都是重中之重，大姨虽然挣了不少钱，他的对象还是不太好找。那时候流行找越南新娘，家里就花五万块给他找了一个。这个新娘只待了一个多星期就跑了，她甚至没有学会说一句中国话。于是表哥再一次回归单身，每天来找我们玩。我们追问他有没有搞过那个女的，他很不好意思地搪塞过去。

我和几个表叔表兄弟每天在出租屋里打麻将，他就在旁边跟四舅的儿子玩，一起看喜羊羊或者打扑克。他一直没有工作，所以有大把时间。我们都去上班的时候，他就在家看电视。他最喜欢看《星光大道》，一看见老毕就乐不可支。对李咏也很有感情，我们用他的手机给《非常6+1》发了很多短信，向李咏索要一台电脑，他不懂电脑，更喜欢手机，所以有时候也要手机。每天到了砸金蛋的时候，我们就很激动地坐在电视前，希望砸到我们。当然一次都没有。一年后我收到一条诈骗短信，声称被砸中了，还激动不已，立刻打电话告诉了他。

一直以来表哥都衣食无忧，没有什么烦恼，也不主动做什么事。他唯一主动去做的一件事大概就是剪指甲了，他把自己的指甲剪得贴近皮肉，再无可剪，就开始剪我们的。我们坐在床上，他就抱着我们的脚，小心翼翼地剪，剪完再用小锉刀磨齐整。一开始大家还有点不适应，后来都被他的手艺征服，就任他去拾掇了。可惜那时不知道有美甲这一说，要不然这肯定是最适合他的职业。

由于他一天二十四小时不离手机，所以手机不是坏就是丢，光我就陪他一起去买了好几回。有一次，他的手机又丢了，这次不同以往，捡到手机的人没有换号码，而且每次打过去都会接。这个女人就住在同一个村子里。每次家人责怪表哥老买手机，他就很气愤地给这个丢掉的号码打电话。那边接通之后也不说话，只是对着电话呼吸，别人不说，表哥也不知道说什么才好，于是双方都沉默着，过了好一会儿，那边说话了。喂！她的声音很大，把表哥吓了一跳。

表哥憋了半天，也大声说，你妈的，这是我的手机。

是我捡的。女人理直气壮，谁让你丢的。

你在哪捡的。

就在地上。

在哪里的地上。

就不告诉你。

你不说我也知道在哪。

在哪？

在你脚底下是不是。

那不废话吗，当然了。

有一天他们突然这样聊起来，越聊越投机，后来就经常通话。就这样，表哥自己给自己找到了老婆。现在我应该叫她嫂子了,她的名字叫丹丹,是个轻微的孤独症患者,以前从来不爱说话,因为这部捡来的手机,她开始和表哥长时间通话,直到她决定见面,把手机物归原主。大前年她给表哥生了一个儿子,非常健康,非常聪明活泼。表哥很喜欢和这个儿子玩。以前,他和我在一起的时候经常讲起他的幻想,想回家养兔子,想去火星烧开水,给老毕表演他自己写的歌《鸡爱上黄鼠狼》。基本上他每天絮絮叨叨的都是这些事情,我们全都当作笑话,或者充耳不闻,实在受不了就对他大喝一声,别说了!现在,他一下得到了两位听众,我衷心地祝愿他们能够生活美满,快快乐乐。前两天,他打来电话,说自己又写了一首歌,名字叫《磊磊爱丹丹》,歌词他只想出了两句:一年又一年,一天又一天,亲爱的丹丹,爱你到永远。他问我接下来该怎么写,我想了一会儿,实在想不出来,就敷衍他说,这种写给爱人的歌,你只能自己完成。

山林、海洋、高飞

以上分别是三个人。

他们互不相识，一个共同点把他们集中在这里。他们都是小儿麻痹症的受害者。

三人的后遗症都很严重，全部下肢瘫痪。最为严重的要数高飞，他全身萎缩，身体仍然像个儿童，其中一只手也受到牵连，变成爪状。山林和海洋要好很多，起码双手健全，尤其是海洋，他的上身十分强健，肩宽背厚，双手粗大，在小学时候已经长得像个大人。他也是三人中唯一上过学的，很不巧，他和我是同桌。那是在一年级的下半学期，他转学过来，老师安排他坐在我旁边。我有点害怕，怕他的病会传染给我。我回家告诉奶奶，说有个瘸子和我坐在一起，听老师说他有小儿麻痹症。奶奶也很害怕，就到学校找老师，让他把我们分开了。

分开没几天，我开始后悔，海洋家里很有钱，他每天带着大量零食、玩具和书来学校，他的同桌自然是近水楼台先得月。不过海洋很大方，他对谁都一视同仁。那时候刚刚流行小霸王学习机，他几乎有所有市面上流行的游戏卡，几乎整个学校的人都来找他借卡。他不管认不认识，从来都是有求必应。因此，他的人缘很好。每天，他的妹妹和邻居推着他去上学，路过我们村时，学生们就争着为他推轮椅。上楼的时候，他一手扶着栏杆，一手拄着拐杖，一阶一阶上去。他的臂力是那么惊人，我们从不担心他会摔下来。

长大后，家里给他在街上租了一间店面，卖一些电子产品，听人说，他还学会了修理手机和电视。去年春节回家，我的几个堂弟买了一台游戏机，他们去街上买游戏光碟时我跟着走进去，看到了端坐在电脑前的海洋，他正在打网络游戏。他告诉我，店里的生意不是很好，他正准备关了店铺去新疆。

"去新疆干什么呢？"我说。

"种棉花，"他说，"我父亲已经买好了地。"

在同龄人中，他是第一个称呼老子为"父亲"的人。我丝毫不感诧异，从小时候他拿到学校里的那一摞摞书我就知道，他是个愿意学文化的人，他会有个不错的人生。

现在来到山林。山林，他的生命已经结束了，和海洋相比，他过得有点糟糕。他从来没有买过一毛钱的东西。他活在世上的唯一消耗就是吃饭。他唯一拥有的就是自己的生命。现在，他连这个也丢掉了。他没有轮椅，没有拐杖，只有一把结实的高脚凳。他每天借助这把凳子在地上爬来爬去，全身的衣服黑得看不出本色。他的头发像鸡窝一样乱，打着卷，支棱在脑门上。他瘦弱不堪，像个少年一样，柔软无骨地趴在凳子上。很少有人和他说话，小孩们以为他是傻子，其实他一点都不傻，他只是不太习惯说话。他是我的好朋友马宏的叔叔，我这样说他，马宏一定很生气，因为山林一直生活在他家。马宏也觉得母亲对叔叔不太好，常常因为这个和父母吵架。无奈他只是个小孩，没有人听他的。山林是个累赘，这是公认的事实，他无法劳动，只会吃饭，他又脏又臭，惹人厌烦，他这辈子制造的唯一喜讯，就是自己的死讯。没有人怀念他，连那只高脚凳都不见了。他住过的房间，里面养了一头猪，人们再也闻不到他的气味了。他死后，遗体被挖出来强行火葬，那一天人们倒是又被迫闻到了他。那些看热闹的，闻到了他喧腾的尸臭。

我不知道为什么总对他念念不忘。我应该是讨厌他的，因为他把门前那棵丰硕的枣树看得太紧，让我们无从下手。他的弹弓打得十分精准，总让人望风而逃。他坐在地上，蓬头垢面，一身漆黑，像个世外高人一样深不可测。在我们眼里，他有弹弓，他身怀绝技。我们只说过一句话。

"你找谁。"他说。

"马宏呢。"

"出去玩去了。"

我赶紧跑开了。我当然不是去找马宏，而是被小伙伴们派去刺探军情的，他要不在，我们就上树偷枣了。他从不给我们这样的机会。他有弹弓，身怀绝技。他死了好几天，我们才知道，也只是小范围地知道，他的死不算什么大事，没有到处传扬的价值。他死得静悄悄的。家人把他悄悄埋了。人们都以为这事会悄悄过去。没想到会有人告密，他成了第一个被挖出来的人，一下子变得远近闻名。人们在路上相遇，有时候会谈起他，"你知道吗？大王庄的山林被火化局刨出来了"。"谁是山林？""哦，一个瘫子。"

那时候的告发奖金是一千二百块，不知道被谁拿了去，那可真是一笔大钱。纵观山林的一生，他恐怕也没有挣过那么多钱。多少个热闹的集市，他趴在地上，拦住过往的车辆，一次挣到一块或五毛钱，更多的时候，只是收获一句骂声或一记耳光。山林，曾被误以为身怀绝技的山林，或者是真人从不露相的山林，如若他知道自己的死能为人们挣到那么多钱，会不会感到高兴呢？

最后是高飞。

高飞的小卖部就在村口，一开始只是一座茅草屋，外面罩着防雨布，卖一些小零食和日常用品。上学路过，我们会进去买点吃的，后来发展到不买东西也进去，和他打个招呼，说笑一阵。大约是不便清洁，他身上有些味道，我们不太喜欢接近。他坐在床上，一些最常卖的小食品放在身边的桌子上，碰到够不着的，他就指挥我们去拿。收钱的时候，他坏掉的右手把钱压在腿上，用那只完好的左手点清楚，然后拉开抽屉，把钱放进去。他瘦得厉害，看起来只有五六十斤，他的脸因为太瘦，导致门牙突出，像极了兔子。

他吃住都在自己的小卖部，一天到晚坐在床沿上，萎缩的双腿耷拉下来。有人来，他就和人说说话，没人，他就那么坐着，不看书也不看电视，一天坐到晚。在小学的时候，海洋每天上学都要路过这里，有时会停下来买瓶水，或买点零食分给帮他推轮椅的人。他们知道自己都是同一种病的受害者，还互相探讨过病情，相比于海洋的热情洋溢，高飞显得兴趣索然。他忘了自己为什么会变成这样，那是很小时候的事，他也不记得走路的感觉。海洋记得。海洋是六岁时患的病，父母带他四处医治，所以恢复得还不错。但他没有告诉高飞这些，他问高飞为什么不买个电视看，那样他就可以把小霸王借给他，教他玩游戏。

"这里不能放太值钱的东西，"高飞说，"这里不安全。"

的确是，这座草屋连门都没有，只有一个棉布门帘。大多时候，都是高飞一个人守在里面，他连一个儿童都抵抗不了，要是路人萌生歹意，他也就只能眼睁睁看着。好在他卖的这些小零食不值什么钱，除了几条烟之外，再也没有什么值得觊觎的财物了。他那点微薄的营业额对坏蛋也没有什么吸引力，所以虽然他的小店在危险的村口，却也一直相安无事。直到后来，我们这帮小坏蛋成长起来。

进入中学，大家脸上长出了青春痘，已经算是半个大人了，对衣着、面子、女孩都有了进一步的要求。每个月那点零花钱当然不能满足，我们想尽一切办法搞钱，偷鸡摸狗、砸锅卖铁自然不在话下，胆子壮一点的，甚至敢在省道上拦车抢劫，相较而言，打劫一下高飞的小卖部就是手到擒来的事了。

这个提议一直萦绕在大家耳边，好多次都被那点仅存的良知给否了。一天晚上，外面的月亮很大，我们互相招呼着出来玩。在野地里乱窜了一阵后，我们坐在村口的桥头上，放着《我的地盘》，听学校的元老讲那些刀光剑影、打打杀杀的事。多半是夸大其词，但人们总喜欢听传奇，越传奇越爱听，听着听着就当真。当听到大郑庄的几个家伙拦住我们村卖豆腐的，抢了他的手机和钱之后，我们躁动起来，愤愤不平地表示为什么坏事都让他们干了，而我们只有听的份。这时候如果有人提议去抢高飞，恐怕没有人敢不同意。我忘记是谁说的了，人群中响起这么一声，顿时一呼百应。外号老鸹的初三学生脱下外套，一进门就蒙住了高飞的头。我们按照事先商量好的，拿走了抽屉里的营业款和几条烟，有两个家伙抬走了一箱啤酒，更多的人则是随手拿了点零食。

我们跑到庄稼地里，吃零食，喝啤酒，每人分到两包烟和几毛钱赃款。我们没有想到，每天晚上高飞的父亲都会把营业款拿走，抽屉里只剩下十几块零钱。拿衣服蒙高飞的家伙觉得自己功劳最大，一个人先拿了五块钱和一条烟，剩下的才给我们分。虽然收获不大，但是每个人都很兴奋，我们玩到很晚才回去，相信家长们都闻到了孩子身上的烟酒味。

第二天，人们得知高飞被一帮孩子给抢了，没有人提供线索。有人说是不是外面的孩子干的，村里的孩子跟高飞都是好朋友，是绝对不会这么做的。后来我们统一了口径，说那天碰到几个大郑庄的人，很可能就是他们干的。大人们一致同意这种猜测，说什么可能，根本就是他们做的，他们干的坏事还少吗。

这事之后，高飞家借钱盖了一座砖房。他家的生意也随着这座红砖房红火起来。屋子后面的一大片树林，到了夏天凉风习习，人们聚在这里打牌聊天，过路人也会停下来歇歇脚看看牌。那两年他们的生意好得不得了，每天都能把冰箱里的冷饮卖空。

去年我回家，他家又扩建了房子，后院也有了围墙。这次房子建得很气派，青砖红瓦，非常高，和其他人的住宅一样了。在马路对面，有人盖了一间二层小楼，整个下层辟作超市，里面有自动麻将桌和台球，每天人声鼎沸，乌烟瘴气，仅仅一路之隔，高飞这边冷冷清清，很少再有生意。不过值得高兴的是，新一代的小孩们已经习惯了高飞的存在，他们把"找高飞"当成了买东西的代名词。

春节的前几天，叔叔六岁的儿子拉着我，要去找高飞买鞭炮玩。因为天冷,高飞的小店大门紧闭,我们推门进去,看到高飞坐在昏暗的屋子里。我环视一周,仍然没有发现屋里有电视。我买了几盒鞭炮,交给我的小堂弟,让他出门放去。

"这是你儿子吗?"高飞问。

"我怎么会有那么大的孩子,是我叔的孩子。"

"噢,"高飞说,"你可有好几年没回来了。"

"是啊,"我说,"三年了,你还记得我?"

"那当然,我忘了谁也忘不了你。"

"为什么?我、我咋了。"

"我认识大王庄的每一个孩子。"高飞说。

"是啊,"我松了口气,说,"我们也认得你。"

吵架夫妻

这对夫妻是我们的邻居,就住在我家隔壁,中间隔着一条一米多宽的小道。可以这么说,我们是听着他们夫妻的吵骂声长大的。他们结婚近四十年——现在连孙女都三四岁了——结结实实吵了四十年。住在附近的人都已经习以为常,看到他们吵架就像看到他们吃饭一样,说一声,"呦,又在吵呢"。女人会暂且停下骂声,点头打过招呼,再继续接着骂。只有偶尔经过的路人,才会不自量力去劝阻他们。女人会很高兴地停下骂声,跟劝架者陈述为什么要吵架,等人走后,她又会继续骂起来,直到该做饭或者下地干活的时候,她才会停下来。但那也只是暂时,到了地里她仍会继续这场争吵,不过这丝毫不影响干活,她会一边锄草一边责骂丈夫。男人一般不说话,任她骂,除非实在烦得不行,才会甩她几个耳光,把她从身边打跑。所以看到他们时多半是这么一幅情景,男人走在前面,像个没事人一样跟来往的路人打招呼，女人跟在后面十多米远的地方，嘴里嘟嘟囔囔，时断时续地骂着。

争吵的主题永远只有一个，就是女人怀疑男人出轨，即使是因为别的事情吵起来，最后也一定会转到这上面来。为一个主题吵了四十年，他们简直可以去申请吉尼斯了。女人完全无视丈夫又老又穷又丑的事实，在她嘴里，他简直比唐伯虎还风流，和很多女的都有一腿。有邻居，有亲友，有的只是集市上碰到，更有甚者，她还为一个电视里的女人吃醋，就因为他看电视入神没有听到她叫他吃饭，她就不依不饶地吵了一整天，说你喜欢那里面的狐狸精是吧，你去找她啊，那上面不是有她的名字吗，你去×她啊，谁都比我好，谁都比我骚，你就喜欢骚货……这已经很少儿不宜了，到了后面会越来越深入，越来越详尽。好在骂人在农村是很稀松平常的事，家长并不十分在意，我们也在无意之间从她的骂声里学到了不少知识。

像"电视里的狐狸精"这种临时加入的角色只是他们漫长吵架旅途中的过客而已，就像连续剧一样，他们的争吵也是有主角的，男一号当然非丈夫莫属，女一号则是住在后面的一个女人，她是我的好朋友马宏的妈妈。像大多数农村妇女一样，她长得丰满，喜欢说笑，平常也很会打扮。当然这不是吵架女把她选为女一号的全部原因，我觉得唯一原因就是大家是邻居，每天都见面，吵架女一看见她就觉得有鬼，所以死揪着不放。她就像个枯燥的编剧一样，每天为这两个人安排乏味冗长的剧情，用单调的骂声播报出来，只有到了床戏部分才会有所变化，精彩起来。

在骂人方面，恐怕全世界也无人能出其右，她浸淫此道几十年，早已是炉火纯青。兴之所至，信口拈来，就像说顺口溜一样，合仄押韵，滔滔不绝。她每天对着马宏家骂，马宏父子当然不干了，连她丈夫也过意不去，觉得对不住邻居，于是他们二人联手，打了她好几顿。在骂人方面，她从不妥协，他们打得越狠她骂得越凶，最后马宏一家终于认输，也就任她骂去了。她当然也知道，她的男一号和女一号为了避嫌，几乎十多年没说过一句话，刚开始作为邻居，见了面还点点头，眼神接触一下，这个自然逃不过编剧的眼睛，最后他们只好形同陌路，甚至比陌路更甚，毕竟陌生人在路上碰到也不会猛地转过头去。即便如此，吵架女也没打算换个女主角，她的意思是一朝是奸夫，一生是奸夫，在人前做戏给大家看，还不知道背地里都干些什么呢。说这种话的时候，她完全无视他们夫妻几乎一天二十四小时在一起，除了去趟厕所的工夫，他们几乎没有分开过。

看到母亲这样被人辱骂，马宏很生气，他和我商量过杀死吵架女的可能性。他的想法是买一包毒药——其实不用买，几乎每家窗台上都有一瓶，这些当季买来没有用完的农药不放到过期是不会丢掉的。农村妇女热衷于服毒自杀，之所以成功率那么低就是因为她们喝的多半是过期农药，新的没开封的她们也舍不得喝。说到这，吵架女倒是从来没有服毒的念头，和那些吵了一架就寻死觅活的女人相比，她就算喝下十瓶农药也不为过。用一句比较电影化的台词来说，她自己不喝，不代表别人不想让她喝。她不会想到，仅一墙之隔，有两个小孩正密谋怎么毒死她。马宏的意思是趁他们不注意，跑到厨房把毒药倒进做好饭的锅里。我不同意，"那样不就把糖豆（他们的儿子）还有他爸都毒死了吗"。我们想了半天，最终想出一个办法，先按兵不动，暗中观察吵架女平常用哪个碗吃饭，然后趁其不备直接把毒药倒进碗里。其实我们也就说说，根本没胆去做。现在我们都长大了，马宏也见怪不怪了，甚至还经常到她家去打牌。

吵架女有两个儿子，大儿子叫钢豆，小儿子叫糖豆。现在钢豆已经结婚，霸占了他们的卧室和客厅，春节期间，我们每天到他们家打牌到深夜。钢豆喜欢赌博，但是没怎么赢过。糖豆和我们是同龄人，他对赌钱没什么兴趣，每天在里屋跟他嫂子玩。去年春节，他买了一支仿真枪，打铅弹的那种，这让他一跃成为孩子们心中的老大，成群拿着塑料枪的小孩聚集在他家门口，想见识一下他那杆长枪。小时候，他一直是坚定的跟班，不是跟着这个就是跟着那个，现在猛然成了领导者，一时还不太适应。上小学时，吵架夫妻经常不在家，他们有时候在集市上卖假烟，有时候在地里干活，糖豆中午放学回来经常进不了门。他家的猪在院子里饿得嗷嗷叫，糖豆也好不到哪里去。在我家门前，有一根弯弯扭扭的树干，糖豆把它搬到墙下，从上面爬进院子，过一会儿，他又爬出来，手里拿着一个凉馒头或者随便什么剩饭，坐在我们家的水井旁吃完再去上学。

刚开始邻居也看不下去，就责问他们，为什么不给糖豆配一把钥匙，每天把孩子和猪饿得上蹿下跳的，多让人心疼啊。他们用实际成果堵住了人们的嘴，无论是他家的猪还是糖豆，长得都十分健硕，远远超过别家。邻居们也开玩笑说他们家会养牲口，随便喂喂就长那么肥。

糖豆左手的无名指断了半截指头，他告诉我们，小时候父母在炸油饼，他跑到灶前玩，结果被油烫到了手。吵架女给他裹上布，用皮筋缠上，就把他扔家里下地干活去了。他坐在门前的砖头堆里玩，不知不觉把布揪掉了，只剩皮筋勒在伤口上。他疼得直哭，可又取不下皮筋，就拿着砖头砸掉上半截指头。我们每个人听了都觉得疼，那个砖头堆现在还在，糖豆就是蹲在上面说的这个故事。他很淡然，遗憾的是这样的英勇事迹并没有为他在我们中间树立威信，大家不约而同觉得他有点傻。

吵架夫妻没怎么管过孩子。吵架女把所有的精力都用在了吵架上。他们白天吵，晚上也吵，糖豆一天到晚被笼罩在母亲的骂声里，长大一点之后，他开始跟父亲站在同一阵线上教训她。只是他的嘴比较笨，又不能像父亲一样劈头盖脸打母亲一顿，只能气呼呼地对她喊，"你，你，别吵了"。吵架女很高兴看到这种局面，她喜欢得到反馈，像丈夫那样的闷葫芦可就太扫兴了。所以有时候她宁愿激怒他，换来几个大嘴巴助助兴，也不愿兀自骂下去。

他家院里的灯常年彻夜通明，大家知道他们在吵架，还是不怀好意地问，你们这么一夜一夜亮着灯都干吗呢。她回答说在逮老鼠，用丈夫的渔网，把老鼠赶进去。"非常好用，"她说，"老鼠每天叫得人心烦，我们要逮住它。"

这么精力旺盛地吵骂，无形中也为邻里们作出了不少贡献，因为他家总是亮着灯，小偷们从来不敢光顾我们这一带。后来有一次我们的邻居被偷了，还一个劲儿埋怨他们，怪他们那天晚上为什么不吵架也不亮灯。"我们累了，"她很不好意思，好像没尽到应尽之责，"昨天赶集去得远，一回来他就倒床上睡着了，咋叫都不醒。"

吵架女最大的爱好就是吵架，吵架男则不然，他只是被动挨骂而已，他真正喜欢的事是捕鱼。这里又要说到那个大塘，就是咕咕哩嘀用来养鱼的那个。那口全村最大的鱼塘，就在我家门前，一直延伸到西边的四川老人家。吵架男每天一开门就能看到池塘，他非常尽责地保护里面的鱼。我们偷偷钓鱼的时候，必须要站在他从门口看不到的地方，岸上留一个人放哨，一发现他过来，收起鱼竿就跑。他看得太严，我们钓鱼的机会不是很多。记得有一次下雨，我和弟弟在院子里听到他们又在吵架，就抓住机会冒雨去钓。雨天的鱼吃钩非常活跃，不一会儿我们就钓了很多，都是还没有长大的小鲤鱼。我们钓到一个就装进口袋，浑身都淋湿了。后来我们看到吵架男撑着伞走出来，马上收起钓竿从四川老人那边跑了。那天我们收获颇丰，把那些小鱼用油炸了吃，香脆可口。

要是被吵架男抓到，非得让我们把鱼放回去不可。其实我们这种行为确实可恶，把还没有长大的鱼都钓上来，完全是糟蹋东西。到了秋天，一条鱼能长到两三斤，那才是该捕杀的好时候。吵架男绝对是捕鱼能手，他有好几张渔网，都是自己织的。每年捕鱼，他都是当之无愧的领导者，人们称他为鱼头。他先从家里拿出一张二十多米长的拉网，让几个年轻力壮的小伙下水拉上几个来回。等拉得差不多了，他再亲自拿着撒网上阵，这时候一般会有好几个拿撒网的，不过都是陪衬而已，有的连网都撒不开。吵架男的网撒得又圆又开，而且眼力精准，网网有鱼。其实像他这么一天忙到晚，也就是比别人多分几条鱼而已。但他年年乐此不疲，忙得晕头转向。

每年的这一天，吵架女也很识相地不找他的麻烦了，相反，她还会在旁边帮忙，一副贤内助的乐呵模样。她把门前的水池放满水，要是丈夫网到鲫鱼、白条、泥鳅等各种野生鱼，那就归自家所有。她拿一只大盆，跟在丈夫身后，一网上来，她蹲下帮忙理网。吵架男累得弯不下腰，也乐意让她帮忙。"咦！这条真大。"她把大鱼扔向鱼堆，等着平分给各家，那些鱼被扔在地上，不一会儿就半死不活了。大鱼再大，也是大家的，真正让她高兴的还是各种小鱼，她将其捡进盆子，倒进门前注满水的池子。我们这些小孩就围在水池旁，看各种小鱼在水里游动。糖豆和我们一起看着，同时起到监督作用，以免有谁偷了这些已经铁定是他们家的鱼。

捕鱼的时候热火朝天，到了第二天，就是享受成果的时候了。每家按人头分到大小不等几条鱼，煎炒烹炸，各展其能，端出来不同做法的鱼。收获最丰的永远都是糖豆家，在捕鱼方面他们家无人能敌，但在做鱼方面就有点差强人意了——或许可以不客气地说，他家做的鱼是最难吃的。好在吵架男乐在捕鱼，而不在吃鱼，再难吃也能将就。不管怎么样，鱼终究是鱼，肯定比馒头面条要好。由于我们几户姓氏不同，大塘里的鱼没我们的份儿，吵架女会给每家端一碗他们做好的鱼。我们吃了鱼，还在嫌她做得差，说起来倒显得我们不厚道。

当然，大塘留给他们的并不只是美好回忆。说到大塘，我们还是要说回吵架，毕竟这是他们生活的主题。一年三百六十五天，只有一天在捕鱼，三百多天在吵架，和我们一样，大塘也是个沉默的见证者，有时候还不得不替代吵架男，做一个无辜的聆听者。

前面说到，吵架男有时候会用武力制止争吵，这种情况很少见，吵架男的忍耐力是很强的，不到万不得已他绝不出手。有一次吵架女又骂起来,而且骂得非常之凶,就因为他们从集市上回来遇见一场婚礼,吵架男往花轿里多看了一眼她就炸了锅,当场骂起来,连新娘子也一起骂了。结婚的队伍平白挨骂,当然不乐意。吵架男好说歹说把她带回家,她仍骂个不停,声音大得好像不是人类。吵架男气急了,当众打了她几个巴掌,声音非常响亮,把我们都吓坏了。吵架女吃痛不住,跑到了水塘对岸,接着骂。吵架男关上家门,眼不见为净。

吵架女坐在水塘边的大树下,骂着,考虑到声音再大丈夫也听不见了,她也有点累了,声音小下来,就像在对水里过往的鱼儿低语。邻居们虽然已经司空见惯,但还是对这次异常激烈的争吵议论了几句,就是那次,我从老人们口中知道了吵架女年轻时候的事。

还是个姑娘时,吵架女是十里八村数得着的美女,很多年轻人对她垂涎三尺,每天徘徊在她家门外。可她谁都看不上,只喜欢邻家的一个哥哥。本来两人也是郎情妾意,到了谈婚论嫁的地步,却不料这位哥哥还是个才子,那一年恢复高考,他一击即中,去了城里求学。吵架女就一心一意在家等他。后来他又留校读研,吵架女还是等。后来他又分配工作,吵架女还是等。后来他带回一个城里女人,吵架女就没法再等了。吵架女很不服气,一向淑女的她破口大骂,骂她的哥哥，骂她的哥哥带回的那个狐狸精，骂那个城里女人又老又丑（事实也的确如此）。不管怎么样，她就耽搁下来，因为珠玉在前，再找别的对象也少有满意的。一年一年，她不愿意结婚，眼看就要变成老姑娘。这时候吵架男从外地当兵回来，也老大不小了，有一天他们去看露天电影，当晚就搞上了。没过多久他们就喜结连理，吵架男还以为捡了个大便宜，直到新婚之后的第一次争吵，接着就是第二次，第三次……

在我的印象中，吵架女一直那么衰老，头发乱七八糟，从来没想过她会是个美女。现在，她年纪更大了，门牙都掉了，也没有去镶一个。她的声音已经不如从前那么洪亮，因为儿子已经成婚，他们夫妻把卧室迁到一间小厢房里，又另建一间厨房，虽然仍和大儿子同住一个院落，但是已经分成两家。他们的小儿子糖豆仍没有结婚，因为她名声在外，家里又那么穷，说媒的人不是很热情。其实她现在已经好多了，几乎没有再大声骂过，而是改成了小声叨叨，有时候站在她身边都不一定能听清她在叨叨什么。她不会再打扰到任何人，也不介意别人的打扰。春节期间，我们每天晚上在她家玩牌到深夜，有时候一玩就是一个通宵。她从没发表过什么反对意见，不像别的老人那样，责怪赌钱是败家行为。我们十多个人聚集在屋子里，大喊大叫，倒也不影响他们休息。因为住在过道的厢房，每次有人叫门她都得披上衣服起来开门，到了后半夜，有人陆续离开，她又要披上衣服起来闩门。他们没有一点微词，也许是已经习惯了噪音，或许是从没有安睡的习惯。厢房不大，有时候屋里的灯开着，里面传出来低低的说话声，有时候则没有一点动静，只是灯开着。有天晚上，我短短十多分钟输了四五百块，我知道自己不能再输下去了，就打开门走了出去。欢欢吗，吵架女站在门口对我说，今天咋回去那么早。我输了钱，心情很坏，嗯了一声走出去。她从里面闩上门。我站在门口的砖头堆上，没有马上离开。我四下看看笼罩在黑夜中的村庄，解开腰带，走到大塘边撒了泡尿。大塘里没有水了，这样的情况已经持续好多年了。鱼塘里养不了鱼，吵架女在里面种了几畦萝卜，每年秋天，她照样能有所收获。

回家之路

这是个有点悲伤的故事,故事的制造者,军舰,他一手铸就了自己的结局。也许他现在已经死了,谁知道呢,我已经好久没有听到他的消息。大家开始习惯把他当作一个死人看待,毕竟这是迟早的事,除了一个骨灰盒,人们所有的计划都不会再把他计算在内。

2009年的秋天,为了参加一个征文比赛我回家,专心写一篇小说。那时候正是秋收,我和两个叔叔在田里收玉米,远处传来一声炮响,我突然想起军舰。我问四叔,军舰现在怎么样了。这位一直在道上混的硬汉突然不好意思地笑了(我实在不知道怎么形容这样的笑,姑且这么说吧),"嗨,别说军舰了,他都快死了。"

"为什么,他得什么病了?"

"他杀了人,被警察逮起来了。"

我很惊愕,印象中军舰怎么也不像是会杀人的人。他只是一个小偷，为什么要杀人呢。叔叔告诉我，那天军舰刑满释放，从监狱里出来天已经黑了。在这之前他因为盗窃坐了三年牢，我也搞不清楚他这是第几次坐牢了，更记不清他有多少次被人当场抓获。作为一个贼，他绝对是最笨的那种，他就像喜剧电影里的笨贼一样，总是把现场搞得一团糟，总是过低估计自己的目标。最后一次坐牢，是因为偷了一辆电动三轮车，他撬开锁之后，发现车里还有一个高龄老人。他把老人抱到地上，开着车就跑。没跑多远，追上来一个中年妇女，他对女人向来不客气，上来就是一通拳打脚踢。农村妇女简直比沙包还结实，无论他怎么打，对方就是抱着他不松手。农村妇女总是把钱看得比命还重，包括他这次杀的这个，也是一个执拗的妇女。先说上面一个，如果不是路人帮忙，恐怕也要被他打个半死。他拍打这个女人，就像拍打粘在身上的荆棘，完全不把她当成一个生命体看待。后来围观的人实在看不下去，就出手制服了他。

他因为盗窃和出手伤人被判三年，出狱这天，没有人来接他。他甚至不知道自己的家还在不在。他的妻子有轻微的精神病，总是衣衫不整，喜欢逃跑。他这些年做的最辛苦的一件事，就是防止妻子逃跑。为此他不能出去打工，只能一年四季在家守着她。他在县城蹬过三轮，在乡下卖过馒头，养过鸡，捕过鱼，钓过黄鳝，逮过鸟……所有这些他都做得不太成功，最后只能做回盗贼。记得有一年夏天，爸爸没去广州，赋闲在家。军舰天天早晨来叫爸爸去扛树，就是做搬运工，把伐倒的树装上车子。这个活计非常辛苦，挣钱都是按立方算，干一个上午，能挣到三四十块。爸爸说这个太辛苦了，问他想不想去广州。

"我也想去啊，"他说，"上次我去郑州，前脚刚走，秀芹就跑到驻马店了。"

妻子一跑，他就得四处去找，每一次都要浪费很多财力。邻居给他出主意，实在不行就按老规矩把她的腿打断算了，这样她就跑不动了。他很生气，说这是应对买来的媳妇的办法，他的媳妇可是明媒正娶讨回来的。

他们有一个儿子，他出事那年刚刚十一二岁。这个男孩遗传了母亲的呆滞，长得头大如斗，学习一塌糊涂。学生们喜欢打他的大头，让他叫爷爷，惭愧的是，我也这么干过。他被人打得多了，就不敢和大家在一块玩了，上学放学，他总拣人最少的路走，要是每条路上都有人，他就走到庄稼地里，反正是绝对不和人走一块。有一次，放学的时候下大雨，军舰来接他回家。走在积水没过脚踝的金银花地里，他们父子在我前面。军舰一手撑着伞，一手摸着儿子的脑袋，问他为什么老被老师罚钱。"因为我不交作业。"这是我第一次听到这个大头娃娃说出一句整话。

"你为什么不写。"

"我不会写。"

"你不会写啊，我也不会。哈哈。"军舰揉着他的头笑起来。但他没能逗笑自己的儿子。

小时候，我们都以为军舰才是理想的父亲角色，因为他干的都是我们喜欢的事。打鸟捕鱼，偷鸡摸狗，他做这些当然是为了钱，我们只是觉得好玩。夏天的时候，他腰里挂个布袋，拿着自制的铁钩，到处去钓黄鳝。我们一看见他就跟在后面，像簇尾巴一样怎么也甩不掉。等他有所斩获，我们就一窝蜂围上去。他不像别的钓客那样烦小孩，钓黄鳝是需要充分的安静的，要被黄鳝听到动静，就不容易上钩了。他把钓来的黄鳝给我们看够了，就装进布袋，等足够多了再拿到集市售卖。到了秋天，他在河边支一张网，诱捕来往的小鸟。他只要鸽子、斑鸠和鹌鹑，逮到别的杂鸟就分给我们玩，前提是我们要保持充分的安静，和他一起躲在芦苇后面观望。我们甘为同谋，跟他一起鬼鬼祟祟地等鸟自投罗网。我们压抑着兴奋，觉得刺激，又快乐。

这都是他每年的例行戏码。有一年，他不知从哪弄来一些火药，自制了几个雷管到河里去炸鱼。那绝对是我们听过的最响的炮声，整个大地都为之颤动，河里的淤泥都被炸出来老高。老年人骂他，说他快把人的耳朵震聋了，他像个恶作剧的孩子一样傻笑。这些土炸药虽然爆炸力惊人，但也没炸死多少鱼，甚至还不如一瓶渔药来得有效。

在我们眼里，他是那么神气，一身的本领，想干吗就干吗，没人能管得住。那时候我们还不知道他是个惯偷，直到他被村人打了一顿。

原因当然是偷。一天夜里,他挖开了一户人家的院墙,他事先踩好了点,知道挖过去就是猪圈,更知道里面是一头大肥猪。他挖好洞,爬进去找猪,只要弄出围墙就大功告成了。他没有想到猪会那么肥,他挖的洞不够大。他撅着屁股,一边挖洞一边使劲把猪往外面拽。猪叫得鬼哭狼嚎的,愣是没有惊醒任何人。这应该算是幸运的了,要不然这一关他就过不了。听到猪叫,他慌了,挖了那么久还是不能把猪弄出来,他气坏了,开始踹已经露出墙洞的猪头,好像偷不出来这头猪是猪的错,好像他是来打猪的而不是来偷猪的。就在他卖力踹猪的时候,屁股被人踹了一脚。这家的男主人跟一帮人从外面喝酒回来,正好遇到他在偷猪。更离奇的还在后面,他们围殴了军舰,把他打得不成人样,回到家却发现女主人服毒自杀了。幸亏抢救及时保住了性命,要不然他们非把军舰打死不可。当然这个女人服毒和军舰偷猪没有关系,那是因为她丈夫天天在外面厮混——这就是另一个故事了。

军舰偷猪未遂,只是被打了一顿,没有人报警。这是农村历来对待小偷的传统,农村那么穷,小偷经常没什么可偷,值得一偷的多半是农民视若珍宝的家畜,可也值不了多少钱,判不了多么重。对于这种小偷,人们喜欢私刑处置,轻则脱光衣服,当众凌辱,重则打死打残。人们相信打得越重,越能起到震慑作用,让小偷们明白此地的人是不好惹的。要说这一招还真管用,在以凶狠著称的大郑庄,几乎从来没有发生过盗窃案，也就军舰刑满释放那天，他们有人丢了几件衣服。

军舰从南城监狱里出来，天已经黑了，他拦下一辆机动三轮车，商量好用十二块钱的价格，让开车的女人送他回家。女司机没有防范这个身穿囚服的男人，大概是天太黑了看不清楚。为了这笔十二块的生意，她要在没有路灯的省道上来回驱车二十公里。她不会想到，这个刚刚出狱的男人身上没有一分钱，从一开始他就骗了她，不管讲不讲价，他都付不起车费。

短短三年时间，外面发生了很大变化，沿途挤满了楼房，村前新修了一条高速公路，进村的路口边，名叫艳妹酒楼的公路旅店已经改成了小田汽修，旁边的庄稼地里伫立着一排尚未完工的楼房，如此种种，再加上天黑，找不到回家的路一点都不奇怪。他坐在车里，努力辨认着黑夜笼罩的岔路。女司机放慢速度，等他喊停。直到路过一条河，军舰才猛然惊觉已经走过了头。幸亏他们没有填掉这条河，从小到大，军舰在这条河里洗澡、钓鱼、捕捞田螺和水蚌，撑起网来诱捕过路的飞鸟。不远处就是小学，一茬茬的孩子将这里视为天堂。许多年来，这条河吞噬了不少生命，大多是戏水的小孩，那天晚上，不到最后一刻恐怕军舰也不会想到，自己会为它贡献一条。

他从车上下来，告诉女司机走过了。女司机说那你上来，我再把你拉回去。就在这时候，军舰灵机一动，反正也没钱给她，正好借这个由头把她打发走。女司机当然不乐意，他们先是争吵，继而动起手来。女司机的骂声非常响亮，在夜空中传出去老远。军舰捂着她的嘴，推推搡搡来到水边。连年的干旱，水并不很深，军舰把她摁进水里，天地瞬间安静下来。当时正值盛夏，四周都是欢快的虫鸣。他或许太久没有听到大自然的声音了，一时听入了迷，等想起水里的女人，她已经不能再打搅到他了。

他上了岸，把女司机的车推到河里。水太浅，车子不能沉没，第二天一早就被人发现了。

军舰逃离现场。他的衣服都湿透了，身上沾满污泥。他没有直接回家，而是就近去了公路另一边的郑庄，拿了人家晾晒在门外的一套衣裤。他在田间挖了个坑，埋了身上的囚服，沿着田埂回了家。

女司机死在及腰深的河里，车子就在不远处，毫无疑问，这是凶杀。找不到动机，警察只能用最笨的方法办案，在附近的村落挨家挨户地排查。找到军舰那天，他正在门口编织一种叫"粪脖子"的工具。讲到这儿，叔叔的神色神秘起来，说军舰此举是触霉头，不吉利。在以前，粪脖子除了装粪之外，也被买不起棺材的人家用来裹尸。河南有一出戏叫《卷席筒》，里面的"席"就类似于粪脖子，这是一种用竹篾或高粱秆编成的围栏状的工具。围在板车上，就可以在里面多装点粪，也有人用来装粮食。

军舰为什么要在那一天编织粪脖子，恐怕只能是一个谜了。人们理所当然地将其当作一个信号，即冥冥之中，军舰知道自己要死了。

警察不期而至，军舰一开始还强作镇定，低着头认真编织他的粪脖子，有一搭没一搭地回应盘问。得知他在案发当天刚刚刑满释放，这就增加了疑点，警察多问了几句，再加上那两条警犬一直在他身上闻个不停，冲他又吼又叫，他很快就慌了。心理一旦崩溃，话就颠三倒四，警察马上知道有问题。他们本想带军舰回去仔细询问，没想到他当场就招了。他语无伦次地讲了一遍作案经过，告诉了警察埋衣地点，讲完之后，他放松很多。警察向围观者宣布他就是杀人凶手。押他进警车的时候，军舰突然挺起胸膛，一下子变得威风凛凛，目光如炬。他回过头，望着自己的儿子，大声宣告，"我走了儿子，好好照顾你妈，好好学习。不要让人欺负你，谁打跟谁斗！谁敢动你一指头，告诉他，你爹我是杀人犯"。

警察把他按进车子，他撑住车门，用尽最后的机会喊，"记住啊儿子，谁打跟谁斗！"

他的儿子倚在门框上，面无表情，对他的嘱托充耳不闻。谁打跟谁斗——这是我们那里的一句狠话，意思是谁打我我就打谁，绝不认怂吃亏。军舰这辈子除了女人，从来都是被人打，他这么告诫儿子，自然是希望他比自己活得更有尊严一些。他或许不知道,在我们这一茬孩子里,有很多人喜欢他,因为他的幽默与多才多艺。我永远记得那个雨天,因为不能骑车,军舰扛着一箱馒头出来卖,等待惠顾的空当,他用招徕顾客的喇叭唱起歌来。他先唱了《好汉歌》,又唱《敢问路在何方》。我们不顾家长的阻拦,穿上雨鞋撑着伞去看他。看到那么多小观众,他唱得更起劲儿了,完全忘了自己是来卖馒头的。军舰就是这样,无论干什么都能吸引到一堆小孩。现在我长大了,不知道家乡的孩子会不会像我的童年那样,碰到一两个有意思的大人,也许会,也许不会,可以确定的是,他们不会再碰上一个叫军舰的小偷了。

军舰,你还好吗?你,还活着吗?

第二部分
Cult家族

  我试图通过一种漫不经心的态度讲出发生在自己身上的故事，虽然语言很活泼，故事很有趣，但我想大家读过之后都不会太开心。或许每个人都过着这样的生活，一面是喜剧，一面是悲剧。悲剧往往要比喜剧藏得更深。而我想做的，就是让悲剧以喜剧的姿态浮现出来。

疯狂原始人

这样的晚上，外面雾霾大得要死，刚吃完饭，出去散散步都不行。人总得遛遛食吧，既然不能走路，我就只好写作了。

今天我打算讲讲我的奶奶，刚刚不知怎么突然想起她，就越想越细，细得连她脸上的皱纹都看见了。说起来，我又有很长时间没跟她打电话了。我不知道具体有多久，也许一个月，也许一个月多几天，如果我现在给她打个电话，马上就会得知确切日期。接到电话，她会先问一句吃饭没有，继而佯装责怪我："咋又那么久不来电话，你上次打电话还是×月×日。"

她会直接说出一个日子（农历），每次都是，简直比日历还准。当然她是没有日历的，即使有她也看不懂。她只认识自己的名字和阿拉伯数字，这恐怕是文明在她身上烙下的唯一印迹。她不听戏，不看电视，不听音乐。在她看来，电视就是一些人在上面晃来晃去，说个不停。小时候她不让我看电视，一到七点钟就轰我上床睡觉，后来我长大了一点，她管不住了，就用劝的："有什么好看的呢，今天看是那，明天看还是那，啥时候看不是那。"

"那"到底是什么，她说不出来，也并不想说。

她根本不知道有剧情这码事，看到偶像片，她就啧啧称赞，夸里面的男女长得好看；看到武打片，她就连连惊叫，替演员们担惊受怕，心疼他们挨打，怕他们死掉。甄子丹是她认识的为数不多的演员之一，一看到他，她就大骂坏蛋，责怪他老打人，一打就打死一大片。我们跟她解释多少遍都没用，我们告诉她甄子丹演的是好人，打死的那些才是坏蛋。她不同意，说就算是好人，老二话不说就把人往死里打也好不到哪去，谁的命不是命呢。

"跟你说你也不懂。"我们用这句话把她轰走，让她该干吗干吗去，别耽误我们看电视。她多半是在做饭的间隙或者等待收拾碗筷的空当才会靠在门边看一会儿。她从来没有坐在那里老老实实看完过一整集。她根本不在乎剧情的连贯。她看到死人就会惋惜，看到爱情就会高兴，从来不在乎死的是不是一个十恶不赦的大坏蛋，抑或那对卿卿我我的男女实则是一对奸夫淫妇。她不问前因后果，只看眼前事。

"咦！这个人不是死了吗，咋又在说话？"

她总是发出这样的疑问。我们只得一遍又一遍地告诉她，这是序幕、这是闪回、这是另一部电视剧。

"那这不是骗人吗。"

"电视当然都是假的了。"我们告诉她。

她不能理解，为什么明知道是假的还要去看，还要关心里面的人，既然他们怎么打都不会死，既然他们挣多少钱都拿不到，既然他们结了婚也不生孩子，那还有什么可看的，一切都是假的，还有什么可为他们担心的。这就是她的意思，虽然偶尔看到甄子丹打人还是恨得牙痒痒，但回头一想这些都是假的，她也就不那么担心了。

所以她从不主动看电视，也不听戏，她只关心目之所及的人与事。也是，生活里的事情已经够多了——特别是我们家——她哪还有心思去关注那些虚构的热闹。

她有四个儿子，我爸是老大，我是我爸的老大。我妈生了我没几个月就死了，我爸很快又给我找了个后妈。四个儿子，五个媳妇，一堆孙子，究其一生，她都在和儿媳战斗，具体一点，就是和我爸的两个老婆。他找的这两个女人一个比一个厉害，虽然我妈已经去世多年，邻居提到她还是记忆犹新。

"她是个乐天派，"邻居跟我说，"见人不笑绝不开口说话。"

"她很有力气，那么大一袋化肥，男人都不一定搬得动，她扛起来就走。"

"她的拳头握起来像两个小肉锤,这么个拳头砸到身上就可想而知了,幸亏你奶奶那时候年轻,经得起揍。"

他们说得很夸张,但是经我奶奶证实,那个小肉锤只砸过她一次,大多数时候,她更喜欢砸的是东西。

"还不如打我呢,"奶奶这样说,"她砸的都是钱啊。锅碗瓢盆就不说了,她最喜欢的就是揭我的房瓦,竖个梯子爬到房子上去,把瓦片全都扔到地上摔碎。一边摔还一边喊,让我这个老壳子没地方住。亏你姥爷还是个念书人,教出来这么野蛮的一个闺女。"

虽然抱怨,但她并不觉得我妈是个坏女人,她说她只是脾气暴,只是不懂得控制。

"她讲理,"奶奶说,"等脾气发完知道错了,她就跪在我面前,求我原谅她。我不松口,她就跪着不起来。哪像那个女人(指我继母),完全不讲道理,想什么时候闹就什么时候闹。"

虽然讲道理,她还是没少跟奶奶生气,她死了,奶奶还很怀念,每年都去给她烧纸,春节还接她的灵魂回家过年,对一个不负责任的儿媳妇也算是仁至义尽了。我对她可以说没有任何感情,我根本不认识她,连她长什么样子都不知道。我一度还怪她为什么不早死几个月,那样我也就不用出生了。别人在我面前说起她,就像说到一个古人那样遥远而陌生。

和所有老人一样，我奶奶也很迷信，得了病她第一时间不是去找老刘（街上的医生），而是到庙里包点香灰回来兑水喝。这么做第一是为了省钱，第二确实是出于对神明的信任。有一次不知道哪尊神给她治好了什么病，她还买了一面锦旗送过去。

既然信神，信鬼就是顺理成章的了。母亲死后，一直是她带我。她总跟我说，母亲的"魂"很强，比她遇见的所有"魂"都强，每一天，都能感到她在你身边。

"给你冲奶粉的时候，碗就乱转，碗里的水打着漩涡，跟个无底洞一样。她可能是想把你带走，她放不下你。"

这些话把我唬得一愣一愣的，小时候我都不敢走夜路，老觉得这位素未谋面的老妈一得势就会把我拐走。

"我就狠骂她，×恁娘，死了就死了，到你该去的地方去，折腾活人算什么本事，再不服气你也活不过来了。"

"一骂，她就听话地走了，她就是这么讲理。"

奶奶一直有骂死人的传统。她老觉得死人不甘心离去，存心跟活人捣乱。我们要是腿疼，她就骂我祖奶奶，因为她活着的时候摔断了腿，觉得生活不便就上吊死了；如果有人说头疼，她就骂爷爷，他是脑溢血死掉的；即使有人哪里都不疼，只是过度兴奋、闹腾，她也会骂，因为我祖爷爷就是个闲不住的人。她最常用的词是"摸索"，意思跟鬼上身差不多，只是没那么严重。通过这个词我们可以想象一下那个画面：一个隐形的鬼鬼祟祟地跟着你，充满不甘与艳羡，实在羡慕得不行,就在你身上摸一把,妄图再沾点"活气",想要再匀点温度,是不是贱兮兮的。她爱用的另一个词就是"勺道",本意指多嘴多舌的,延伸出来就是多事——举个例子,比如说我正在安心看书,你打了我一下,我多半会嘟囔一句:"勺道!"

奶奶驱鬼就靠这两招。

"勺道货!"她骂道,声色俱厉,"又回来做啥,我们都过得好好的。别摸索孩子,有本事来找我,我接得住你。"

"再勺道坟给你扬了!"

她这么骂一通,再问我们还疼不疼。也许她的咒语真有效,也许是我们的注意力被分散了,大多数时候都药到病除。小时候看她这么一本正经地骂,我还有点害怕,后来长大一些,反倒觉得有趣。有时候实在无聊,我会装疼让她骂,有一次我说脖子疼,她想了一大圈不知道该骂谁,后来她突然灵光乍现(那感觉就跟写小说的人突然得到灵感能把烂尾的故事继续下去一样)。

"一定是你老太(祖奶奶),"她说,"这个死鬼是上吊死的。就是了,上吊肯定勒得脖子疼……"

看她说得那么可怕,还没等她骂我就说不疼了,并且从此再也没有说过脖子疼,即使有一次马蜂蜇了脖子,肿起一个油亮的大包,我也没有喊疼。那一次,她慌慌张张放下正在擀的面条,去邻家的产妇那里借来一小碗奶水,给我抹在受伤的脖子上。那不是她第一次替我央求奶水,却是最后一次，等我彻底长大，在吃奶这件事上，她像完成了一项浩大工程一样满心欢喜，功成身退。

我妈刚去世那会儿，我才七个月大，正是奶水的消费大户，可我却没有妈了——在我们那儿，乳房就叫妈，所以这算被迫的双关。所有没妈的孩子都一个命运，就是吃奶粉，更穷一点的，吃不起奶粉就只能吃羊奶牛奶或者随便什么奶了，反正是赶上什么吃什么。比如隔壁村的一对双胞胎，母亲难产而死，因为他们个头太大了。那时候穷，连三鹿都没有，幸亏他们家有一头母羊刚刚下崽，结果可想而知，他们饿死了羊羔养活了双胞胎。两兄弟长得十分壮实，因为吃羊奶长大的，人们总开玩笑说他们身上有一股羊膻味。这成了一辈子都洗刷不掉的印迹，虽然他们身上的味道和所有庄稼汉没什么两样，还是不可避免地被冠名为大老骚虎[1]和小老骚虎。

我出生在1990年，那正是三鹿大行其道的时候。奶奶养蘑菇卖了钱，给我买奶粉。不知道怎么回事，我死活就是不吃，灌都灌不进去，也许是我对三聚氰胺过敏，也许我喜欢的只是真实乳头的触感，反正是让奶奶伤透了脑筋。没奶吃的日子，我就没完没了地大哭。我们一墙之隔的邻居也是个

---

[1] 老骚虎，方言，指公羊。

产妇，并且是个好心的产妇，她女儿只比我小两个月，夜里听到我哭，就让奶奶把我抱去，一咬到乳头，我连屁都不会放一个，只顾埋头大吃。仅凭她一人的乳汁当然养不活两个孩子，况且她也麻烦事一大堆，她为丈夫生了三个女孩，和我年纪相仿的这个是老三，叫婷婷。丈夫在她怀孕时和一个女人去了外地，再也没回来。生完婷婷，她很伤心，最终还是撇下孩子走了。几年后她改嫁到别的村庄，又生了一个儿子，再没管过这边的三个女儿。奶奶一提起她，就又是称赞又是感叹，"她是个好心的女人。她是个苦命的女人。她也没办法"。

虽然吃她的奶最多，但我从没见过她。因为奶源珍贵，奶奶只让我在夜里吃她的奶，白天就带着我四处蹭奶吃。村里和我年龄相仿的几乎都是跟我同吮一颗乳头的好兄弟，搞得我无论到谁家，热情的妈妈们总跟我套近乎，"欢啊，你小时候可没少吃我的奶"。

身为一个懵懂少年，她们的话总让我害羞，但在内心里，我是感激她们的。那时候我就想，等以后挣了钱一定给她们买两箱奶粉以示回报，现在想来幸亏没有挣到钱，那样做的话简直就是对她们的侮辱。无论放到哪一天，乳汁都是无价的，我能做的，只能是怀着感恩的心，把她们当作我的妈。

就是这样，乞丐们吃的是百家饭，我吃的是百家奶。不光是同一个村子，遇到过路的产妇，我奶奶跟人陈述详情，她们多半也会慷慨解怀,让我饱餐一顿。

"这是个没娘的孩子。"奶奶多半会来这么一句。仅此一句,就能引得母爱泛滥,奶水汹涌。有一次她带我到街上买衣服,为了便宜两块钱,她又一次使出杀手锏。

"这是个没娘的孩子,"她说,"再便宜点吧。"

卖衣服的是个只比我大两三岁的女孩,可能是因为还没当妈,她无动于衷,不肯让步。倒是我,听到这话立刻走开了。那一刻我简直恨死她了,为什么到处让人可怜我,可怜意味着什么,意味着看不起,意味着比别人低上一等。少年的自尊心太强了,况且又是在一个女孩面前。我打心眼里看不起她这一点,都那么大岁数了,为了两块钱就可以出卖尊严。即便不说尊严,女人起码的虚荣心总该有吧,可她没有。她把自己当作最卑微的存在,不与人攀比,不让人羡慕,不出头,不炫耀。不过话说回来,她也没什么可炫耀的,除了那位天下无双的暴力儿媳。

试问谁有她挨儿媳的打骂多?没有。

母亲刚去世那会儿,奶奶很是愁苦,我爹年纪轻轻就成了鳏夫,还带着一个孩子,下半生没女人可怎么过啊。她一直是这种想法,后来我挨了继母的揍,怪我爹找了这么个狠毒的女人还不如不找。尽管说不出继母的一个优点,她还是不能同意我的假设,"没有女人怎么行呢",她老这么说,搞得我总以为女人是一种生命能源，离了她们就不能活，可我又看到不少光棍照样活得好好的，没有女人跟他们吵架，日子别提有多自在了。她的话造成了我多年的困惑，现在长大了，我已经能部分理解她的担忧，并且也不那么恨我老爹了。我是苦了一点，他也不算好过，奶奶就更惨，但相比那个女人带给他的快乐，这些又算什么呢。

在这里我们直呼其名，叫她花。

奶奶的担忧没持续多久，我爹就找到了花，紧接着生了个只比我小三岁的弟弟。奶奶那个高兴啊——同样没持续多久，我爹在广州因为贩卖黄书被捕入狱，花一个人在家照顾襁褓中的孩子。她把生活的诸多不便全算在奶奶身上，动不动就打她一顿，骂人更是家常便饭。没有钱花，她就在奶奶家四处搜刮。爷爷那时候还在世，实在受不了就骂了她，结果她立刻使出杀手锏——离家出走，扔下哺乳期的弟弟给奶奶照顾。她在外面浪荡了一年，奶奶托人去找，一直没有找到。后来我爹出狱，她自个儿又回来了。

因为没有看牢让她跑了，奶奶引咎自责，惶恐不安，日日念叨留下两个没娘的孩子该如何是好。花后来把这个当作她的软肋，一旦有什么无理要求不能满足，她拔腿就跑。奶奶在后面紧紧相随，小时候她老跟我说这个，把我耳朵都磨出茧子了。

"那个女人动不动就跑，我把她的腿都抱细了。你爸坐牢，她天天出去胡混，你爷爷说两句她就跑。我在河边抱着她的腿,死活不松手。那个女人多有劲儿啊,她用脚踹我,抓住我的头往石子路上磕,我就是不松手。最后她实在没有办法,就拖着我往前走,我的膝盖都磨出血了,可我就是不松手。"

每次听到这我就替她着急,也恨她软弱,"你还不如让她跑了呢"。

"她跑了怎么办,你爸还那么年轻,"她说,"没有女人可怎么行呢。"

这就是她固守一生的理念。有女人,有孩子,才算一个完整的家(这两年她瞄上了我,每次打电话都问我什么时候结婚,什么时候生子)。维持一个家的完整,就是她活着的全部意义。不管受再多的苦、累,只要孩子们都"熬成一家人"(奶奶语),她也就死而瞑目了。

等我的三个叔叔陆陆续续完了婚,她们矛盾更突出了。花总说奶奶偏心,打骂变得更为频繁。奶奶默默承受,甘做出气筒。这样的生活起码过了二十年,直到我们长大,花也慢慢变老,奶奶的日子才好过一点。当然我们这口气松得有点早,一代斗士老去,新一代的斗士又来,那就是我的四婶子。

四叔只比我大十岁,就跟我的哥们差不多,这位四婶就更小了,只比我大五六岁。她进门的时候,正是四叔最穷的时候,她打奶奶,多半是因为没钱。这些都是奶奶跟我说的,每次都把我听得义愤填膺,奶奶又不让我告诉叔叔,她跟我说，大概也只是为了说出来好过一点。她总是重复说同一件事，好像完全忘记曾经说过，抑或是那往事的沙砾太多太乱，只有通过不断地说才能将其打磨得光滑一点，以便继续深埋在心底。

"她直接打我耳光，那个妮子，她真是野蛮，"奶奶说，"俗话说骂人别揭短打人别打脸，花那么厉害也没有打过我的脸。她年轻力壮，手劲那么大，一巴掌就能把脸打肿，手上还有戒指，血都划出来了。"

经历了那么多可怕的媳妇，她挺了过来，但生活的难关对她来说远远不止这些。是啊，除了媳妇，还有我们这些孙子。

她一共有过十一个孙子孙女，其中有两个夭折——这在我们家属于禁忌话题，还是不谈为好。十多个孩子，基本上都是她经手带大的，我是她长孙，也是最让她操心的一个。到十四五岁，我还和她同睡一张床。小时候我有脚凉的毛病（现在也是），每一天夜里，她把我的脚放在身上，慢慢捂热。

十来个孩子，一个长大，一个又出生，总有几个围绕在她身边，每天叽叽喳喳，不是磕了就是碰了，抑或是打起来了（我和弟弟最为频繁）。小的需要看护，大的同样不让人省心。她每天活在孩子们的聒噪中，又累又烦，常常气得无声啜泣。可是每当有孩子出世，她又比谁都高兴。前年，弟弟生了个儿子，我说恭喜你啊，这么年轻就荣升为祖奶奶了。她马上说，我最想当你孩子的祖奶奶，吓得我赶紧转移话题。我知道没法跟她解释我根本不想要孩子这回事，那非把她气死不可。她肯定会说，不要孩子你还熬个什么劲儿？

可是呢，她最羡慕的却是一个住在茅草屋里的孤寡老人。"每天一个人，一整天都不用说一句话，只刷一个人的碗，饿了再做饭，不饿就不做，那样多好。等你们都长大了，就给我盖一间那样的小屋，谁也别烦我。"

现在我们差不多都长大了，最小的一个都六岁了，她还是没办法完成那样的梦想。她的重孙子又出生了，照这么看，估计那只能是一个无法实现的奢望。她这个家长做得太尽职，她的子孙源源不断来到世上，继续着出生的喜悦，也继续着生活的磨难，这些都不算什么，对她来说，只要一家人平平安安，受再多的苦也值得。

故事讲到这里，似乎该见好就收了，各位或能看出，上面几句我还强行拔高了一下。不过你们都看到这里了，想必对我的叙事也该有所预防，在高处收尾，向来非我所爱。现在，请做好准备，跟我一起拉着我奶奶坠入凡尘。千万不要以为她只是个为家庭无私奉献、对世界充满热望的朴实主妇——虽然确实是这样，但我不能不说，她也有极度冷酷残忍的一面，那就是面对动物的时候。

刚刚过上吃饱饭的日子,乡下是很穷的,农村孩子也没什么像样的玩具,只能就地取材,有什么玩什么。农村最不缺的就是土地,不过泥巴总有玩腻的时候,最受欢迎的玩具,永远是可爱的动物们,毕竟,它们会动,还会跟你互动。就算不会动的,比如说猪的胆囊,吹大了也可以当气球玩。不过这个太稀有了,平均一头猪才有一个胆囊,平均一群孩子只有一个人能得到。相比之下,小鸟就比较容易搞到了,特别是麻雀,乡间到处都是,而且又是害虫,除四害的时候没有搞彻底,广大劳动人民的热情已经消减,但对它们的偏见依然存在,反正也不是什么好东西,抓来给小孩玩又何乐而不为呢。

小时候我家有一座空房子,常年没有人住,只是用来堆柴火。空屋,柴堆,向来是麻雀们的最爱。那座房子很快沦为麻雀大本营。门上全是鸟屎,已经不见木头。一开门,群鸟飞腾,鸟屎纷纷。伙伴们知道那里有鸟,已经培养出一种默契,走啊,找欢欢逮鸟去。然后我就去找奶奶要钥匙,带着大伙儿去掏鸟窝。刚开始她还由着我,后来就不让了,说那些鸟是留着给我玩的,都让别人掏走了还玩什么。也是,每次去背柴她都顺道给我带只幼鸟回来,有时候则是几只鸟蛋,让我随便玩,想怎么玩就怎么玩。其实鸟能有什么好玩的呢,刚开始大家只想喂鸟,让它长大,听自己的话。可喂鸟的过程实在太漫长了,谁也没有成功养活过一只。既然它们迟早都得死，那怎么死又有什么区别呢。喂养很快转化为虐待，看谁让手里的鸟死得更有创意，死得更惨，死得更彻底，反正是围绕着死进行一系列活动。我们试过活埋、焚烧、注射药品、剖腹、水淹、钝器击打，还有一次，我们把一只鸟的羽毛拔光，然后放归大自然（说到这里我们的罪孽似乎太深重了，我会好好忏悔的）。

有时候我会把自己的杰作拿给奶奶看，她不置可否地笑笑，骂我一声淘气。第二天，又会给我带回一只全新的小鸟。

在她看来，既然我爱玩，那就玩好了，反正又不用花钱。

以上都是我对小鸟干的，她充其量只能算个帮凶。后来，她亲自干了一件我从没干过的事。

那时候我又长大了些，应该有十二三岁，兴趣早已经从小鸟转移到别的地方去了。有一天，我们听到屋顶的树上传来八哥的叫声，这种鸟是很少见的，况且它又有能说话的本领，这严重吸引了我们。我和弟弟爬上房顶，用竹竿把鸟窝捅了下来。幼鸟已经很大，差不多快会飞了。我们本来想养着教它们学说话，但是经过邻家老头鉴定，这些八哥是哑巴，学不会说话。我们白忙活一场，就把鸟丢给堂弟堂妹们玩了。他们都还很小，从三岁到八岁不等，正是对小鸟感兴趣的时候，一个个高高兴兴抱着玩。

"等等！"奶奶大声制止，不让他们拿那些八哥。她从窗台上拿起剪刀，很利索地剪掉了所有八哥的嘴巴。我在旁边看着都觉得残忍，她倒是驾轻就熟，干完了像没事人一样回去做饭，丝毫不顾及八哥的感受。孩子们全哭了，怪她破坏了玩具，她仍旧理直气壮：这鸟嘴多尖，眼都能给你们啄瞎。也许是因为伤口，也许是因为受到的凌辱，那些八哥一顿饭的工夫全死了。越高贵的鸟气性越大，它们的尊严不容践踏，如果不能再翱翔蓝天，它们宁愿一死了之。在这一点上它们跟我奶奶的处世哲学真是截然相反，鸟儿的生命在于翱翔，我奶奶则在于熬。

我突然就明白了我爹弟兄四个的名字里为什么都带着一个"敖"字，原来他们崇拜的不是龙王，只是一个谐音。

生活就是熬日子，看谁能熬到最后，像那只兔子，它熬过了灭门的浩劫，熬过了我奶奶的钉耙，终究还是没能熬过她的夺命铁锹。

那时我七八岁，奶奶在田里刨红薯，一钉耙下去，击中了一个兔子窝，一柄钉耙三根齿，就像串羊肉串一样，中间最长的那根穿着两只小兔子，边上那根穿着一只老的，只有一根齿上面没有血迹，也只有一只小兔子活了下来。那天我们家吃了一顿索然无味的野味（拜奶奶的厨艺所赐），我得到了一只瑟瑟发抖的兔子。

它是灰的，还不怎么会跑，奶奶本想连它一起炖了，看到我充满期待的眼神，就把它赏给我玩了。那是我第一次全心全意养一只宠物，我真的很喜欢它，还给它起了个很没有想象力的名字,叫小灰。为此我们的邻居光辉老跟我捣蛋,他父母也是这么叫他,每天我们两家隔着院子小灰来小辉去,他觉得这是对他的羞辱,非要让我改个别的名字。我当然不答应,和他据理力争,

"它叫小灰怎么了,凭什么只能你一个人叫。"

"我先叫的,你学我。"

"谁学你了,它是灰的所以叫小灰,你是灰的吗。"

"我是光辉的辉。"

"那不就得了,我是小灰的灰。"

"可你的灰跟我的辉都是一样的灰啊。"

"……"

我们把架吵成了绕口令。虽然光辉对我的小灰恨得牙痒痒,但还是会忍不住过来看看它,有时候还带点萝卜缨子什么的喂它。在我的悉心照料下小灰慢慢长大,直到突然学会了跑步,并且一跑就奔着逃跑去了。有一天它从我用来给它作窝的破筐里爬出来,径直朝下水口跑去,眼看着就要跑出门去,我赶紧去追。这时奶奶刚好拿着铁锹在铲鸡屎,看到我追兔子也帮着去拦。一追追到门外,眼看小灰就要跑进树林的草丛里去了,她一铁锹拍死了它。

"为什么要打死它,"我当场就不干了,"你赔我小灰。"

"不然它就跑了,"她显得很有理,"兔子跑到草堆里就找不到了。"

"跑了也比死了强,"我哭起来,"你把它打死了。"

"不打它就会跑……"她的回答真是苍白，好像只有这么一个解释。看见我哭，她不知道怎么办才好。仅仅是因为一只兔子，它活着，跟她也没有什么关系，它死了，同样关系不大。她只是关心我才这样做，当初没有炖掉那只兔子是为了给我玩，现在打死它是为了帮我拦住它。她根本不关心它叫小灰还是小白，在她眼里，那就是一只兔子。就像一只鸡或一只羊，养着它们就是为了吃的，为了给人吃。

我不知道动物爱好者和环保主义者以及各种大自然的崇拜者看到这里会怎么想，会不会觉得我奶奶是个冷血的动物杀手，会不会觉得她不够仁慈，我只知道，她是我这辈子最亲的人。就在刚刚，我给她打了个电话，她七十多岁了，记忆力已经大不如前，常常拿起这个就忘记那个，但她清楚地记得我上一次打电话的日子，我们每一个人打电话的日子。

"欢子吗，咋那么久不来电话，上次打还是九月十七呢。你吃饭没？"

"吃了，你呢。"

"我还没做。"

然后我们就不知道该说什么了。于是我只得循例向她打听各个家人的情况。

"俺二叔哩。"

"他在山西。"

"他给你打电话没。"

"打了，二十八打的。"

"俺三叔哩。"

"他跟你四叔去俄罗斯了。"

"去干什么?"

"干建筑。"

"啥时候去的。"

"十月初六。"

为了考考她,我又问了其他几个堂弟堂妹,不管是他们离家的日期还是打电话的日期她都记得一清二楚,包括他们的生日,就像印在脑子里一样张口就来。九个孙子加上四个儿子的生日,她全都记得分毫不差,可当我问起今天是什么日子的时候,她想了好久都没有回答,最后连这个问题一起忘记了。我告诉她,你记住了所有人的生日,怎么就记不住自己的呢。她不好意思地笑了,说根本不知道自己的生日,身份证上都是瞎写的。

挂掉电话,我对着远处的雾霾说,祝你生日快乐,没有生日的人。

暴烈之花

绝对是命中注定，我终于还是将笔头对准了她。在写下那么多字，讲了那么多事之后，她的名字出现在我的文档里，显得那么自然，那么亲切。我知道，不管这辈子写下多少篇文章，始终有一篇是留给她的。如果不是她，恐怕我连一个字都不会写，更别提成为一个作家了。

她就是我的继母，花。

如果她不骂我，我不会记下那厚厚一本污言秽语，如果她不揍我，我不会在一张白纸上写满"崩溃"二字（"溃"不会写，全用拼音代替）。我用潦草的笔迹写下这些，就像类人猿在山洞里留下壁画一样目的单纯。对于生活中的潜在威胁，最好的办法就是将其记录在案，以便传于后世学习。不过这种行为到后来变得有些失控，看到那么多负面文字，我越发愤怒，准备将那些材料好好保存，以便日后一一报复回来。后来我离家出走，把那些记仇本藏在奶奶家的墙缝里，结果全被这帮文盲当草纸用了。

所以，我忘了我的仇。

我不打算在这里重新记起，而是准备怀着感恩的心，讲一讲她的好。也许不是所有人都能把这个当作"好"来看，那是你们不知道，一个恶人在生活中起到的好作用，就像坏天气一样，锻炼人的体魄，磨炼人的意志，滋生让人奋起反抗的动力，给人破口大骂的理由。就像电影里，是那些极度邪恶的坏蛋造就了满是创伤的英雄。所有英雄都一个口吻，我希望这些没有发生过，我希望自己只是一个普通人，然后总有一个智者谆谆教导，只有你能拯救世界，是上天选中了你。而我以为是坏蛋，坏蛋以施虐为乐，但他们却选上了不怕痛的英雄。

让我们从头说起，回到我妈的死那里去——若是她这只蝴蝶不死，也就没有后面的乱局了。

作为外公最看重的女婿，我爹突然成了鳏夫，外公觉得很对不住他，为了留住这个好姑爷，甚至有意把我小姨嫁给他。可惜小姨那时候太小，才十四五岁，没等她长大，我爹就找到了花。其实她年纪也不大，嫁过来的时候十七岁，十八岁就生下了我的弟弟玉龙。

她是逃婚出来的。她的大哥是个老实巴交的壮汉，一直找不到媳妇，父母只好用花给他换回一个，这就是俗称的换亲。两家人，各有一儿一女，多半因为儿子愚笨找不到媳妇，就不过问女儿的意思把她们强行置换。那边同样是一个沉闷粗陋的男人，花年轻貌美，当然不愿意跟这种人一起生活，刚结婚两天就跑出来了。这应该算是她的第一次逃跑。嫁过来的嫂子一看她跑回来了，就只能跑回去。她大哥婚后两天再次变回一个光棍，一气之下去了煤矿，那里挣钱多，他打算自己挣一个媳妇回来，结果第二年就葬身井底，再也没有挖出来。因为这个，花的父母一辈子都记恨她，当然，她得罪的人太多了，也不在乎这一两个。

刚逃出来，家里每天逼她回去，她很生气，连家也不回了。正是春天，镇上在赶庙会。说来也巧，我爹两任岳父都在同一个镇子。那是重镇，因为和外省接壤，繁华热闹，庙会也办得更大更久。

花每天不回家，在庙会上转悠，那里应有尽有，热闹非凡，很符合她的天性。二十世纪八九十年代的恋爱场合有两个，一个是露天电影，一个就是庙会。当然这只是给大胆男女准备的，小家碧玉连去都不敢去，更不会像花那样整天整夜地耗在那里了。最先发现她的不是我爹，那时他还沉浸在丧妻之痛中，每天待在我外婆家，连门都不想出。外婆家距离镇子不足千米，热闹的锣鼓声就在门外。外婆总劝他出去散散心，等他找到花，外婆又不乐意了。

最先发现花的是我二叔和他的一帮哥们。十七八岁的青年精力旺盛，每天来回步行十八里路，在镇上逛个没够。后来他们发现有一个漂亮小姐比他们逛得还起劲，比他们玩得还疯狂，只要有人邀请，她哪儿都敢去，当街都敢跟人亲嘴，这着实让他们大开眼界。他们凑了点钱，请她吃了顿饭，带她到一个废弃的鞭炮厂过夜。当然他们还想再凑点钱，但是没有了，他们没有工作，没有土地，于是想到了我爹。和他们相比，他已经是个成年人了，他在广州倒卖服装，还算挣钱。为了骗他入股，他们说你刚死了老婆，我们在戏台下又给你找了一个，比死了的那个年轻漂亮一万倍。我爹在他们的拉扯之下半推半就，第一次置身于喧哗的闹市。幸亏他们及时赶到，不然恐怕花已经永远离开了。

她绝对是一个随遇而安的人，说成随波逐流也行。庙会的主题是唱戏，但只有老年人才会去听，年轻人更喜欢的则是那些流动的脱衣舞团。我不知道详细过程，花是怎么跑到里面跳舞的，估计她只是不服气上面那些庸脂俗粉，随便扭扭屁股就能让万千男人血脉偾张，老娘比你们漂亮一万倍都不止。于是她也穿上肉色丝袜，给家乡的老少爷们跳起艳舞。为了不被认出来，她化了浓妆，在散光漫射的舞台上，那让她更富魅力。要是我爹晚去两天，恐怕她已经成为专业舞者，随团浪迹天涯去了。可我爹让她留了下来，成为我的后妈。

他们可谓一见钟情。我爹好歹也是去过大都市的人，再加上手里的百元大钞和家族遗传的幽默健谈，俘获一个少女的芳心似乎是分分钟的事情。他们当晚就住在一起，第二天我叔那帮狐朋狗友就知道他们出局了。

这是一段注定得不到祝福的婚姻。没有一个人同意，婆婆反对，妈妈也反对，连我姥姥都反对，她的意思是你娶一个这种女人，我外孙能过上好日子吗。事实证明她的担忧是对的。我奶奶反对，当然也是因为花的名声，这是败坏门风的事，这时候奶奶也不再提"没有女人怎么行呢"这种话。她母亲反对，是因为我爹没有妹妹可供换亲，而且一分彩礼都没打算给。当然所有这些人的反对一点用都没有，从那时起，花想做的事情就没有一件做不成的。她从来不怕反对，更不在乎世人的目光。她做自己想做的事，说自己想说的话，打自己想打的人，没有人可以阻拦她，谁也不行。

我十一岁之前一直在奶奶家，小时候没怎么注意过她的存在。我知道自己有爹妈，但对他们都不太熟悉，也搞不懂为什么没和他们住在一起。他们常年在广州谋生，很少回来，偶尔见到，我也会叫妈。奇怪的是，从来没人告诉我，我就知道她是后妈，而我的亲妈，被埋在土里。

小时候我过得挺快乐，她也没管过我，除了偶尔见到图个新鲜让我叫声妈。少有的几次，她给过我东西吃，甚至还抱过我。她身上散发着年轻女性独有的香味，可比奶奶酷太多了，所以我对他们家很是向往。奶奶一直告诫我不要在她眼前晃悠，也不要去她家，印象中我只去过一次，他们家到处都是好吃的，我也就更加向往了。只是因为不太熟悉，我有点怕她，不敢往前凑合，每次从她家门前走过都绕道而行，这一点倒是和现在如出一辙。

十一岁之前，我对她印象最深的就是打我的弟弟玉龙。那可是她亲生的，她就像打皮球一样打他，完全没把他当成一个生命体。我亲眼看到她把玉龙扔到墙上，又补上一脚。玉龙还没来得及哭一声就昏过去。那时候他大概五岁，因为在她怀里哭闹，花就不耐烦地把他摔在墙上。他脸上的一小块肉被蹭掉了，现在颧骨上还有一个不显眼的小口子。还有一次她一脚把他踹进粪池，捞出来已经变成一个屎孩儿。

如此种种，再加上奶奶对她的血泪控诉，我确实有点怕她了。该来的终究会来，十一岁那年，她又给我生了个小妹妹，她生孩子向来利索，只是不爱照顾。玉龙是我奶奶给带大的，到了玉玲，她想到了我。回家那天我爹来接我，我还挺高兴，心想终于可以像大家一样和父母生活在一起了。奶奶在厨房做饭，眼泪止不住地流下来，一个劲儿地嘱咐我要听妈妈的话。我不耐烦地应承着，只想赶紧跟我爹回去，连那顿饭都懒得吃，她做了一辈子饭，没有一次是好吃的。

我爹拿着我的衣服，我在后面跟着，到这时候，我和他还是那么生分。邻居们看到我们，很新奇地停下来打招呼，"呦，带孩子回家啊"。我爹停下来跟人说两句话，我站旁边焦急地等着。终于,我们还是走进了那扇蓝色的大门。说来也怪,村里那么多门,只有我们家是蓝色的,直到现在,我也没有见到过同样颜色的门。进门的一刻,我正式告别了自由的童年时代,进入了灰色的少年生涯。

他们毫不掩饰接我回家的目的,刚进门就把刚刚满月的玉玲交给我,然后到门外和邻居打牌去了。我在屋里抱着妹妹,她被包得像个粽子。我就像抱着棵大树一样吃力地抱住她,两只手刚好能搭在一起。

我抱着她,新奇地观察屋里的一切。连气味都是陌生的,香水味混合着婴儿的屎尿味,还有一股浓重的酒味。我循源望去,发现桌上酿好的麦仁,我连吃几口,味道非常好,至今我仍记得那股浓重的酒味。然后我注意到她的化妆盒,桌上散落的硬币和一堆碟片,最上面是三级版的《金瓶梅》,封面上的古装男女衣着凌乱,神情迷醉,不觉中我迎来了人生第一次勃起。简介上写着西门庆和潘金莲的名字,那应该是我第一次接触到名著里的人物。当天晚上我就看到了这部经典之作,我爹和花带着玉玲躺在床上,我和玉龙坐在地上,他们用遥控器操控碟片,最先出来的是九宫格的片段选择,每一格的画面都会动,屋子里一片莺声浪语。当时我觉得真是太高级了,和奶奶在一起,永远也别想看到那么酷的发明。

花问我爹上次看到哪了。

"不知道，随便看吧。"

于是我们直接来到最后一幕，西门庆和潘金莲在屋子里颠鸾倒凤，外面下着大雪，最后西门庆喷了很多血，死掉了。对于我和玉龙来说剧情有些冗长，光是床戏就用了二十分钟，我们看得乏味至极，玉龙一直吵着看奥特曼。他们对玉龙可谓百依百顺，快进着看完，到西门庆喷血的时候慢下来，花有些惊奇，说这都能死？

那可不，我爹说，你们女人都是狐狸精。

他们懒得下床，让玉龙踩着凳子找到奥特曼，指挥他怎么换碟。换好碟子我们坐在一起兴奋地等着，奥特曼的大名我们都听说过，但是从没看过，少数看过的人在学校炫耀，比画着怎么发绝招，别提有多神气了。想不到回家第一天就能看到奥特曼，我那个高兴啊，就别提了。

可能有人已经猜到了，是的，那是成人版的奥特曼。因为从没看过，我们还以为本就是那样，奥特曼征服怪兽用的是鸡巴，而不是什么光波。

回家不久我就遇上了第一次家暴，不过那次的对象不是我，也不是玉龙。起因是我的学费，花责怪我爹没有掐好时间，应该等奶奶交完学费再把我接回来。这下倒好，我刚回来没一个月就要交学费，这事干得没有一点性价比。我爹怒了，骂她太小气，奶奶已经免费照顾我十来年，现在居然连学费都不想出。于是他们吵起来，吵起来的必然结果就是打起来。花有一个癖好，不管打谁都要锁上门。她把我们全锁在屋子里，和我爹展开殊死搏斗。他们身高体形都差不多，打起来难分伯仲，不过多数时候都是以我爹的失败而告终，毕竟，只有他失败了才不想再赢回来。在我们家，他简直就是一个耻辱，叔叔们说起他满是鄙夷，连我和玉龙都看不起他，觉得他打不过女人还有什么脸面活在人世。只有奶奶比较清醒，说他并不是打不过女人，而是让着她。一家人想要长远，必须有一个人愿意吃亏。于是他们打架，我爹吃亏。

那一次，我爹似乎格外生气，花没能在短时间内将他降服。屋子里叮哩咣啷，玉玲吓得哇哇大哭。我第一次看到这阵仗，畏畏缩缩不知该如何是好，玉龙倒是见怪不怪，站在一边冷眼旁观。我们一墙之隔的邻居听到动静，知道他们又在打架，站在自家院里隔墙相劝。花听到邻居说话，斗志更胜，见那么久还没拿下我爹，只好使出杀手锏，出手握住了他的睾丸。我爹吃痛不住，哇哇大叫，最终倒在西厢房的杂物上，发出很大的声响。花看到绝招奏效，立即骑上去，随便抓起什么就往他身上招呼。我爹本能格挡，男人确实比女人更有劲一些，他把花拉下马，最终反败为胜，压在她身上。他不打她，只是试图控制住她。花在下面奋力挣扎，实在无济于事，只好又一次拿出杀手锏。

"玉龙！"她叫道，"上。"

玉龙从墙角拿起钉耙，发现太重了，他举不动，就换了一柄锄头，在我爹后背上打了几下。

我爹肺都气炸了，站起来从玉龙手里夺过锄头，骂他有你什么事，你跟着掺和什么。

花也跟着站起来，她没有再趁势发动进攻，而是哈哈大笑，"那是我儿子，当然向着我了"。

架打到这个份上，基本也差不多了。花打开门锁走出去。我抱着玉玲，她已经哭不出声音了。我爹苦口婆心地教导玉龙，你不能这样，对于爹妈不能偏心。玉龙不置可否，像没听见一样打开了电视。

就在我以为风平浪静，总算熬过一劫的时候，外面又传来了打骂声。

原来我二叔刚好抱着孩子从门前经过，花看到他又骂起来。他欠我家一千块钱，好几年都没有还。花一是正在气头上，二是想借着交学费的由头把钱要回来。她倒不敢真的骂二叔，而是指桑骂槐，骂"那些欠钱不还的人"。可她骂错了人，二叔向来眼里不揉沙子，花高估了他的忍耐力。她欺负我奶奶和我爹惯了，还以为我们全家都是软蛋。

二叔二话没说走了过来。我家门前是一大片空地，邻居们常聚在这里聊天打牌。他让邻居帮忙抱着孩子，没有人敢接，"都知道接了他肯定要打架"。他没有犹豫，把孩子放到牌桌上，顺手抄起一把铁锹冲过去。当然花也不是吃素的，她拿起我家门前的铁锹仓促应战。

就像一对武林高手，没有一句废话，战斗立即进入胶着状态。围观的人很多，但是没人敢去拉架，毕竟他们手里有家伙。战斗开始得快，结束得也快，他们手里的木头锹柄断成几截，没法再用了。二叔没有和她近距离缠斗，而是一脚把她踹进门前浑浊的池塘。

我们出来的时候打斗已经接近尾声。我爹站在门前，连声说打得好，打死她个狗日的。这句话成了他日后的把柄，总被花拿出来说事。我的兄弟玉龙很有种，虽然才七八岁，但是声音尖厉，冲我二叔直呼其名，"敖丁，别打了！"他捡起地上的一截断木冲上去，扔到他身上。二叔回身一脚，把他踹出去老远。

花待在水里装死，不肯上岸。没有人愿意捞她，都说让她淹死算了。最后还是一个路过的村人跳下水，把她抱了上来。

花在床上躺了几天。她浑身都是瘀伤，无法下地走路。第二天二叔过来，把一千块扔到了她身上。邻居都说打得好，也该给她点厉害瞧瞧了。俗话说一物降一物，她这辈子只怕两个人，她二哥和我二叔。因为逃婚害死了大哥，她二哥非常气愤，扬言要打死她，好在他那几年一直在坐牢，没办法兑现承诺。

被打成这样，花当然不甘心。她浑身都是伤，也没办法报仇雪恨，连打打我爹出出气都不行。可这口气总得出吧，于是她选择了绝食，那大概是她唯一能干的事了。不管谁劝，她就是不吃饭。奶奶每天过来苦口婆心，好说歹说，她充耳不闻。这样过了三天，大家都有点害怕了。

"她啥事干不出来。"这是人们对她的共识。

一天傍晚，我抱着玉玲坐在床边，玉龙跟她躺在床上，她以为屋里没人了，悄声对玉龙说，"快给我拿个馒头，快饿死我了，别忘了夹点咸菜"。

意识到我的存在，她让我不准告诉任何人。我点头答应，成了他们的同盟。说起来，我从没违背过她的意愿，就像个机器人一样对她言听计从。后来不用我说大家也知道了，她的绝食只在饭点执行，私下里一点也没少吃。

等养好了伤，她总算可以秋后算账，先是跟我爹重新打了一架，随后在一天深夜离家出走。那几天我们家鸡飞狗跳，彻夜通明，谁也别想睡一个安稳觉。我爹连夜去找她，最终在一家公路旅店找到她，她已经在里面打了一夜的牌。回家时喝得醉醺醺的，完全是被我爹拖回来的。回到家，我爹也不敢出门，日日守在她身边，任打任骂，直到这事完全过去，直到她又重新开始在门口高声谈笑，大声辱骂我们父子，我们才觉得一切又恢复了正常。

我爹和奶奶一样，最怕的就是她离家出走，这也是她最大的绝招。我爹一共坐过两次牢，一次因为卖黄书，一次因为偷苹果。两次她都没有等他，而是抛家弃子一个人去外地逍遥。第一次她去了四川，被人拐卖给一个有钱瘸子为妻。她刚开始还觉得不错，瘸子家有钱可以花，但他们总把她当作犯人严加看管，从不让她离开视线，连上厕所都有人跟着。他们甚至表示如有必要也不排除把她的腿打瘸，好让他们夫妻更加般配。

花当然受不了这个。她倒是很识时务，温柔地对待瘸子，先博取了人家的信任，然后在一个节日说服瘸子和她一起上街。在街上，她一个人打倒了瘸子母子两个，骑着他们的摩托车奔赴县城，买了张回家的车票。那时候我爹已经出狱，为了找她去了很多地方，大家都以为找不到了，结果她自个儿又回来了。

第二次我爹的刑期是六个月，她走了半年，这一次去了哪儿，她什么都没说。"反正也干不了什么好事。"我奶奶语。不管怎么样，随着年纪越来越大，她逃跑的兴致日渐消退。依旧未减的，是她打人的兴致。只是我们一个接一个长大，已经没有多少人可供她打骂了。

从十一岁回家到十六岁出走，我大概被她揍了七八次，这个数和我的弟弟玉龙相比，连个零头都不到。他正式挨的揍至少也破百了——所谓"正式挨揍"，平常踹一脚打一个耳光是不算数的。花打人非常注重仪式，首先得锁上门，这个视情况而定，如果随便打打就锁上院门，动真格的就锁上卧室门，不留一点躲避的空间；其次是打人的工具，她最常用的是皮带，拇指粗细的麻绳也很受青睐，像竹竿、藤条、木棒这类工具只是偶尔客串，正好在眼皮子底下才会用到；最后就是挨揍的人一定要跪着，她先问一句知道错了吗，挨揍的说一句知道错了，然后就可以正式挨揍了。挨揍的时间视她的心情而定，什么时候打过瘾什么时候算完。

她打人时，我爹多半不在家。他们常年在广州，只有收庄稼的时候才会回来，大多数时候都是花一个人回来，她自己又要带孩子又要干活，总是显得很烦躁，一旦被惹到就会爆发，有时候即使什么事都没有，她也可以找个由头把我们打上一顿。

大概有那么三两次，我曾和玉龙一起挨揍，能让我俩同时犯错的事只能是打架了。花本着一视同仁的态度，从不问因由，只要我们打架，就把我们打一顿。我们跪在一起，抱着脑袋挨揍，她的皮鞭像雨点一样落下来，从来不挑地方。在挨揍这件事上，玉龙明显比我经验丰富，也显得更为从容一些，不像我，只要往地上一跪就吓得瑟瑟发抖。皮鞭落在身上，他可以做到一声不吭，不像我，又是叫唤又是求饶。后来他告诉我，求饶一点用都没有，只能让她觉得更刺激。小的时候，玉龙就这么乖乖挨打，长大一点开始夺她的鞭子，再大一些，就抄家伙和她对着干。到现在，他们完全掉了个儿，玉龙想什么时候打她，就什么时候打她。当然，他没办法让她下跪，也没办法让她认错。他打她，连报仇都谈不上，只是因为他的体内流着她的血。

　　玉龙挨揍，多半是因为犯了花的规矩，他从来不知道服从为何物，七八岁就开始跟她对骂，想做的事必须要做到，除非被揍上一顿。"你要是像他（指我）一样听话，想要什么我给你什么。"她经常当着我的面这么说。玉龙不以为然，能凭本事要到的东西，为什么要听话呢。他总去主动招惹她，招来一顿胖揍才老实。花怀着我三弟玉衡的时候，他见她挺着大肚子不方便，尽情挑衅她。她从来不会压制自己的怒气，就追着去打他。那一次，她被门槛绊倒，"嘭"的一声摔在地上，硕大的肉体荡起灰尘。我们吓得要死，以为她要流产了，结果她艰难地爬起来，抓住呆掉的玉龙一顿胖揍，又回到床上看港片去了。

　　我的三弟玉衡最终还是死掉了。

　　把玉玲照顾得会走路，玉衡又出生了。虽然所有人都说玉玲和我长得像，但她在花的鼓励下连哥都不叫我一声，让我很是受伤，觉得终归不是一个娘生的，照顾得再好也白搭。到了玉衡，我对他就很有成见，不想再投入一丝感情。可他实在是太可爱了，因为和我朝夕相处，学会了叫妈妈之后就是叫哥哥，而且这个哥没有玉龙的份。他总爱掐他，把他折磨得哇哇大哭，搞得他见了玉龙都害怕。花不想让他和我太亲近，还想如法炮制，像教玉玲那样教他，让我相信我不是他哥，只是一个无关紧要的什么人。可他不听，还是喜欢黏着我，大哥长大哥短地叫我。第一次，我在这个家里有了亲人的感觉。

出事那年他不满五岁。那天我们都上学去了，只有花和玉衡在家。院子里晾着刚刚收回来的玉米，中午时下起小雨，花把玉米拢到一起，盖上防雨布。玉衡在旁边帮她，掀起墙角的胶布时，他们发现了一只癞蛤蟆。花捉住蛤蟆，把它交给玉衡，让他扔到门前的池塘里去。玉衡拎着蛤蟆的一条腿走出门去，就再也没有回来。他和蛤蟆一起掉进了池塘。

刚得知这个消息，我们杀了她的心都有。花要死要活的，不住地往水里跳。"让她死！"玉龙企图轰走看守她的人，"别管她了，你们都走吧。"

奶奶二十四小时看着她，还是没看住。她借口去厕所，半夜里跑出去，在公路旁的桥上跳了水。他们找到那里，她已经在水里泡了一个小时。回到家，她又冲进吵架夫妻门口的大塘，还是没把自己淹死。我爹第一时间从广州赶回来，把玉衡葬在一个花不知道的地方。

我也不知道。

我们全家都不知道玉衡葬在哪里了。没有人再提起他，他消失得干干净净，只留下一片模糊的记忆飘在我们头顶。我不知道花会不会偶尔想起他。我会，在看到一只癞蛤蟆的时候，我会想起他，有时候我会哭，没有哭声，也没有眼泪的那种哭，是心在哭，我能感觉到，泪水让它变得沉重。

玉衡死后半个月，我离家出走，再也没有回去过。

从花的手下全身而退，我终于能像邻居们一样，以一个局外人的眼光打量他们家的事情。置身其中的时候，我从来不觉得我们家的事多有趣。这么多年，邻居们就像看一部超长连续剧一样看着我们，我的离开当然是剧情的一部分，他们多少有些惋惜，就像电视里一个钟爱的角色死掉了。虽然离开的那幕戏给了观众一个高潮（生平第一次，我和花大吵大骂），但我再也不会出现在这部热播剧中了。邻居们很不甘心，一见到我就迫不及待地跟我普及剧情，如同劝服一个心灰意冷的老演员重新回到舞台上去。

"她每天夜里都去赌博，把孩子饿得嗷嗷叫，"住在后面的马宏妈跟我说，"每天晚上有车来接她，一夏天就输了四五万。"

那时候我爹在越南，一年才能挣到六万块。

"她跟玉龙打架，把他的胳膊都打断了。"离我家仅有一墙之隔的小奶奶告诉我。

那时候玉龙十五岁，胳膊是与花缠斗时被硬生生掰断的。一根骨头从关节处凸出来，胳膊朝反方向弯曲。他们四处求医，治了两年才恢复，胳膊仍然有些弯曲，不过已经不影响他和花继续战斗。

"她把玉玲的腿扎了一刀，在大腿根上，一个十多公分的大长口子，"我婶子皱着眉头对我说，"那可是她亲生的。"

玉玲身上的创伤不止这一处，三岁时花用邻居家的面条机压面条，因为停电就手动转动滑轮，玉玲在旁边玩，中指被卷进齿轮，指甲盖完全脱落，再也没有长出来。

"她疯了，"奶奶说，"不光打孩子打我，还打她的亲爹亲娘。"

她二哥从牢里出来，把父母打到了她这里。这对勤劳的夫妻在家帮她种地带孩子，没过多久，她就开始打骂他们，他们只好离开，垂老之年远赴他乡。

打打打，打打打，这似乎是她生命的主旋律。玉龙十七岁那年同样选择了离家出走。没有人可以和她相安无事地生活，除了我爹。许多年来，她打跑了那么多人，唯独我爹还留在她身边。为了养家糊口，他们不得不长期两地分隔，没有我爹在身边，她总把生活过得一团糟。喝酒抽烟加赌博，所有这些恶习都不能让她满足，她的生命就是不停燃烧，燃烧，用自己，也用所有家人当燃料。我不知道她是否过得快乐，但我知道她一直在不顾一切地寻求快乐，那些微弱的快感，打人，喝酒，赌博，做爱……她用这些不间断地刺激自己。她比谁都勇敢，比谁都无畏，在这一点上，我甚至是佩服她的，虽然我永远都不会原谅她。也许她选错了追求快乐的方式，但那又怎样，就像我们看B级片时得到的快感一样，那是一种近乎病态的、带着疼痛的快乐。只是我们一家不太走运，刚好是一出B级片的受害者。我们忍受痛苦，同样收获与众不同的成长，我们活下来了，这就是胜利。

这两年，花得了甲肝，面黄肌瘦，吃什么都不胖，一天到晚都处于饥饿之中。我再也没有和她说过一句话，只是偶尔仍会听到她放肆的笑声，她的笑声传得太远了，就和她的骂声一样响亮。我爹给玉龙生的儿子取名"季合"，寓意为一年四季，合家欢乐，时间一刻不停地过，愿下一代不会再经历上一代的恩怨。我能说什么呢，我只能祝他梦想成真。

勇 士

我有一个兄弟,从来不叫我哥。

前几天打电话回家,奶奶告诉我,玉龙跟花又打起来了,玉龙抄起一把铁锁,打破了花的头。听到这种消息,我都不知该如何反应,信息实在变化太快,就在两年前,我听到的消息还是截然相反:花把玉龙的胳膊打折了,花把玉玲的腿扎了个口子。一下子,她从施虐者变成受虐者,虽然这在所有人的预料之中,但真正到来的时候,像我这种当事人还是措手不及。所有邻居包括我奶奶都曾断言,等玉龙长大了,花就倒霉了。玉龙,我同父异母的兄弟,从小在鞭子下成长,在打斗中磨炼,终于还是掌握了这门过硬的技术。就像那头忍辱负重的狮子,终于等到了在家族中称王的时刻。和那头狮子不同的是,他不是被驱逐的,而是自我放逐的。他就是那么的威武不屈,不光要对抗亲妈的铁腕,还要时常找我练手。

从第一次相见，我们就开始打架，因为小我三岁，他每次都输，但是从未认输。他就是那么威武不屈。他是好汉，而且总吃眼前亏。我不知道是什么导致我们如此水火不容，我想绝不单单是同父异母的缘故。小时候我们不在一起生活，记忆中的第一次相逢就是掐架，我承认，那次赖我。

那时他五岁，我八岁。我在奶奶家住着，花把他送过来，让我陪他玩。我走一步他就跟一步，我嫌烦，让他回去他不肯，我跑起来，试图甩掉他，他仍旧跟着。我一生气，把他推进水坑。他好一会儿爬不起来，我趁机跑掉了。晚上回家，花正在骂奶奶，他站在角落里冷眼旁观，看到我，他露出得意的笑。从那以后，我们似乎再也无法抹去对方眼中的敌意。

十一岁那年我回家，和他正式生活在一起，成了朝夕相处的家人。每天一起上学，一起放学，放学还好，路上可以和各自的同学一起说笑，上学时通常要一路相伴，时不时地，我们就会打起来。因为人小没有力气，他就用掐的，专往我脸上挠。这一点我说过他很多次，只有女孩才会用指甲挠，男人打架比的是拳头，用指甲等于作弊，况且一掐脸上就会留下痕迹，回到家花一看打架了，肯定又得抽我们一顿。这些大道理他也懂，每次都说下次注意，但一打起来就又慌不择招了。

我也有点搞不懂，我比他大，比他高，每次都把他打趴下，为什么他总是主动挑起战争。后来我才隐约明白，他身上根本没有"怕"这个细胞。那时学校里的霸王是大龙小龙，这两兄弟横行霸道，没人敢惹。有一天玉龙骑车去学校，下课时发现小龙正给他的小赛车放气，两个车胎都放瘪了。他当然知道小龙是谁，就像他清楚地知道花是谁一样。但只要得罪了他，不管是谁，他就要反抗。

他没有去打小龙，也知道根本打不过，就在旁边骂了一句，让小龙赔他的自行车。既然敢骂小龙，就只能做好挨打的准备了。我路过时看到，畏畏缩缩上前拉架，被小龙一把推开。"你，"他指着我，"站那别动。"于是我站着，看小龙打他。他对疼痛的忍耐力是惊人的，大概是被花打得太多了，从小就产生了抗击打能力。小龙打一下他就骂一句，丝毫没有妥协的意思，小龙打得都有些害怕了，可他就是不服输。小龙只好继续打下去，后来还是上课铃挽救了他。小龙指着他说，"你等着，下课再说"。从那以后，小龙再没找过他的麻烦。

那天放学我一直在担心，怕他回家报告花，说他挨打的时候我袖手旁观，那样我非吃不了兜着走。他什么都没说。我帮着他把车子推回家，在村口借修理铺的气筒打好气。他很喜欢赛车，每天骑着到处游逛，花当然也能看出来他喜欢，于是有一天因为他没有听花的话，挨了一顿打之后仍旧不肯承认花让他承认的错误，那些车就遭了殃，大概有三辆小赛车，全被花搬到院子里，用钉耙砸成了烂铁。

我回家之后的第一顿打,就是和他一起挨的。原因当然是打架,打架的原因很简单,我们玩玻璃球,还是玩假的,谁输了就让谁打一下谁的球——很复杂,我知道,这个规矩不用懂。有一个难以界定的球,他说我输了,我说我没输。他玩什么游戏都较真,反反复复跟我掰扯。我那时刚好跟邻居家的酷哥学了一个酷招,就把自己的球以迅雷不及掩耳之势扔进了池塘。这实在是非常酷:我连赌注都扔了,你还跟我讲什么输赢?他明显被我酷到了,但又不甘心让我一个人耍酷,愣了一下就猛扑上来。门口那么多人,根本打不起来,我们刚抱一起就被分开了。邻居们还开玩笑,打圆场,说两个男孩在一起就是免不了摩擦。花看到这一幕,可激动坏了,为了表示公平,把我们两个叫进屋子一顿暴打。挨完了打,花给我们每人泡了一包板蓝根。玉龙恨恨地看着我,似乎还是在意输赢的事儿。我也有点后悔了,直接认输不就完了,耍什么酷呢。

认输这事,说起来容易,做起来却难,我们因为认输没少打架,这事放到后面说,先说打架。如果我们两个自相残杀,就会换来一顿胖揍,若是我们兄弟齐心协力,共退强敌,则会受到褒奖。

说来惭愧,我从来没帮玉龙打过架,最多只会在旁边帮着劝架。而玉龙如果看到我和别人打架,会毫不犹豫地冲上来打对方。有一次,我在田野里和一个比我高一头的家伙打起来,根本就不是对手。紧要关头玉龙冲上来,我们兄弟合力把那小子打进路沟,推倒旁边的麦垛,彻底掩埋了他。他好一会儿才从里面爬出来,身上全是细碎的麦秸,扎得他浑身痒痒。他回到家,他妈为了保留证据没有给他换衣服,带着他来找花,向她展示我们俩的恶行。花看到那孩子的糗样忍不住大笑,把那位母亲气得差点跟她打起来。

"别生气,"花说,"我回去好好教训这俩兔崽子。"

她把我们叫进屋,我们做好了挨打的准备,等来的却不是鞭子,而是每人两块钱的奖赏。

"干得好,"她说,"那么大个子你们都能打过,真是太厉害了。"

然后她给我们讲了小时候的壮举,她把钢笔刺进一个男孩的鼻孔,顿时鼻血直流,当然,那不是唯一一个为她流过鼻血的男人。

除了打架,玉龙还喜欢打牌。最开始,他喜欢的只是市面上流行的游戏。比如说学校里都在玩石子,他就没日没夜地坐在地上练习;跳皮筋,他就用两棵树撑住,一个人跳个没完;玩玻璃球,他就蹲在地上爬来爬去……要说他的学习本领是很强的,不管是男孩游戏还是女孩游戏,他都练就了一身过硬的技术。他还很聪明,喜欢加一些花招。有一次在学校里扔沙包,他手里攥了一块石头,想虚晃一招再扔真正的沙包。他把石头扔出去,不明就里的学生跑去抢,结果一个人的额头被击中，血顿时就流下来。

学校里流行的游戏总是一阵一阵的，只有我们家，永远只玩一种游戏，那就是赌钱。

那一年花生孩子，我爹也在家，有了这两大赌鬼，赌徒们很自然地把我家当作据点，每天吃完饭就奔赴而来，比上班还准时。在院子里，他们有的打扑克，有的打麻将，每天吵吵嚷嚷，围得水泄不通。我爹和花永远奋战在第一线上，我负责看孩子，玉龙四处转悠，争取不错过任何一个精彩的牌局。

午饭时间，人去桌空，我爹在厨房忙活饭菜，我们就在院子里晒太阳，玩具自然是还没收起来的麻将和纸牌。我们把牌摞好，学着大人喊"碰"、"杠"、"胡"。花很负责任地告诉我们，你们说得不对，这牌胡不了。然后自然而然地，她教我们什么牌才能赢，于是，那一年玉龙九岁，我十二岁，我们早早学会了打牌。

从那以后，玉龙就不再练习玻璃球什么的了，而是完全醉心于打牌。麻将得四个人玩，施展开来不太方便，他最常练习的还是扑克。邻居们经常在门口打百分消磨时间，他年纪小，只有看的份儿，回到家再拿出扑克苦练。他坐在地上，先分好四个人的牌，然后一人分饰四角，忙得不可开交。后来他发现百分也可以两个人打，就让我给他配个门。这成了我的任务，每天把弟弟妹妹哄睡，还得陪他打牌。我想着回屋看书，有时候打得心不在焉，他老大不乐意，说我不认真。"不想赢你打什么牌。"他说。"那就不打了。"我顺水推舟,起身就走。他马上放下牌拽住我,要搁别的场合这就该打起来了,但他有点犹豫,毕竟是有求于我,所以一时不知道是该打我还是该放我。只有一种情况他会毫不犹豫地打我,就是我明明输了却要抵赖的时候,他最受不了这个,马上就会扑上来。只有打架才能平复他的胜负欲。花躺在里屋看电视,我们在外屋打起来,有时候她也懒得管,吼一声"再打你们都得挨",于是我们只好安静下来。为了完成任务,我还是得陪他继续打牌,看着他手小得连牌都握不住还一脸认真的样子,我总有一脚把他手里的牌踹飞了的冲动,那一定会让他怒不可遏。后来他想了个办法,为了防止我总是敷衍了事,规定我必须赢他两局才能完成任务,不然就一直打下去。他的牌技太厉害了,我输了一局又一局,输得头都大了。

另一方面,邻居们也注意到了这个扑克高手的横空出世。牌桌上很快有了他的一席之地。他瘦小的身躯坐在众多胖大妈之中,经常以刁钻诡谲的出牌方式得到夸赞,取得胜利。我们也很高兴,他整天在外面打牌,不用在家捣蛋。直到出了一件事,我才知道自己高兴得太早了。

那天下午,他急急忙忙冲出家门去上厕所,被一句话轻松截停,"快来快来,三缺一"。听到这个,他犹豫一下,改变路线坐上了牌桌。毕竟我们那里闲人太多,一泡尿的工夫人手就找够了,那他就只能坐旁边看着了。他稳如磐石地打了一下午牌，到第二天我们才知道，他憋的不是尿。

是，他拉床上了。

虽然他一直有尿床的毛病，但真的拉床上，我们还是不能接受，毕竟他都十来岁了。花打了他一顿，把他扔进吵架夫妻门前的大塘，让他洗洗干净。而他留下的真正的烂摊子，那些粘着又黏又臭的屎的被褥，就只能让我去收拾了。

我是个软弱的人，所以我什么都干。

我十三岁那年，花决定去广州找我爹，把我和玉龙留在家里。因为刚和奶奶打完架，没办法再去求她照顾我们，于是她规定我们只能自己照顾自己，"要争气，没有那个老不死的你们照样能活得好"。事实证明，没有那个老不死的我们估计早就死了。那天晚上学校大扫除，我天黑才回家，她因为第二天就要走，都没顾得上打我。她和好一盆面，教我怎么做成馒头。"好好学，"她说，"这个就是你们以后赖以为生的手艺了。"

我在一夜之间学会了和面蒸馒头，手艺当然惨不忍睹。一想到花就要走了，我高兴得几乎缺氧，那意味着再也没有人管我了，我可以想去哪玩就去哪玩，想干什么就干什么。另一厢，仅仅十岁大的玉龙沉浸在一种不知所措的状态中。他当然不想让花离开，虽然她打起他来比谁都狠，但她爱起他来也是无所不及的。她离开了，他身边就一个亲人都没有了。

我积极应承着花的吩咐，生怕她突然反悔不走了，但我又不能显得太过高兴，还得装出有些不舍的样子。我装得很难受，甚至都有点恶心自己了。玉龙一声不吭，偶尔用沉郁的目光扫我一下，我知道他能看出我的兴奋和虚情假意，但他无意拆穿，只是无声地抗议着花的决定。甚至连抗议都谈不上，谁都知道花一旦做了决定就不会更改，他只是忍着怨念，看着事情的发生。

第二天一早，花去了广州。偌大的院子里，只剩下我们兄弟二人。

当天晚上我们就打了一架。花临行之前吩咐我们，一个做饭，一个烧火，兄弟协力，共同生活。玉龙从没干过活，我让他烧火他不烧，我很生气，就打了他，结果他还是不烧。要说我们家倔强的基因非常之强，我俩一个比一个犟，花在家的时候，把我的天性完全压住了，现在她走了，我把积压的怨气全算在玉龙头上，心想你妈欺负我也就算了，你这个小屁孩也想欺负我，门都没有。我明确告诉他，不烧火，我就不做饭。

这样过了两天，他一直没有妥协，天天在那张三条腿的破桌子上玩扑克牌。我偷偷到奶奶家吃过饭，回来看他，他还是不肯低头。我一方面有些害怕，另一方面又很生气，心说看你能饿多久。那时候刚刚入冬，家里非常冷，院子里结了霜，因为没人讲话，显得死气沉沉。他没什么朋友，每天在家自己跟自己玩扑克牌。有一次我回来,发现他哭了,看到我,他扭过头擦干眼泪,继续往桌上放纸牌。我问他烧火不,烧火我就去做饭。"烧你妈×!"他压着哭腔骂。我刚软下来的心又被他骂硬了。我扭头出门,找人玩去了。回家两年,我再没出去玩过,这几天我玩得很疯,一玩起来什么都忘了。

他就那么饿着,死也不肯认输。如果不是邻居插手,真不知道这事会如何收尾。隔壁的邻居是一户好人,和我们家同族同宗,按辈分我叫他小爷爷,在我众多爷爷中他排行最小,仅仅比我爹大十来岁。他的女儿,我们叫姑姑,发现玉龙两天没有吃饭,用自家的面条机做了面条,拿到厨房给他下着吃。那一次我不知道他有没有烧火,我回家时面已经做好,他也吃好喝好,再次满血复活。

小爷爷和小奶奶把我拉到他们家,跟我分析形势,说不能再这样做了,你比他大,不能跟他一样不懂事。要是饿坏了他,花回来能饶过你吗。虽然嘴上强硬,但我知道自己已经失败。于是烧火这项任务从玉龙的清单里划掉了,事实上,他还是只负责吃。后来我不逼他了,他心情好的时候反而会主动帮忙烧火,只是我叫他的时候他从来不理。他就是那么威武不屈。

除了因为吃饭打架,睡觉的时候我们也没闲着。

花离开时封住了堂屋的门，只让我们睡在堆满柴火的厢房里。她用玉米秆给我们堆了个床，还说这床软乎，跟席梦思一样。睡在上面第一夜，我们俩被虫叮了一身包，可那又能怎么样，第二天还得睡上面。时间久了，我们慢慢对虫子免疫了。玉米秆会塌陷，日久天长，我们睡的那块地方慢慢塌下去，成了一个坑，不过这样倒挺暖和。事实上这都不算什么，只要不和玉龙一起睡，让我睡哪里都可以。他尿床的毛病实在让人无法忍受，一直到十四五岁，他仍会偶尔在被子上搞创作。十二岁之前是他创作生涯的鼎盛时期，每天被子晒出来都会呈现出不同形状的图案。

我们只有一床棉被，睡到后半夜，我常常会被他的尿水泡醒，继而和他展开被子的争夺大战。尿完床他多半不会醒，但会本能地从尿湿的地方逃开，把干被子扯到自己那边。他也有过一夜两泡的记录，那样的话被子就没什么争抢的价值了，不过那种情况很少，就像出现双生儿的几率一样小。一般情况就是被子一边干一边湿，本来干的那边属于我，但每一次都会被他在梦中调换。我醒来，发现睡在别人的尿里，俗话说无功不受禄，我当然要物归原主，把他的杰作双手奉还。这样一折腾，他也就醒了，毕竟尿刚撒出来是热的，几经转手，马上变得冰冰凉，大冬天的谁也无法忍受。

很多时候我们迷迷糊糊，一人拽住被子一头，死命往自己这边卷。论力气他当然不如我，但他的毅力可比我强多了。他夹住身下的被子，怎么也不肯松手。我同样拽住自己这边，使劲往外卷，每翻一次身，被子就绷紧一些。我卷啊卷，就像卷花卷，最后被子全被我卷到身下，他依旧拽着那头不撒手，于是他也成了被子的一部分，被我卷到身上。这样僵持着，我俩连出气都不顺畅了，我只好松一点出来，然后跟他论理，"明明是你尿的凭什么让我帮你暖"。他讲不过我，再多说几句肯定就得打起来。大多数时候，我们就这样无声地僵持着，总有人先睡过去，然后另一人再乘势把最有利的被子抢过来。失利的一方再醒来，再度照本宣科，依此类推，周而复始，我们的睡眠就是在你争我夺之中度过的。

我不想和他睡一起，他当然也不想和我睡在柴堆里。照他的说法，就是因为有我，花才封住了堂屋的门。睡在柴堆里，老鼠爬来爬去，在干燥的柴火上制造噪音。我们两个不时学声猫叫吓唬吓唬它们，就像我们免疫了虫毒，它们也很快免疫了我们这两只冒牌猫，照样我行我素，到处乱爬。

冬天里，他一直在感冒，鼻子每天不通气，在我耳边像抽风机一样吸进呼出，企图把堵住鼻腔的病毒逼出来。我一直在咳嗽，一咳起来就剧烈颤动，身下的玉米秆哗啦啦响起来，搞出比老鼠还大的动静。

总而言之，我们看对方是一百个不顺眼。

堂屋的门锁着，我们也没办法。

玉龙尝试过把门卸下来，无奈他力气太小，根本搬不动。他让我帮他，我不敢，"你忘了咱妈怎么说的，不许踏进堂屋半步"。

"她还不让你打我呢。"

"你不打我我会打你？"

一旦吵起来，我们要么立刻停止，要么最后打一架。

堂屋的门最终还是被打开了，甚至连门都没有了，要说我们还得谢谢计生干部。那天我正和玉龙在那张三条腿的桌子上下象棋，电饭锅里煮着红薯，那将是我们全部的午餐。七八个男人破门而入，一边吃着花生一边让我们联系父母。我们说联系不到，没有电话号码。他们又让我们打开堂屋的门，我们说打不开，没有钥匙。一个家伙拿着一根拇指粗的铁棍，说那好吧，我来帮你们。他一撬，门就倒下了。两个人迅速抬着门，放到外面的车上。他们在屋里搜刮一通，搬走了柜子和电视，那扇蓝色的大门同样未能幸免，被拿铁棍的家伙如法炮制，同样躺在了他们的车兜里。要走的时候，有人闻见了红薯的香味，他们来到厨房，掰开一个红薯吃掉，说味道不错。有人提议说电饭锅好歹也算一件家电，应该一并拿走。他们恍然大悟，把红薯倒进盆子，连洗都不洗就扔到车上。

我和玉龙不乐意了，这些天我们下象棋入了迷，放学回家就用电饭锅煮上红薯，然后去下象棋，等到红薯熟了就可以边吃边下。现在他们拿走电饭锅，我们就没法做饭了。玉龙拿出和我抢被子的精神，拽住电饭锅上面的电线不撒手。邻居们也帮着我们说话，"这俩孩子在家就够可怜的了，你们还要把人家吃饭的家什拿走，难不成你们想饿死这俩孩子？"

在邻居的讨伐声中，我们保住了电饭锅，但没有保住门和电视。不管怎么样，我们终于不用睡在一起了。玉龙去了堂屋的卧室，我还是睡在玉米床上。我们在没有房门的屋子里睡了几天，直到我爹汇来了钱，才把门和电视赎回来。

一个十三岁的男孩，会做些什么饭呢？

我们吃完了红薯，就吃米饭，等米饭也吃完了，就吃面条，不到万不得已，我是不会做馒头的，做馒头着实是个技术活，不是碱放多了就是面没开好，我从来没做出过一锅合格的馒头，与其说是馒头，其实只是一堆面疙瘩，要多难吃有多难吃，当然，再难吃我们也都吃完了。

玉龙的外公外婆有一个菜园，每逢集市会来我们这里卖菜，卖不完的就顺道带给我们。后来他外婆见我实在蒸不好馒头，就自己在家蒸好了带给我们。每个星期天，我们来回步行二十多里路，去他们那里背点吃的回来。有一次，我们备好食物，准备原路返回。他外婆跟我们提供了一条捷径，原本十多里路，走那条捷径的话可以省一小半路程。因为从未走过，我们一下子就迷路了，沿路都是陌生的风景，好像进入了另一个世界。天越来越黑，我们还是没有找到一点熟悉的事物。看这样子，只能原路返回了，我问玉龙记不记得来时的路，他说不记得了。我更急了，天马上就要黑了，我们背着食物，在没有边际的田间路上走。我嘴里嘀咕着该怎么办，不觉有了哭腔。玉龙一直不说话，像看傻子一样看着我，一脸的不屑。后来我们遇到一个晚归的路人，他告诉我们，我们的村子就在不远处，穿过前面的村子就可以看到了。果不其然，只是我们从未来过这个村子的后面，所以不认识，而这个村庄的前面，我们每天上学都会看到。

第二年夏天，花回来收麦子，新账旧账一起算，把我们各打了若干顿，他大概是我的十几倍的样子。他对花的怨气太重了，所以处处跟她作对，好像服从她是什么莫大的耻辱，但在另一面，他又不希望花离开。他们打来打去，频繁程度已经远远超过花和我爹打架的次数了。

收完麦子种上玉米，花又丢下我们去了广州。这一次，她把玉玲和玉衡都留下了，那时候玉玲四岁，玉衡三岁，我们没法照顾，就丢给奶奶。奶奶还要照顾我叔的孩子，只能留下玉衡，让玉龙带着玉玲。

这一次花没有再给我们设置禁区，完全开放电视和一切家用电器。有一段时间，我们迷上了用DVD玩游戏，每天废寝忘食，夜以继日趴在电视前玩。你累了就换我上，我累了就换你来。那段时间倒是我们兄弟最为团结的时期。我们齐心协力，攻破了一个又一个难关，打败了一个又一个BOSS。然后不可避免的，我们又打起来。只要我们两个在一起，不管干什么，最后一定会回到打架上来。

那天晚上下着雨，为什么打起来我已经忘了，那是最惨烈的一次，因为旁边没有人可以把我们分开。我们就像电影《勇士》里那两兄弟，紧紧地锁在一起，耗费着彼此的耐力。虽然他不如汤姆·哈迪健壮（实际上他非常瘦小，现在也是），却比他还要狂暴。我们不是在拳台上，所以他也不用赤手空拳。他一直是个兵器达人，手边有什么就往我身上招呼。他拿起一把槐木凳子（那种木头非常结实）朝我扔过来，我本能地挡过去，凳子磕到他的眉头，顷刻血流如注，不一会儿就肿起一个大包。一见到血他就像疯狗一样，不顾后果地攻击我。我害怕了，只能紧紧抱住他，不让他有机会碰触到什么杀伤性武器。

我们在地上滚来滚去，玉玲吓得哇哇大哭，后来发现没人管她，她只好停止哭泣，坐在旁边看起电视，完全把我们这对扭打中的哥哥当空气。我们滚到床底下，身上沾满了蛛网，在那里我们歇息片刻，又滚出来继续打。因为被我牢牢锁住，他抓不到别的武器，只能抓我的头发。那时我正是臭美的年纪，留着很长的头发，没想到完全成了把柄。刚开始头发被拽得生疼，后来慢慢变得麻木，好像他只是在扯一丛稻草。他的头发又短又细，我无从下手，只好去扯他的脸。我不敢像他那样用指甲掐，怕留下痕迹，只能用手撕他的嘴。他的脸被我撕得完全变了形，好像一个在做鬼脸的淘气孩子。只是脸上慢慢凝固的血液破坏了他的滑稽，令其显得恐怖。

就这样，他拽着我的头发，我撕着他的脸。我们僵持了差不多一个小时，谁也不肯认输，在地上滚来滚去。后来我们实在累了，就开始讲理，一讲理我们总算找到台阶，让玉玲去找奶奶，让她过来评评理，看看谁对谁错。

玉玲不肯去，她怕黑，外面还下着雨，池塘里的水都是满的，确实非常危险。

玉龙骂她，说黑有什么好怕的，用手电一照天就亮了。我也在旁边添油加醋，非让她去不可。她在我们兄弟二人的恐吓中穿上雨鞋走出门去，再也没有回来。

我们一等等不来，二等等不来，慢慢地都慌了。

"不会出什么事吧。"我说。

"出你妈×事。"他骂道，仍旧不肯放手。

"我妈就是你妈，你骂吧。"

"谁跟你伙一个妈，你妈在西地里埋着呢。"

"你再说一个！"我重新扯上他的嘴，他又不能说话了。他也不示弱，再次拽住了我的头发。时间一分一秒过去，我再也没心思跟他打架了，猛地站起身，说我们必须要去找玉玲。说这话的时候我还防备着他，怕他再抄起什么招呼我。

他同意了我的提议，我们锁上门，急急忙忙去了奶奶家。

玉玲在那里，已经睡着了。玉龙把她叫醒，责怪她不好好完成任务却在这里睡觉。

奶奶把我们骂了一顿，"你们不是爱打吗，我让你们好好打，赶紧回去吧，接着打"。

玉龙很不服气，他可是吃了大亏。奶奶给他找了个创可贴贴上，责怪我下手太狠。我坐在床上，拿镜子检查自己的头发被拽成了什么样。我惊喜地发现一直想梳的那种一飞冲天的杀马特发型竟然被他拽了出来，以前我打多少啫喱水都没有用，被他硬生生拽了一个小时，完全定了型。只可惜是在晚上，那么酷炫的发型，只有奶奶一个不懂审美的观众。

我们兄弟的缘分不算太长，只有短短五年时间，那一年玉衡溺亡，我离家出走，再也没回家。刚开始那两年，我对他们一家心怀怨恨，路上碰见也不会跟他们说话。无奈兄弟就是兄弟，共同的爱好还是会把我们凑在一起。在麻将桌上，一看就知道我们是兄弟，大喊大叫，满嘴脏话。那时他还在上学，但已经有钱打牌了。被花打断的胳膊仍有些弯曲，不过摸起牌来从未失手。这一招我一直没学会，技术上的事我天生比不过他。我打牌，基本靠运气，不像他，自小就刻苦钻研。赢了牌我们的反应如出一辙，把牌猛地摔在桌子上，把自己赢的花样喊出来，再复杂他都不会喊错，不像我，连账都会算错。因为喜欢打牌，他的胳膊康复得不是很好，有一次他自摸之后把牌摔在桌子上，胳膊当时就疼得不能动了。他没有声张，怕人知道赖他的账，不和他玩了。他用左手摸牌，坚持打完了那一圈。

每次回家，邻居们都会兴致勃勃地跟我汇报我们的家庭状况，邻居们说他经常和花打架，他已经十五岁了，还是很瘦弱，所以打不过花。这样又过了两年，他的胳膊完全好了，他还是打不过花。十七岁那年，他选择了和我一样的方式，先是和花大打一架，然后一个人去了广州。那时候我爹已经不在那里了，那么多年，他们在广州谋生，卖盗版书，开摩的，有时候还干点非法勾当，现在新的时代到来，这些工作全没有了。他们离开那里，去了别的地方，而我们要去外地，首先想到的还是广州。

玉龙小时候放暑假去过那里，再去已经物是人非，他找到那个地方，却没有找到那些出租屋。他找了个小工厂，第一次将自己置于别人的管辖之下。每天中午下班，工人们急急忙忙跑出去吃饭，他一个人留在车间里，研究那些机器，或者什么都不干，只是坐在那里发呆。一个女孩注意到他，问他为什么不去吃饭。他很坦诚地说自己没钱，离家时他偷了几百块钱，除了车费已经所剩无几。那个好心的女孩，也是他现在的妻子，每天多打一份饭带回来给他吃。发工资那天，他请她吃饭，并把这些天的饭钱还给她。她拒不接受，于是他送上一个吻，她笑纳了。

去年春节我回家,他们的儿子已经出生,我不觉中变成了大伯。在奶奶家,我从弟媳手里接过这个小侄子,他遗传了玉龙的白和双眼皮,不知道会不会遗传他的勇猛和倔强。

弟媳是广州本地人,非常温婉贤惠,这一次邻里们的预言落了空。他们一度这样安慰我奶奶,说花不是厉害吗,将来找个更厉害的媳妇就有她受的了。结果这个媳妇知情达理,虽然像所有人一样对她不满,不过还算尊重。

"一开始,我根本不知道玉龙有个妈妈,"她告诉我,"玉龙一直说他没有妈妈,他告诉我家里只有一个爸爸和两个妹妹,后来又说他还有一个哥哥在北京,但他一直不承认自己有妈妈。"

"那天我跟玉龙去连云港找爸爸,突然一个女人闯进来,我问她找谁,她说找玉龙,我问她是谁,她说她是玉龙的妈妈,当时我就很奇怪,玉龙不是说他没有妈吗。"

"玉龙有妈,"我说,"没有妈的人是我。"

没娘的孩子

"这是个没娘的孩子。"

小时候,我奶奶总是这样介绍我,人们配合地投来同情的目光,让我觉得这是一件不太光彩的事。现在,人们在饭局上交换名片,互认头衔,作为一个一无所有的人,我不知道该怎么介绍自己。是的,我什么都没有,我只是一个没娘的孩子,就算有一天我什么都有了,我还是一个没娘的孩子。

娘这种东西只有一个,死了就没有了。

这就是不公平的地方,父母可以有很多孩子,孩子却只有一双父母。

母亲去世的时候,我还不知道哭,我在她怀里,体会不到她的不舍。医生告诉她不能再让我吃奶了,她顿时泪如雨下。她还活着,但身体已经腐朽。她还活着,但已经不属于人间了。她死了,没等我学会叫第一声妈。她死了,我成了没娘的孩子。

奶奶成了我的名片派发员，不光名号，连职位都替我想好了——"受苦""苦命"什么的，于是从小我就知道，我是个没娘的孩子，我是来受苦的。事实上我的童年过得非常快乐，在奶奶的照料下我根本不知道"苦"为何物。我不缺胳膊不缺腿，只是缺个妈，其实也缺爹，小时候我很少见到我爹，他不是在挣钱就是在坐牢，或者跟我的继母花还有我的弟弟玉龙过着不太和谐的家庭生活。他没有多余的时间匀给我，当然我也不在乎。我几乎没有意识到这家人的存在，也不觉得没有妈是件多痛苦的事。在学校里，别人骂我妈我一点都不着急，这东西反正我也没有，爱骂就骂吧。他们见杀伤力不强，于是接着骂我姐，骂我姑——运气不好的得挨个把女性亲属都试上一遍才会找到命门，了解我的人就不用兜那么大圈子了，直接骂我奶奶，我一下就会变得气急败坏。

和奶奶朝夕相处，我对她非常依赖。小时候我经常生病，她连夜背着我去看医生，我们走在静谧的田间，只有满天星斗相伴。为了省电，她不开手电，就着月色往前走。在黑夜里，只有干燥的路面是发白的，我们一老一少走在上面，那情境就像童话里的人物，在发光的小路上越走越远，最终走向一个未知的世界。

想想倒是真美，虽然事实上我只是去挨一针。

在照顾孩子这一点上，我奶奶不比任何一个妈妈逊色，甚至比她们还强，所以我一直不明白她为什么一跟别人说起我这个"没娘的孩子"就唉声叹气，当时我还安慰她来着，说没娘不要紧，我有奶奶就行了。后来我才知道，她那些话是有预言性质的，十一岁那年，她担心的事终于变成现实，我爹把我接回家，让我照顾花新生的女儿，于是生平第一次，我过上了有妈（后妈）的生活。刚开始还挺新鲜，没多久我就切实体会到一条真理：妈这种东西，有就有没有就没有，千万不要勉强——比如找一个后妈，归根结底，妈还是亲的好。

花。

我一度以为，花是世上最恶毒的后妈。现在必须得承认我错怪她了，那时候没有参照物，她成了我的头号反派。从我后来搜集的这些报道来看，她还算比较仁慈的，和那些用开水烫孩子，让孩子赤脚站在雪地里，给孩子喝刷锅水……的后妈们相比，她可以称得上是活菩萨了。在这一点上我得感激她，没有给我留下什么残疾，连一块疤痕都没有。要知道，她的亲生孩子全都有她亲手赠与的"成长的印迹"，我妹妹玉玲腿上被她砍了一刀，弟弟玉龙胳膊被掰断，小弟玉衡直接因为她的疏忽溺水身亡。说起来，她对我算是仁至义尽了。在这里我不打算控诉她对我的暴行（比起我那些倒霉的弟弟妹妹来，我只能说是时运不济，正好赶上这么一位后妈，现在我长大了，可以完全脱离她，而他们却因为无法切断的血缘要和她相伴一生），我只想谈谈，一个没娘的孩子在后妈的铁蹄下是如何生活的。

想要不受皮肉之苦，就必须对她言听计从，玉龙就是挨在这上面，他老跟她对着干，因此和鞭子的关系也就异常密切。挨得多了，他也就习惯了，不像我，看到鞭子就开始发抖，即便扬起来的鞭子没有落到身上，我还是感到疼痛。那感觉就像医生只是用酒精棉擦了擦屁股，我就已经预知了针扎的疼痛。没办法，既然我不能挨打，就只能听话了。

听话的第一项内容就是干活，回到家我立刻化身为保姆，在短时间内学会了抱孩子，洗碗，打扫房间，刷鞋，洗衣服，清理厕所，倒尿桶，锄草，打麻将，偷东西等等等等，反正该会的不该会的全都会了。每天总有干不完的活等在那里，一开始我还天真地以为赶紧干，把活干完就可以出去玩了，但是这个"活"比那个"活"还恒久，似乎永远没有尽头。有些不开眼的伙伴来找我玩，全被花轰了出去。后来大家逐渐明白，我已经失了自由，必须随时待命于花的身侧。

没有人再来找我玩了，这是我最受不了的一点，当然，受得了受不了都得受着，我又不是斯巴达克斯，还能举刀杀主人，尽管我也想这么干，但我不敢，也不行。一个懦弱又无能的人，就只能逆来顺受了。后来又长大一些，我才掌握了一门为软弱无能之人量身定做的技艺，那就是逃跑。我一次比一次跑得远，在成功之前全是失败，直到最后一次一鼓作气，一下跑了七年，才算是真正的成功。现在，作为一个成功的逃犯，已经没人能把我怎么样了，有时候和那个威武的"狱卒"迎面相遇，我也不会再感到害怕。要知道，她以前可是我的恐惧之源，为了逃离她，我宁愿躲进最害怕的黑夜里。

说到逃跑之前，我想先谈谈忍受，这二者是有因果关系的，忍不了你才会跑。

偷。

夏天，玉米在田里疯长，野草也不甘示弱，农民这一季的主要工作就是拔掉所有顽强的杂草。凌晨四点，花会把我准时叫醒。我睡眼惺忪，机械般走向田野。清晨的风带着些许凉意，吹着裸露在外的皮肤。草地上露水很重，呈现出微微的白色，走在上面，鞋子很快就被打湿了。我浑身上下都是凉的，估计心也热不到哪里去。找到我们家的田地，我钻进玉米丛，开始拔草。除过草的地面很干净，那些被连根拔起的草堆在一起，慢慢变黄，直到完全失去生命，化为肥料。我拔啊拔，蹲在地上缓慢地向前移动，手指跟着变成绿色，直到天光大亮，太阳高高挂在头顶，我才知道该回家做饭了。我没有时钟，只能凭着感觉估算，回到家一般七点钟。我把馒头热好，给孩子们穿上衣服，一边自己吃一边喂他们，等到全部吃完，把碗洗好，就可以去上学了。

迟到是家常便饭。有一段时间我们年轻的副校长斗志激昂，在大门前抓迟到的学生，让他们去捡纸片。每次看到我他都网开一面，让我回教室晨读，留下玉龙接受惩罚。他教我们唱歌和各种文体活动，所以认识我，知道我是班长，还让我做过国旗下的演讲。后来他当了校长，提拔我做少先队的大队长，吩咐每一个红领巾见了我都要行队礼，搞得全校学生都认识我了。有一次我打碎了一年级的玻璃，马上就被指认出来，赔了二十块钱。

班长除了收发作业，还有一个职责就是拿着教室钥匙，每天早点到学校开门。回家之后，我把钥匙还给了老师，因为我再也不能早到了。以前，每到星期天我都兴奋不已，现在简直得了星期天恐惧症，其实不光星期天，连放学我都怕。那条回家的路，是一个岔口，一边通向奶奶家，我再也不能回去，一边通向我爹家，不回去都不行。

有一段时间，花热衷于吃红薯梗，让我放学顺便从地里掐一些回去。我感到很不好意思，每次都在教室故意磨蹭到最后才走，在零星还有几个学生的路上瞅准时机跳进一片红薯地，做贼一样快速地掐一堆，装进书包飞奔回家。她无意中引导了潮流，一时间邻居们全炒上了这道菜。以前人们都是拿这个喂羊，谁也没想到能吃。她总是吃些奇奇怪怪的东西，后来她又吃上了臭椿树上的"花大姐"，我和玉龙每天放学回来在树林里给她捉一袋子，让她用火烧着吃。

吃这些倒是无伤大雅，毕竟是自然的产物，要是吃人家产的就不太像话了。有一次她看到某户人家的红薯地里西红柿长得不错，非要我趁放学摘点回来。在她面前，我当然不能说不。我躲在田野里，等到大中午时路上空无一人，摘了一些放进书包。后来用这种方法我还摘过毛豆，豌豆和豇豆。也许是我运气好，从来没被发现过，在大家眼里，我依然是个刚好赶上个无理后妈的值得可怜的没娘的孩子。

后来我们还是被抓过一次，那次正好是她亲自带队。

秋天，收获的季节，田间的收获不值得羡慕，毕竟谁家都有地。让人眼红的是别人家那一两棵孤零零的果树。我们家种的是梨和葡萄，还有一棵从不开花的石榴，有了这些，意味着我们没有柿子和无花果，枣和拐枣，樱桃和桃……人们一般把果树种在院子里，只有柿子树和枣树多半种在门口。枣树是果实最为丰盛的树木，红果挂在绿叶间，让每一个路过的人垂涎三尺。花不常出门，一般都在家看电视，但当秋天来临，她还是嗅到了成熟的气息。于是一天晚上，她拿出一根竹竿，带着我和玉龙出发了。我们先去了老光棍八摊门前的柿子树那里，那时八摊出门在外，只有那棵柿子树孤零零地守着他的小屋。我用手电照着，她打下不少半生不熟的柿子，玉龙则把收获捡进他的双肩包。

打完柿子，花意犹未尽，顺路去了菊花的枣树那里。那两棵丰收的枣树，上面长着全村最甜的枣。因为知道菊花的厉害，她没敢动南面那棵大一些的树，仅仅对另一棵举起竹竿。一棍子下去，枣子哗啦啦落在地上，我和玉龙急忙趴在地上捡，大概是这种声响刺激了她，花打得更带劲了。就在我们忘乎所以的时候，花扔掉竹竿，大叫一声快跑，我站起来，看到了拿着铁锹狂奔而来的菊花。

我们最终没跑掉，玉龙的双肩包太重了。菊花一脚把包踹在地上，一些枣子轱辘出来，铁证如山，我们知道要倒大霉了。幸亏花看我们没跑掉，又找了回来。她们俩四目相对，虽然在黑暗中看不清楚，我们还是被这种肃杀的氛围镇住了。作为村里最负盛名的两朵花，她们一个誓死不和男人上床，一个天天在家看《金瓶梅》，一个成功打退三任丈夫，一个随意打骂全家老小，按理说应该毫无交集的二人，就这么狭路相逢了。

"你们在干什么？"菊花说。

"你也看到了，"花说，"我给这俩孩子打点枣子吃。"

"这枣树是你家的吗？"

"不是。"

"你经过我的同意了吗？"

"没有。"

"那你就来打我的枣子，"菊花怒了，"我知道你是谁，不要脸的玩意。"

"你说谁不要脸。"玉龙打开手电照着她。

"你别多嘴。"花打了玉龙一下,把他的手电夺过来关掉。

"我错了,"花说,"但我没动这棵大的。"

"你以为动了那棵大的我会轻饶你吗,"菊花说,"那么大的人了干这种偷偷摸摸的事,还带着孩子,你说你要不要脸。"

"是,我不要脸。"花说(在回家的路上她跟我们这么说,要脸有什么用,要脸给狗舔吗)。

"每天打扮得花枝招展的,又是描眉又是画眼,还抹口红搽粉,我早看你不顺眼了。你以为你是什么,你是鸡吗?"菊花来了劲,胡乱骂了一通。出乎意料地,花没有发火,站在那听着,只有菊花声音变大时,她才会提醒一下,让她小声点。等菊花骂完,她小声问她,我们可以走了吗。

"可以啊,"菊花说,"你先说三句,我不要脸。"

花乖乖照办。

"滚吧。"菊花又在我们装满果实的书包上踢了一脚,"拿着这些回家吃吧,骚货!"

我和玉龙抬起书包,没有捡掉出来的枣子,跟着花回家了。在路上,玉龙愤愤不平,既看不起花又为她感到憋屈,怪她挨那么多骂都不吭一声。

"跟一个疯子较什么劲,"花说,"那个老处女,连男人都可以不要,还有什么干不出来。"

这是我第一次看到花吃瘪认栽，没办法，谁让她惹的是菊花呢。俗话说吃一堑长一智，这话对她一点作用都没有。这事刚过去不久，她又干了一票大的，这次招惹的同样不是善茬，而是我们隔壁以骂人见长的吵架女。

那天我们在家剥玉米，吵架夫妻的一只大公鸡跑过来，在旁边吃玉米粒，花赶了几次都赶不走，这彻底惹恼了她。公鸡又一次进来，她吩咐我们关上门，瓮中捉住了那只鸡。她把鸡压在膝盖下，不让它有机会叫一声，活活把它憋死了。

这只鸡很肥，吵架夫妻家的一切都很肥，包括他们的儿子糖豆。当天晚上，吵架女等不回来那只鸡，焦急地四处寻找。花看着那只死鸡，却没法吃，我们住那么近，剁骨头的声音肯定会惊动吵架女，更别提鸡肉做好时的香味了。第二天天还没亮，她把我叫起来，让我把鸡送到她在另一个镇子的娘家去。这意味着，我要赶在上课之前来回跑路三十里。

已经是初冬了，天又黑又冷，我背着蛇皮袋里的死鸡，在黎明前的黑暗中跑。我跑过村庄，被惊醒的狗汪汪大叫，我跑过传说中神鬼出没的芦苇荡，鬼神一片静默，我谨记老人教诲，始终没有回头去看。我跑到公路上，上面一辆车都没有。我沿着公路跑啊跑，天空地净，连刚种上的麦子都在沉睡。

跑了很久，天还是黑的，我也不太清楚自己跑到了哪里，反正还没到那个应该转弯的路口。正跑着，前方的一个活物让我停下来，由于天黑，我看不清楚那是什么。它蹲在路中央，大概有一个小孩那么高、那么消瘦。它伸出一只手，缓慢地抚摸头部。我吓得要死，不确定它是什么，当时我想到了鬼，那让我更害怕。

它挡在路中间，我不敢再往前，蹲在路边观察它的反应。当时我真想把鸡扔掉，掉头回去，但我知道这不行，与其挨花的鞭子，我宁愿碰碰运气。万一这玩意不是鬼呢，就算是鬼，要是个好心鬼也不会把我怎么样。这时我想起妈妈和爷爷，既然鬼都是人变的，那说明鬼也有感情，也有亲人。如果鬼真像人说的那么可怕，为什么我从没听说过它们干的坏事。我这么分析了一通，倒不那么害怕了。我鼓足勇气冲它喊了一声，"嗨！"它无动于衷，仍旧举着那只手，不紧不慢地抚摸头部。"你是谁？"我又喊了一句，它依然没有回应。我的胆子大了些，在路边捡起一个土块，慢慢靠近它。等到终于看清那是一只狗，我如释重负，把手里的土块扔过去吓跑了它，然后继续赶路。

把鸡送到，他们还没有做早饭，我饿着肚子往回跑，跑到离学校最近的一个村子，传来了上课的铃声。路上有几个同样迟到的学生，看到他们边走边玩，我也不好意思再跑了。一放松下来，才知道有多累，双腿灌铅的感觉第一次找上门来，走都走不动了。

中午回家，吵架女已经确定了鸡被偷，并亮出了拿手绝活。这是她第一次不骂丈夫骂别人，功力丝毫未减，兴致依旧很高，坐在她家门前的碎砖堆上，足足骂了两天。这就是农村女人的策略，她们知道鸡已经死了，再骂也活不过来，但还是要骂，让吃鸡的人也痛快不到哪去。要说这一招花也用过，在广州摆摊卖书时城管收她的摊，她就躺在书摊上不起来，嘴里骂个不停，直到城管忍受不住放过她。

在我们家，可以清楚听到吵架女的骂声。我们结结实实听了两天，在骂声中把我们祖宗十八代的造人史回顾了一遍。因为不知道具体是谁，吵架女骂得很宽泛，一会儿骂女人，一会儿骂男人，只是不管骂谁，都少不了那几个不太常见的动词。

跑。

我的诗人朋友乌青一向自诩为逃跑家，还以此为题写了一部小说。我很喜欢这个说法，如果逃跑也能成就"家"，那说明这项运动首先是一门艺术。逃跑作为一项求生技能自古就有，三十六计中的金蝉脱壳是有计谋的逃跑，被困白登山的刘邦则是仓皇而逃，穷小子司马相如喜欢上了大家千金卓文君，只能连夜私奔，在这里，逃跑是没有办法的办法。到后来，逃跑变得更加复杂，梅尔维尔在《白鲸》中说"唯有出海可以阻止我对自己举起枪"，这应该算是一种对俗世的逃离，"出海"式的逃跑和陶渊明的"桃花源"异曲同工——扯远了，我的逃跑还没上升到这个高度，就和《越狱》一样，我们逃跑，只是为了逃命。

只要地里有草，我就得不停地拔。早晨上学前，我在西边地里奋斗，晚上放学后，就在东边地里继续。我走在人群后面，等到没人注意就一头钻进玉米地，干到太阳下山再回去。那天我挺高兴，回家的路上一直唱着"蓝天大道白云在飞，共和国女兵军中姐妹"，还踢着正步，像个凯旋的将士，结果回到家就被揍了一顿。原因是我尿在了喂鸡的碗里，这已经是我第二次因为撒尿挨揍了，上一次是尿在红薯上，当时我爹在，一个耳光就把我打发了。这次可就没那么便宜了，我刚到家她就锁上门，还没弄明白怎么回事就让我跪下了，紧接着问我知道错了吗，我说不知道，就挨一下，再问再不知道再挨。挨到最后，她见我实在不知道，就告诉了我，然后问我知道错了吗，我说知道了，她不再说话，开始正式打我。

那次惩罚是在院子里完成的，不知道她为什么那么生气，可能是我爹没有如约回家，也可能是打牌输钱了。她下手格外重，打得我在院子里爬来爬去，膝盖上沾满苔藓。我们好心的邻居隔着墙替我求情，一点用都没有。她那天没用皮带，顺手抄起一根拇指粗的竹竿。那根竹竿比我还要倒霉，打完我之后已经碎成竹签。

当晚我躺在床上，浑身都在痛。我没有心情再读那本厚厚的武侠小说了，满怀仇恨躺在床上，眼泪淌个不停。我点亮蜡烛，在用来画画的白纸本上写下"君子报仇十年不晚"，停了一会儿，又添上"永远"。

第二天，身上的伤痕肿了起来，在学校里，被不知情的同学一摸我就疼得立刻弹开。他问我怎么了，我不知道怎么说，只能一个人走开。我站在花池上，看着学生们来来往往，没心没肺地玩乐。我吐了一口痰，突然觉得所有人都比我快乐，连地上的蚂蚁都是。

中午放学我没有回家，一个人待在教室里看一本借来的鬼故事。晚上放学，我在田野里游荡很久，一直到天完全黑下来，我去了奶奶家。一看到我，她就哭起来。我服从于花的禁令，已经好几个月没和她说话了。有一次她从门前经过，我在水井旁洗衣服，她和我说话，我不敢理她。我们好心的邻居走过来，小声向她汇报我的情况。这时候花从屋里走出来，把我叫回去，二话没说就打了我一棍，问我有没有和她说话，我说没有，她相信了。后来，无论在哪里遇见她，无论花在不在旁边，我都不敢和她说话了。因为这个，她有点埋怨我，说我太畏惧花了，但同时她又老嘱咐我听花的话。

他们已经吃完饭了，奶奶给我煎了一锅煎饼。我边哭边吃，她一个劲安慰我，说吃气食不好，我说我都要死了还管什么好不好。她也哭起来，骂我不要说不吉利的话。我给她看身上的伤，她骂得更凶了，但骂完之后还是劝我回去，说打完了就不讲了，不要把事情闹大。那时候我爹和我的叔叔们都不在家，花发起脾气来没有人能阻止，我们已经有过前车之鉴，上一次我从家里跑出来不回去，花把奶奶打了一顿，硬说是她指使我逃跑的。这一次很可能又要历史重演，可我就是不愿回去。奶奶也没有办法，她心疼我，但是自身都难保。最终还是母爱占了上风，她答应先留我几天，看看花的反应再说。

第二天，我爹从广州回来，他过来让我回家，我死活都不答应，他很生气地走了。当天晚上，他和花就打了起来，也许是因为我，也许是因为别的什么事，反正我是要倒霉了。奶奶劝我自己乖乖回去，免得到时候难堪。我不答应，如同抓住一根救命稻草怎么也不撒手，直到他们用实际行动向我证明，奶奶不是那根稻草。

在忐忑中过了一夜，我爹又来了，脸上带着新鲜的伤痕，眼里全是怒火。这次他不再跟我废话，拽着我就走。奶奶在一旁苦劝，我不听，被他一脚踹出门去。他像牵着一头倔强的小牛一样拉我往回走。我伸出另一只手，试图抓住点什么，什么都没有，只有邻居们的劝慰，所有人都在劝我回去，他们以为这是好事。我抓住一棵用来拴牛的细瘦槐树，他拽了两下，没有拽开。邻居们围上来，继续劝我。他气急败坏地打我，我怎么都不松手，那一刻我真是抱着必死的决心。我们在牛屎堆里僵持不下,他弯下腰,把我的手掰开。这次我彻底绝望了,一直被他拖回家。几个好事的邻居跟了过来,看着我们父子的狼狈相。花做起好人,先是怪我不听话,然后让我换衣服吃早饭,赶紧去上学。她给了我一盒我爹带回来的牛奶,让我在上学的路上喝。我简直不敢相信她就这样让我去上学了。我没有往学校去。我扔掉那盒牛奶,往相反的方向走去。

在田野里,我度过了整个白天。当时正是秋天,玉米即将成熟,再过几天就可以收了。田野里还没什么人,这是暴风雨前的宁静,等玉米熟了,地里就该热闹了,到时候哪里都是人,我也就无处可躲了。

我来到村子西边的小河,在岸边找一处草深的地方坐着,这样就没人看到我了。这条小河一直是孩子的乐土,我们在这里洗澡,钓鱼,捕鸟,有时候什么都不干,只是坐在岸边的树上聊聊天。现在所有人都在上课,只有我一个人在这里。我没有心思爬上那几棵低矮的大树,我只想躲着,不让人看见。河对岸偶尔走过一两个人,我不认识他们,所以不害怕。他们一定我把当成了某个逃学的淘气孩子,我很高兴他们会这么认为。

等心情逐渐平复,又闲得实在无聊,我从书包里拿出日记本,第一次写下一篇不是老师布置的作文。具体怎么写的已经无从记起,我只记得后来被外公念出来的那几句,"我不想回家,我宁愿做个没有家的人"。

我一整天都待在那里，渴了喝点河水，饿了就只能饿着。天黑下来我才往村里走，我实在不敢待在野地里，那时候仍旧怕鬼，并且看了很多鬼故事，越害怕就越想，越想越害怕。

我无处可去，踌躇半天还是到了奶奶家门口。我小心翼翼走进去，在走廊听到我爹的声音马上跑出来。我躲在一个草垛后面，一直等他走了才进去。

像上次一样，我们先是哭了一通，然后我烧火，她摊煎饼。她告诉我，刚刚我爹来找我没找到。我说我看到了，我再也不会回去了。见我那么坚决，她不再劝我，开始和我商量对策。留在这里肯定不行，到时候花会天天来闹事，她让我找外公去，他在银行工作，常常夸下海口说没有他搞不定的事情，并且一再告诉我，如果花对我不好就去找他。上一次我真的去了，结果又被我爹接了回来，所以我不想再去，可现在似乎只有这一条路可走。奶奶给我举了几个例子，说某某死了妈之后就生活在外公家，一个个过得好好的。她给了我十块钱，让我坐车去外公家。第二天一早，她把我叫醒，我在薄雾中上了路，和上次送死鸡一样，我踏上同一条路，去的却不是同一个地方。我没有坐车，一路走了过去，怕被人看见，我走在下面堆满落叶的路沟里，一路上碰见了好几具腐烂的动物死尸。

外公帮五舅在省道边开了一家杂货铺，他经常在里面看店。我在远处徘徊，不敢进去，等到中午时打牌的人全部散去，我才畏畏缩缩走进去。听完我的讲述，看过我身上的伤，外公非常愤怒，当即要拉着我去找花理论。我说我不想回去，他根本不管我说什么，一切都要按自己的意思来。

"我跟你去找她，让她保证，以后再也不打你了。"

他推出自己的二八自行车，让我坐在后座上。他向来说一不二，迫于这种惯性，我乖乖上了车，随着离家越来越近，我也越来越后悔，越来越害怕。我原本是来投靠他的，并不是要他去替我主持公道，可我不知道怎么说出口。走到要进村的田间小路时没法再骑车，我们从车上下来，他推着车往前走。我知道当时是我唯一的机会，再过五分钟，等我们走到家我就再也出不来了。

我停下来，说，"我不想回去"。

"什么。"他在前面走着，没有听清楚。

我又说了一遍。他说已经走到这里了，就算不回去也要去和你爹说说，让他看看你身上的伤。我从书包里掏出日记本，翻到那天写的文章递给他。

"这是什么，"他没有戴眼镜，很吃力地贴在本子上面看，一字一顿地念出声，"我不想回家，我宁愿自己没有家……我没有眼镜看不清楚，你念给我听吧。"

他把本子递过来，我没有接，"你自己看"。

"看不见，回家再看好了。"他把本子合上，"咱们先去找你爸"。

"我不去。"

我往田野里跑去，不顾他的呼喊。我没命地跑，在刚刚采摘过的花生地里，我没有回头，直到跑过一大片玉米地，四周完全被枯黄的玉米遮挡，我才一屁股坐在水沟上，大口喘气。

我在田野游荡，专挑没人的地方走。有些先进分子已经开始采摘玉米，花生也可以收了，只有红薯和棉花还长在地里，有些红薯的藤蔓被割去，卷成一个个大球堆在地上。从旁边走过，里面的昆虫四下弹跳，显得活力四射。冬天即将到来，它们就要死了，但它们还不知道。不久前还郁郁葱葱的田野，突然间一片枯黄，只有少许绿色还在夹缝中苟延残喘。走到一片棉花地，我坐在宽阔的沟垄间歇息。棉花垄与垄之间缝隙很大，人们喜欢在缝隙间种点瓜，我四下找了找，只找到一株野生的叫作甜茄子的紫色小果子。我坐在旁边，摘一颗吃一颗，不一会儿就吃光了所有成熟的果实，只剩下青色的那些。

果子很好吃，但是不顶饿，甚至让饿更凸显。为了找点吃的，我只好重新上路。碰到人我就躲在庄稼地里或者草垛后，这样躲躲藏藏，不觉来到了村子后面的大树林。或许是我有意识地往这边走，这里很僻静，树林里只有杂草和坟墓，只有小孩子会来玩，那也多是夏天，大家来捉知了或者捅马蜂窝，秋天满地都是枯叶，实在没什么好玩的。

我把落叶聚拢到水沟边的L型坡岸上，背靠土坡坐着。

下面的水又清又浅，往西边的小河流去。这样不知坐了多久，后面传来嘈杂的脚步声，是住在附近的小孩，有比我大的也有比我小的，因为住得比较远，我并不熟，但互相是认识的。在他们到来之前，我跑到下面洗了把脸，装作偶经此地的样子。看到我他们也不惊奇，随口问我在这里干什么。

"玩。"我只能干巴巴地吐出这么一个字。

他们没有深究，兴高采烈地告诉我他们打算烤红薯吃，问我要不要参加。

我当然求之不得。年纪最大的那个（高我两级）开始布置任务，两个人去挖红薯，两个人去捡柴火，他留下挖火灶。

两个小点的男孩在树林里捡枯枝，我和他弟弟去水沟对岸挖红薯。他们显然是有备而来，哥哥用铁铲挖灶坑，挖得又深又长，一次可以烤很多红薯。弟弟拿着锅铲，挖红薯同样很利索，我们随便找了一块地，每人抱了一堆回来。

所有东西都准备齐全，开始点火烧烤，大家最享受的就是这个过程。红薯每一家都有，要想吃，在大人在做饭时扔一个进火膛，烤得又透又好吃。但那对孩子来说太没劲了，大家喜欢自己动手。虽然这样常常惹事，首先玩火就是被家长明令禁止的事情，其次随便挖人家红薯的行为无异于偷，很有可能被主人追赶谩骂。好在这个地方比较偏僻，烤红薯的过程中一直没人打扰。

红薯烤得很好，大多数都被我吃掉了。他们看我吃那么凶，开玩笑问我几天没吃饭了。我鼻子一酸，不争气的眼泪差点掉出来。

太阳下山，树林外传来母亲的召唤，让他们赶紧滚回去吃饭，他们带上家伙，问我还不回家吗，我说等一会儿再回，他们不再说什么，说说笑笑回家去了。

天慢慢黑下来，连鸟都回巢了，只有我无处可去，像一个多余的肿瘤，没有人欢迎。我去到对岸，在刚刚挖红薯的地里又挖了一些回来，等饿的时候可以烤点吃。捧着红薯往回走的时候，我被硬物绊了一下，差点滑倒。去捡掉在地上的红薯时，我看到了那只盖在地上的碗，掀开碗，下面有一个透明塑料袋，里面装着紫色的颗粒物。我知道，那是用来驱虫的砂子药。剧毒。

就在那一瞬，我灵机一动，做了个决定。我扔掉手里的红薯，捡起那只碗和里面的毒药。刺鼻的气味钻进鼻孔，带来独属于死亡的味道。

我坐在刚刚坐着的地方，把装毒药的碗放在手边，等天黑透。在此期间，我解开塑料袋，用树枝夹起一些紫色颗粒，放到一群蚂蚁的运输线上，它们很快避开，从旁边绕过去。我倒出更多颗粒，抓起一只蚂蚁扔上去，它在上面爬了几步，很快就不动了。

"真毒。"我说。

大约晚上八点钟,我带着那包毒药回家。路过的人家全都大门紧闭,有的已经睡了,有的还在看电视。来到我家那扇蓝色的大门前,我轻轻推了推,发现门从里面锁着。我从门缝往里看,院子里透着亮光,他们还没有睡。

在门前的水井旁,我把毒药倒进碗里,兑水搅匀。强烈的气味扑鼻而来,熏的眼都睁不开。我端着这碗紫色的药水,回到门边坐下,真正要喝的时候,才发现自己缺乏勇气。我很愤怒,不知道刚刚的决心跑到哪里去了,可又不甘心离去,于是我坐在那里,等着。

短短十步之遥,就是我恨之入骨的人,我搞不死她,只能搞死自己。我要让所有人都知道她的恶毒,她逼死了我,就在自家门口……越想越生气,我感到愤怒和勇气又慢慢回来了。我端起碗,也没有觉得害怕,只是手不停在抖。就在这时候,我听到屋里传来一阵笑声,他们笑得真开心,其中我爹的笑声格外响亮,估计是他讲了什么笑话成功逗乐了家人,连自己也得意地笑起来。他一直都是这样,幽默又博学,他卖书,也读了不少,总能绘声绘色地讲出许多闻所未闻的故事来。现在,他的长子行踪不明,他还在讲故事,还哈哈大笑。我愤怒地想,即便我死了,他也不会难过,更不会自责,恰恰相反,我死了,只会更合他们心意。

我把装毒药的碗摔在墙上,迅速跑开了。

天黑得吓人。我来到奶奶家,没敢去敲门,我怕发生了这些之后她会责怪我，强行送我回去。我在门前的柴堆里蜷缩一夜，天还没亮就回到昨天的树林。露水打湿了一切，我四处搜集枯干的树叶，在清晨的薄雾里烤红薯。

整个上午我都在林子里闲逛，时间漫长而乏味，整个树林只有我一个人和一些不需要南迁的鸟。它们在树上叫，我的脚步在落叶上响。我拿出小刀，在泡桐上刻字，每一刀都会流下汁液。我在好几棵树上刻上"天不公平"，最后以"我×你妈"收场。我也不大明白在×谁妈，反正那一天我对世间一切都怀有恨意。

中午时，那几个家伙又来烤红薯，大点的那个问我怎么没去上学，我说嗯。按照昨天的分工，我们又紧张地忙活起来，就在红薯快要烤熟时，一个女人的骂声从对岸传过来。我们侧耳倾听，从各种脏字里听出来是我们挖了她家的红薯。骂声越来越近，眼看着她就要追过来，我们连火都来不及扑灭，一个个仓皇而逃。

我丢掉了树林，只好往别处去。幸亏中午没什么人，我在庄稼地里躲躲藏藏一直往东走。走到一片棉花地，我坐在里面歇了歇，想想下面可以去哪。没过多久，田里突然哪哪都是人，收玉米的，收花生的，还有犁红薯的，我被困在里面出不去了。我从棉花错落的枝叶间往外看，竟然看到我爹一家正在帮奶奶砍玉米。玉龙带着弟弟妹妹在田间玩耍，时不时把他们逗得大声哭叫。我爹和奶奶拿着镢头把玉米砍倒，不时还要大声呵斥玉龙，一家人看起来其乐融融。那一刻我如坠冰窟，想不到连最疼我的奶奶也背叛了我。

我被困在那片棉花地里，一直到夜幕初上，人们陆陆续续回家，我才得以飞一样地逃出那个地方。

我的方向是向着外公家的，等真正到了他的杂货铺，我又不敢进去了。我在门外徘徊，直到屋里熄了灯，还是没想好以什么面貌见他。夜里，我在外面找了一个麦垛。天很冷了，我把麦垛的一侧掏出一个洞钻进去，用多余的麦秸盖在身上，只露出一个头。他们的村子很小，前面不远处就是二舅、三舅、四舅的家，二舅和四舅的房子紧挨着，他们不在家。三舅家就在水沟对面，离我仅有十步之遥。他把三舅妈气走了，现在一个人生活。我睡到半夜，发现他家的灯亮了，过一会儿又熄灭，他锁上门出去了。我看着他一瘸一拐的背影在月光下渐渐消隐，好奇他深更半夜出去干什么。

夜晚的月亮又大又冷清，我睡一会儿醒一会儿，这样熬到黎明第一声鸡叫，我钻出来，抖干净身上的草屑，从村子后面的小路去了镇上。

我在清晨的镇子上瞎逛，走到了学校边。急于上学的学生匆忙买了早点，边吃边往学校走。我混迹其中，很容易被当作其中的一员，早点摊热情招呼，问我吃什么。奶奶给的十块钱派上了用场，我要了水煎包和胡辣汤，坐在他们的小桌子上不紧不慢地吃。学生们互相招呼"快点，要迟到了"。只有我一人置身事外。

身为镇上的学生，他们的书包比我们鼓多了，且大多都是双肩包，不像我们学校，书包全是母亲们用格子布缝的。在学校里，只有我和玉龙的书包是买来的双肩包，后来换成单肩的，仍旧是买来的。走在人群里，我们是绝对的异类。我一直想跟大家一样有一个轻便的格子布书包，可是没人给缝。花从来不做任何东西，她只会买和偷，在广州，她潜入别人家院子偷拿晾晒在外面的衣服和鞋子，连袜子和内裤都不放过。我们小时候没有布鞋穿，只有球鞋和厚重的运动鞋，如果她偷不来凉鞋，我们就只能穿运动鞋过夏。在镇上，背格子布包穿布鞋的反而成了异数，那么多学生，几分钟之内走得干干净净。预备铃打响了，早点摊主提醒我上学要晚了，我站起来朝学校走去。在拐角处，我转身，往相反的方向走了。

在镇口，我看见三舅在买早点。我后退几步，躲在一个摊位后面。他和摊主聊着天，等人家把油条炸好。他买了两份油饼一袋豆浆，边吃边穿过马路，走进街边的麻将馆。

我回到外公的村子后面，坐在一个池塘边，度过了整个上午。中午我去镇上买烧饼时又碰到三舅，他在路边吃馄饨。我躲在远处看他走开，然后花一块钱买了两个烧饼，带回池塘边吃掉。

天黑时我去了杂货铺，躲在马路对面的水沟里观察里面的情形。外公坐在里面看新闻，晚饭时表弟给他送饭，他吃完，又让表弟把餐具拿走。屋子里就他一个人，我几经犹豫，还是没有走进去。八点钟，他准时关了门。

我又在麦垛里过了一夜。第二天白天，我继续待在池塘边。我的钱不多了，再这样下去就没钱买吃的了。我坐在水沟边想着，一直想到天黑，到底该怎么办，我能到哪里去。我听说过很多这样的故事，一个要饭的孩子碰到一对好心的正好没有子女的夫妇，他们将他收养，培育他成才。多年后他荣归故里，亲生父母找上门来，他连一声爸妈都不肯叫，而是全心全意照顾养父母。我不知道这种事发生的概率有多大，但照当时的情况来看，讨饭是迟早的事了。就在我胡思乱想的时候遇到了醉酒的三舅。他把我带到他家，给我吃了碗泡面，让我坐在他的床上看电视。他的儿子比我小两岁，但外公不让他养，甚至都不让随他的姓，所以他一直一个人住。我们在他家待到午夜，他从醉酒中醒来，执意带我去吃饭。

我们来到一家公路饭店，他又开始喝酒，喝完酒出来，他开始拆一家杂货店的后墙。他让我回去我不干，下定决心要和他一起挖墙。做不成流浪儿，做个犯罪分子也不错，这就是我当时的想法。我很卖力地帮忙，想要体现自己的价值。我们在墙上挖好了洞，里面却被货架挡着。他把脚伸进去踹，货架倒下来，压住了他的下半身。他没法脱身，我们只好在那等着。天亮时店主发现了我们，他在报警之前叫来了外公。外公赔了店主的损失，把我们带回家。

外公把我们痛骂一顿，问我怎么会和三舅搞在一起。我从头讲来，他怒不可遏，责怪我不该跑掉，更不该和三舅走到一起。

"那么大一点就到处乱跑，你知道外面有多危险吗，"他说什么都义正词严，"以前那些江湖术士，把小孩掳去卖艺乞讨，皮给你剥掉，弄一身狗皮长身上，让你当狗，学狗叫，说人话，做算术，在大街上用鞭子抽你。你这可是大了，再小一点的放坛子里养，养出来一堆头大身子小的怪胎，放到玻璃窗里面让人看。远的不说，就说街上玩杂技的，动不动就把孩子的胳膊卸下来，你以为那些孩子都是自愿的吗？全是被掳去的……"

他滔滔不绝说了一堆，吓得我心惊肉跳。他给我倒碗热水，放上白糖，让我喝下去。

"你写的那个我看了，你说你不想回家，家是温暖的港湾，可你的家是个冰窟窿，你的家里没有亲人，没有笑声，还有什么，他们全都是狗？"

"他们把我当狗使。"

"哦，我越看越心疼，"他声音柔和下来，带着点哭腔，"×他娘我八个孩子里面最喜欢的就是你妈，偏偏就她离开了，你说我能让你受这种委屈吗。不想回家就不回，我养着你，没什么大不了的，不就上大学娶媳妇吗，我张凤奎管得起。"

我说不用你给我娶媳妇，给我口饭吃就行了。

"×他娘二十多口人我都养活起了，还差你这一个吗，"他越发豪迈，"想当年我和你太姥爷去要饭的时候，我们什么都没有（又扯到老皇历，此处省略三千字）……"

第二天，他带我去找我爹，路上他反复叮嘱，到了地方什么都别说，只说一句"死也不回家"就行了，下面的事交给他来办。

只短短二十分钟，他们就口头约定，把我的抚养权转移给外公，以后和他们不再有任何关系。当天回去，外公给我办了转学手续，那时我上五年级，第二天就跟众表兄妹一起高高兴兴去上学了。

那真是一段快乐的日子，但也仅仅是一个学期。

后来的事说起来有点复杂，我有五个舅舅，十多个表兄妹，由于父母常年在外，大多都是外婆带着，再加上一个我，每天做饭都能把外婆累死，所以首先她对这件事就颇有微词。再加上我几个舅舅舅妈，我不知道他们说了什么，想必也没少埋怨外公，不然凭外公的性格当初说过的话是绝不会反悔的。终究，常常自诩为一家之长的他还是败在了他的家人手下。一个学期之后，就在当年的寒假，一天晚上三舅喝醉了酒，怎么也不肯睡，到处耍酒疯。他挨家敲门，把我们吵醒。我和表姐想把他劝回家，他很高兴，不愿意回去。他说他赢钱了，想买东西给我们吃。就着门口的灯光，他把钱掏出来，坐在石台上一五一十地数。外公听到消息从杂货铺杀过来。他拿一把锄头，骂骂咧咧地冲过来。三舅看到他有些害怕，正要起身，被他一下打破了头。

家里为这事闹了好几天。过完年，外公把我叫到杂货铺，垂头丧气地跟我说让我回家，说他没法照顾我了。

"我连这一家子都搞不定，"我第一次听他说这种丧气话，说"不"这个字，"所以你还是回去吧，姥爷对不住你。"

我点点头，强忍着眼泪走出去。他叫住我，问我干什么去，我说撒尿。我头也不回地去了厕所，在那里流出了比尿还多的泪水。

他没有送我。在杂货铺门前，他帮我拦下公交车，把装在蛇皮袋里的衣服和我塞进去。我的一众表兄弟站在路边，和我挥手作别。汽车速度很快，还没等我想好该怎么办，就到了目的地。

我拖着一口袋破衣服走在麦田里，熟悉的景致映入眼帘，我像一个战败的将军走向刑场，好像走一步就少一步。

我先去了奶奶家，她听到整件事情大吵大嚷，要去找外公算账。

"当初他大包大揽,说带你走就走了。我说你那么多儿子媳妇会不会反对,你是不是先跟他们商量商量再说,他大手一挥,说你不用管这个,我自己的家自己能搞定。他现在怎么搞不定了,竟然让孩子一个人回来了……"

她吵了一通,最终也只是嘴上说说。她让二叔送我回去,回到家,花像预料中一样对我冷笑,"不是说死也不回来了吗,现在好像还活着呢"。

二叔走后,我很自觉地跪在院子里,她说谁让你跪了,你又不是我的孩子。她在院子里来回走了几趟,发现我还跪着,就像一个大烟鬼看见久违的大烟枪,最终还是忍不住了。她找了根棍子,打了我一下,问我知道错了没。我说知道了。她扔掉棍子,装模作样地教育我:这就是不听父母话的后果,除了父母,谁还会真心对你好,他们只是利用你让我出丑,现在目的达到了,就把你扔回来了,你觉得他们疼你,让他们养活你啊……她啰哩啰嗦说了一大堆,竟然硬生生地把我感动了。在那一刻,我恍然觉得她就是我亲妈,她是真心对我好,只是方式不一样,我跪在那里聆听她的教诲,按照她的意思发誓今后只听她一个人的话。那一刻,我对她掏出了全部的真心,我从来没有那么迫切地想要依赖一个人。直到不久后又一顿鞭子落到身上,我才绝望地醒来,我在这个世界没有亲人。

那次回去，我勤勤恳恳干活，老老实实挨打，再也没有跑过。这样忍辱负重过了两年，玉衡溺水的消息传来。那是一个雨天，我中午留在学校没有回去，和几个要好的朋友躲在学校外面的小吃部打牌。到了下午，他们看我的眼神开始变得奇怪，和我说话也都躲躲闪闪的。我最好的朋友刘豫，一个小社团的头目，平日里最喜欢逞凶斗狠的他突然变得极度温柔，一直搂着我的脖子和我聊天，邀请我去他家住一晚。我问他为什么好端端的不让我回家，他支支吾吾说不清楚，我心里越来越毛。最后还是一个中午回过家的女生跟我说了实话，她说你弟弟掉水里淹死了。第一时间我以为是玉龙，还不那么难过，等知道是玉衡，我转过脸哭了。

我爹从广州赶回来。埋葬了玉衡之后，他们暂时住在家里。花的情绪一直不太稳定，我们需要死死看住她。那时候我上中学，因为离家远，中午就在学校吃饭。花说学校吃不好，让我每天骑车回家，还承诺会把饭提前做好，不会耽误我上学。我以为经过这件事，她终于变好了，刚开始那两天她也的确依约做好了饭。很快就变了样，要我回来才开始做。有一天回家，发现早上的餐具都还堆在盆子里，我心里窝火，打来水去洗。钢制餐具落进水盆时不小心发出了很大响声，花冲进厨房打了我两巴掌，骂我对她有意见乱扔东西。

那些天我确实对她有意见，首先是玉衡的死，不是她的疏忽绝不会发生。他就淹死在自家门前，而她自始至终没有出去看一眼。我甚至觉得她不配活着,又凭什么打人呢。我再也无法忍受,生平第一次,我举手反抗,虽然只是挡住她伸过来的手。我跑出去,在门外跟她对骂。我们的骂声惊动了正在做饭的邻居们,大家带着一副有好戏看的架势渐渐聚拢过来。我爹从屋里出来,试图让我们闭嘴,我们却越骂越凶。尤其是我,完全控制不住自己了,语无伦次地、一股脑地把积压多年的怨恨吼出来。可能是那些话攒得太多,压得太实,没说几句就撑破了喉咙。后来我再也没有发出过那样的声音,我甚至都不觉得那是自己的声音。我上气不接下气,说不出一个整句,看起来像个弱智。花还是老一套,看到有人围观,一边装好人骂我不识好歹,一边向我爹施加压力。看热闹的越来越多,我爹实在挂不住脸了,就来追我。因为打不过他,我只能跑,这一跑,就跑到了现在。

刚逃出来那几天我住在刘豫家,对于我的遭遇他义愤填膺,多次提议找帮哥们到我家打花一顿,为我雪恨。我不认为他找的哥们能打得过花,所以没有同意。住在他家那一个礼拜倒是很快乐,每天放学饭就好了,什么都不用干,吃完饭就到处疯玩。当然这不是长久之计,刘豫的父母虽然表面上对我表示欢迎,事实上还是会觉得我是一个麻烦,毕竟我要出了什么事的话责任全都要算在他们头上。在集市上,刘豫的父亲碰见我叔叔,问他,你们家那孩子还要不要,为什么没人来领他回家。叔叔把这话转告给我爹，我爹和花已经买好了车票，再过三天就要去广州了。他们让同村学生带话给我，两天之内再不回去，就把我的桌子搬回来不让我上学了。

我知道事情不能再拖，上学是不可能的了，他们不给学费和食宿费我也没法上学。我打算去广州乞讨，村里有一个老人和一个残疾人，听说他们在广州要钱生意很不错。我跟刘豫商量这件事的可行性，很快商议演变为美好的憧憬，我向刘豫保证，等去广州挣了钱，一定会寄一些给他。

那天晚上，刘豫和我带着几个同学去了奶奶家，向她讨要去广州的路费。奶奶被我的大胆想法吓坏了，一个劲儿地反对，怎么也不肯给我钱，甚至要叫人去通知我爹。这把我给吓到了，也把我的小伙伴给气到了，他们威胁奶奶，要是敢叫我爹来，就把他打得站不起身。

奶奶被这些愣头青唬住了。屋子里乱哄哄的，我和她也没怎么说话就匆忙中跑了出来。出了门，刘豫安慰我说不要紧，到时候召集兄弟给你凑路费，等你去广州要到钱再还大家就是了。大家纷纷说这个提议不错。

"我还有个提议，"刘豫在黑暗中说，"我们去打那个女人一顿。"

在当时，但凡提到打人必定一呼百应，反对的人会被认为没种，所以没人反对。我的反对被认为是一种谦虚，毕竟他们是为我出头。没有办法，我只好带他们去。已经很晚了，家家户户大门紧闭，人都睡了。刘豫让我去叫门，然后他们一拥而进，关掉灯一阵乱打，反正他们也不知道是谁干的。我答应着，真正走到门口又不敢了。他们似乎也不敢了，刘豫从地上捡起一块砖头扔进院子，一声脆响吓得我们拔腿就跑。后来得知，刘豫的准头太差，砸中的是我们那位好心的邻居家的房瓦。真是难为他们了，和我们住在一起，他们家总是不得安宁。

我最终没有回家。等他们去了广州，我如释重负。那个学期我吃住在奶奶家，好像又回到了无忧无虑的童年时期。可惜好景不长，因为我不愿意回去，我爹和花不再支付一分学费。第二年春天，学校迎来了辍学高潮，三千多学生只剩下不到三分之一，曾经拥挤的教室变得空空荡荡。我也顺应这场巨变，和同乡一起踏上了打工的火车。只不过我去的是北方而不是南方。

一晃七八年过去了，我辗转了好几个地方，有时候回家会看到花，她不再骂我，我也没有再跟她说过一句话。这是我出走时下定的决心，即从此和他们一刀两断。去年春节回家，在吵架夫妻家里，我们彻夜打牌。有一天我们玩够了扎金花，试着换些新花样，对于新玩意我一向不太在行。他们说玩斗牛，这是从广州学来的玩法，什么牛五牛六的，我也算不清楚。我拿着一副牌，不知道是多少，去问旁边的家伙，这时头顶传来一声明亮的回答。

"是牛牛，你要赢了，五倍。"

我抬头，看到了花。时隔多年，再一次近距离看到她，她老了，虽然不到四十岁，头发已经花白，病痛折磨得她脸色蜡黄，只有那双眼睛依旧咄咄逼人。她看过我的牌，翘首以待庄家亮出底牌，好确定我赢了没有。她曾教会我打麻将、偷东西，教会我做饭、洗衣服，也教会我跪着挨打和破口骂人，现在又想教我怎么斗牛。她会的可真多，可我再也不想学了。庄家亮牌，我赢了，拿着五倍的钱，起身走出那个吵闹的地方。在我腾出的空位上她坐下，大声喊着"算我一份"。

我走出去，看到我爹抱着孙子站在门口的阴影里。

"吃饭了吗。"他说。

我说嗯。

人生规划师

有一种网站，页面活色生香，每一张图画都让人忍不住想点进去看看，在屏幕上方，总有一行郑重其事的提示：注意，本站内容来自互联网，可能会令部分正直人士反感。第一次误打误撞进到这种网站，我好像捡到宝一样，心想这么美妙的东西谁会反感呢，但转眼我就想到一个人，他绝对是这里所说的"正直人士"，如果给他看到这种东西，恐怕他二话不说就会砸烂这台伤风败俗的电脑。

他就是我的外公张凤奎，终其一生，他都在追求正义，对那些歪门邪道乱七八糟的东西，他始终抱有一种洁癖似的仇视目光，一经发现就会立即铲除，他不能容忍世上的邪恶压倒正义，当然这里的"世界"指的是他目之所及的一切。几十年如一日，他坚持收看新闻联播，每天，看到全中国都在不断变好，他由衷地感到欣慰，同时，也让他越发对身边不争气的人和事感到羞愧，愤怒，如鲠在喉。

对于人应该如何活过这一生，他有一套清晰且固执的见解，再加上他热衷于研究命理，喜欢占卜算卦，无论看到谁，他都想跟你聊聊命运与人生，对于命，他从不开玩笑。他一本正经地扮演着人生规划师的角色并乐在其中，他把"让人类变得更好"这一信条作为使命，以身作则，拒绝黄赌毒。他搞不明白为什么一直有人自甘堕落，他为此苦恼不已，却不得要领。算上我早逝的母亲，他一共有八个孩子，八个孩子又生下更多孩子。这么多孩子，他教育得不算成功，甚至有几个称得上是彻头彻尾的失败。他为此自责，难以释怀。

我有五个舅舅，全都嗜赌如命（其实我也好不到哪里去）。每一年春节我去拜访，他们都在打牌，动不动就为了块儿八毛吵得不可开交。大舅和五舅还算理智，他们只是单纯喜欢打牌本身，即使赌注为零同样可以玩个不眠不休。二舅和四舅就是纯粹的赌徒了，只有玩命的赌注才能让他们兴奋起来。年轻时候，二舅把他襁褓中的女儿输在了赌桌上，外公一直不能原谅他。他拖家带口连夜出走，再也不敢出现在外公面前。四舅比较聪明，虽然赌起来一样失去理智，但还不至于倾家荡产。他总是四处找人借钱，连我也不放过。相比而言，三舅就务实多了，他一向量力而为，有钱就赌大点（他把自己搞得倾家荡产妻离子散），没钱了和小孩玩玩也行，因此我们都很喜欢他。除了赌他还爱喝酒，一见酒必定醉，好在丢了工作之后他常年身无分文，所以没什么机会把自己喝死。他的腿稍微有些残疾，走起路来一瘸一拐的，因为这个，外公把银行的工作留给了他。那是外公最为看重的事业，他苦心经营，从青年时代一步一步做到主任的职位。他毕生以自己是党员、是国家的公仆为荣。他退休时还在实行接班制度，按理说应该是长子继任，考虑到三舅的残疾，他把这个位置给了他，帮大舅另找了一份工作。为此大舅一直心存芥蒂。三舅得到众兄觊觎的位置，一点都没有珍惜，短短两年就把工作弄丢了。

从小到大，三舅一直是外公拿来教育我们的反面典型。他曾对我说过，这辈子只做过两件错事，一是没趁着小时候把三舅摔死，二是不该把我妈嫁给我爹。一谈起我妈，他就自责不已：

"我有什么办法呢，那是血癌，就算用金砖把她圈起来，也止不住她的红血球变白啊。"

"都怪我那时候啥都不懂，没让人看一下八字就同意了这门婚事，结果事情变成了这样，这是老天爷在惩罚我张凤奎啊，你看——"

每逢此时，他就戴上眼镜，从箱子里拿出一堆破破烂烂的书翻开给我看。意识到我也看不懂，他把书在我眼前一晃，一字一句念给我听，都是非常顺口又让人摸不着头脑的句子。念完了，他给我讲成白话：

"你妈是水命，你爸是火命，后来生个你还是火命，你们爷俩二火克一水，硬生生把她克死了。你是午马，生在五月，又是午时，午时太阳正毒，所有这些，都对你妈不利。"

我很惶恐，以为我妈的死我也有份，他点头证实了这一点，随即又摆摆手，说没那么严重，你充其量是个帮凶。要怪都怪我，那时候天不怕地不怕，现在我算是知道了，都是天数！命是注定的，顺者昌逆者亡。你妈出嫁那天，花轿刚上柏油路就有一只狗拦在前面撒尿。我给她办的嫁妆，大衣柜什么的都锁得好好的，到了你家锁头全自己开了。我当时年轻，没把这些当回事，回头想想，那都是老天爷提的醒啊。我糊里糊涂，浑浑噩噩，就这么失去了最爱的女儿。你知道你妈小时候有多懂事吗？他们兄弟姊妹多，我跟你姥姥照顾不过来，她主动退学，帮忙照顾弟弟妹妹，帮你姥姥料理家务（这一点也从三舅那里得到了佐证，他告诉我，每天上学妈妈背着小的拉着大的把他们送到学校，再一个人回来）。她走了，我开始反省，开始钻研这些（他拍拍那摞旧书）。这些书里，写着所有答案。所有！答案早就写下来了。从周文王开始，老祖宗就给我们总结出这些经验，我们视而不见，一遍又一遍地重蹈覆辙。我一天学都没上过，自己学会了认字，学会了看书，为什么？因为书中自有黄金屋，书中自有颜——他忘了后半句，含糊过去。你们赶上了好时候，可以去学校里念书，只是老师们水平太差，普遍不懂命理，连一本虎年运程都不看的人，你指望他们能教给你什么……说到这里，他痛心疾首，愤愤不平，他的议论发得漫无边际，我完全跟不上他的思路。七拐八弯，他又绕回到我的"命"上，你妈的坟地不错，上风上水，是块好地方，将来你们家有人出息了全要谢谢她的坟。知道蒋介石为什么夹着尾巴逃跑了不？就因为他娘埋错了地方，这是很重要。

他说的我大多不懂，但每次见我他都兴致勃勃地说。渐渐我也有了些印象，虽然我对他那一套迷信思想嗤之以鼻，不过那堆书里确实有一些很酷的句子。第一次听他念出"害人之心不可有，防人之心不可无"时真是酷毙了，虽然这句话我不是很懂，喜欢的只是其中害与防、有和无的对仗。每次去他家和表兄妹们疯玩时，他总把我叫到屋里，向我传授这些晦涩的知识。关于世界，关于人类，关于我，从他那里，我得知我是一个不祥之人，谁跟我亲近谁就得倒霉。

"所以你妈死了。所以你奶奶天天挨你后妈的打，"他说，"你必须得靠自己，你看这书上怎么说的，'生而孤绝，长而无依，靠山山倒，靠水水跑'。你生来就无依无靠，只能靠自己。"

我似懂非懂，但也大致知道不是什么好话。我一直很反感这一点，不知道这些大人为什么总想告诉我作为一个孩子日子有多难过。我本来还很快乐，正和一干表兄妹们玩得高兴，他非要把我叫进屋，对我猛泼凉水，用这些神神鬼鬼的东西吓唬我。我有点不耐烦了，想快点结束好出去玩，这一下就犯了外公的忌讳。他说话的时候，特别是跟人探讨命理的时候，绝不容忍对方心猿意马。

"你别把这个不当回事，不听老人言吃亏在眼前，将来你哭都来不及，"他义正词严，势必要把我这唯一的听众拉回来，"凡事都有破解之道，兵来将挡水来土掩，只要你按我说的做，将来一定出人头地。看到这上面说的没有，你四十多岁必定功成名就，名扬四海……"

四十岁太过遥远，我一点概念都没有，不过名扬四海我倒是已经实现了，我的表弟就叫四海，他肯定是认识我的。

"别打岔，"他佯怒道，"听我的你三十就能成功了。看到没有，上面说你适合当教师、海军和画家，教师没啥好当的，俗话说穷教书的穷教书的，就数教书的穷。画家也不怎么样，整天画点花啊鸟啊的给人贴到墙上，画点张飞李逵贴到门上，有什么意思。要我说，就当海军！当官好啊。"

就这样，三言两语他就为我制定好了人生方向，继而告诫我要如何朝着这个目标努力：

"一定要去南方，那里水多，"他说，"切忌自作聪明，不要多话，这一点说得没错，你就爱逞能，这样很容易暴露自己。"

"什么叫暴露自己。"

"就是让别人看穿你。记住，当官的人绝对不能被看穿。"

"好，我记住了。"其实我根本不知道他在说什么，只想快快敷衍过去。没想到话到这里，我的人生还没规划完，接下来是严肃的婚姻大事,照他的说法,找一个"对路"的媳妇跟把祖宗埋在正确的地方一样重要。

"你属马,原则上应该找个属羊的,这样大小差不多,不过我跟街上的几位老哥商量过,可以冒险给你找个属猪的,这样你能少奋斗十年,"他把我拉到近旁,小声而又神秘地说,"我现在告诉你,你可别出去乱说!我打算把婷玉许配给你,她刚好属猪,特别旺你。"

婷玉是五舅收养的女儿,那时才四五岁,让外公这么一说,每次见到她我都有些不好意思。

他就是这么勤奋,十多个孙子外孙,他全都了如指掌,把大家的未来计划得一丝不苟。没把儿女们安排好是他永远的痛,到了孙子辈,他不容自己出一丝差错。大家以后上什么学校,在哪里建房,找什么样的配偶他全都算出来,写在纸上,亲自监督这份人生计划书的执行。他对儿孙严厉得不近人情,除了对不满周岁的孩子,他几乎没有笑过。大家都很怕他,刚刚还在说笑打闹,他一进屋就立刻安静下来。

我们不管玩什么都被他视为玩物丧志,女孩还好,跳皮筋玩沙包他不怎么管,男孩就不行了,他完全不许我们拥有玩具,一经发现立即没收,并且永不归还。小时候我们都玩玻璃球,几乎每个人都藏着一罐。我们背着他玩,终于有一次被他查获,攒了几年的积蓄悉数葬身水底。那是一口贪婪的池塘，吞噬了我们所有宝藏，那是一口黑暗的池塘，肮脏的死水从不干涸。我们想过下水打捞的可能性，但也想过被外公知道的后果。那口从不干涸且深不见底的池塘，一如他的无私铁面。前两年，塘里的水干了，外公也不在了，他威严的证物从池底显现，沤烂的陀螺，漏气的皮球，生锈的铁罐，只有那些五光十色的玻璃球还闪烁着童年的光泽，只是我们已经不想再玩了。

女孩也有遭殃时候。我那几个爱美的表姐表妹躲在屋子里看模特大赛，被他撞见，满屏的三点式泳装让他暴跳如雷，痛心疾首。他痛斥世风败坏，臭骂人心不古，电视台也受到牵连，被列为禁区，不准任何人再看那个频道。

吃饭时，只要洒一粒米出来，都必须捡起来吃掉。刚到他家时我不太熟悉行情，还是在奶奶家养成的习惯，吃一半洒一半，最后还剩个碗底子。三舅的儿子海波见我这样，神秘兮兮地说，你要倒霉了，我先躲远点。还没等我搞清楚怎么回事，外公洪亮的呵斥就在耳边炸开，"欢子！你是吃饭还是卖饭，捡起来，地上的也捡起来"。

我感到不可思议，我们吃饭的地方是一个长石台，每天在外面风吹日晒，鸡屙狗尿，掉在上面的饭还怎么能吃，尤其掉在地上的，沾满了灰尘，献祭了大地，跟泥巴没什么两样。

"快点，不要以为你姓郑就能不听我的话，在我这儿不管姓张姓郑，不管家孙外孙，全都一视同仁。这次吃掉，下次你就不会洒出来了。"

没办法,我只得闭着眼睛一点一点捡起来吃掉。见我乖乖服从,他松了一口气,不过并没有放过这个教育我们的机会:

"现在是富裕了,不代表就能浪费,想当年我跟你们老太爷拉着棍子去要饭,在路边和狗抢吃的,在乱葬岗里从死人身上扒衣服,一路上饿死那么多人,为什么只有我们爷俩活下来了,因为我们艰苦朴素,我们不浪费一片树叶!那时候全村就数我们穷,现在谁有咱家人口多,那么多人我都养活了,为什么,还不是因为……"

他喋喋不休,说了一大堆老皇历,等他走了,海波吁了口气对我说,"这话我们听了不下一万遍,今天托你的福又温习了一遍"。

算命对外公而言只是个爱好,虽然他把这个爱好看得比什么都重,还是没能发展成职业。一是他不缺钱,二是他实在干不了这个。人家职业算命师都是拣好的说,即便是坏消息,也得照应着主顾的心情,说出柳暗花明又一村的样子。他从不这样,对于落在手里的"苦命人"向来不留情面。我就是一个血淋淋的例子,随着年龄的增长,我终于明白他说的那些是什么意思,有时也难免会有人生无望之感,即使他说我四十岁会名扬四海,即使我能活到七十五,可未来如此遥远，一辈子享乐的时候还没吃苦的日子多，活这一世，算不清到底是赔了还是赚了。每每这时，他总以"不吃苦中苦，难为人上人""苦尽甘来"等名言警句激励我。他苦口婆心，苦心孤诣，让我更觉苦海无岸，苦不堪言。

孙子们的"命"终究有限，算来算去都一样，很难再有什么新发现。外公经常面临无命可算的窘境，他又不愿意自降身价到集市上摆摊。镇上的算命先生他全认识，一得空就耗在那里跟人家切磋讨教。在内心里，他有点看不起他们，也有点同情。他跟我说过，算命先生泄露天机，是要折寿的，他们为了讨口饭吃，那么频繁地给人算命，要是不说假话，迟早得翘辫子。说到这他又愤愤不平起来，×他娘，那些龟孙全没职业道德，全是满嘴跑火车，一句实话没有，收了钱还不办事。要来找我张凤奎，一分钱不收，还全是实话。我不怕折寿，我又不收钱，我跟他们不一样。

可惜他没什么名气，除了家人，很少有人知道他会这一手。他空有一身本领，无处施展，只好拿我们反复练手。有一次我们在杂货铺看店，一个年轻人背着行李，站在路边等车。外公本来在看新闻，无意间瞥见路边的年轻人，立刻两眼放光，精神抖擞。他走过去，热情地邀请年轻人坐在遮阳伞下等车。年轻人不知道面对的是何方高人，欣然前往。刚落座，外公便迫不及待地跟他攀谈起来。

"怎么这个时候才出门，春节都过那么久了。"

"是啊，家里有点事耽搁了。"年轻人说。

"什么事？"他马上意识到这样问不礼貌，改口道，"这是去哪里？"

"深圳。"年轻人说。

"好，深圳好，邓小平搞出的好成绩。今年多大了。"连我都觉得这一句转得太生硬了。

"二十三。"

"二十三——"外公开始起范，掐指算起来，"属马。"

"是。"

"我也属马。"我叫道。

"别打岔，马跟马不一样，"外公说，"你是午马，他是土马，两匹马，一匹是堂前之马，一匹是柳下马。"

"谁是遛下马。"我问。

"是柳下马，柳下！"外公说，"你别说话了，我都给你算过几百回了，今天我给你这位哥哥算一算。"

"算什么？"年轻人有些诧异。

"算算命，"外公说，"你别怕，我不收钱，纯粹是觉得和你这小伙子有缘分。"

"哦。"小伙子礼节性地笑笑，没显露出多大兴趣，他一直望着马路，等车从那边过来。

"专心专心，"外公说，"我算命的时候切记要专心，现在告诉我你的八字。"

年轻人不知道什么是八字，外公给他解释清楚，他告诉了他。

"你先等一会儿,我去拿书。"

外公进屋,拿一本大厚书出来,戴上眼镜,用手顺着目录查找。

年轻人见他那么认真,存心逗他,"你这不太行啊,到街上算命还得拿书翻可没人找你,你看那些算命瞎子,啥都看不见,张口就来,那才叫专业"。

"别打岔。"外公总算找到了,翻到那一页,还不忘回应年轻人的调侃,"瞎子算命靠的是天赋,我靠的是科学。我告诉你,有好多瞎子都是装的。我不摆摊,也不卖艺,我只给有缘人算"。

"这么说,今天我还碰上了奇遇。"年轻人笑道。

"是不是奇遇以后就知道了,现在我先提点提点你,你看看对不对。"外公正襟危坐。我们知道,现在到了最神圣的时刻,最好谁都不要打扰他,乖乖听他说话就好,"刚刚我说过,你是柳下马,什么是柳下马呢?古代有个贤人,被老子称作'和圣',你们知不知道是谁?"

我们一阵摇头。海波说,我连老子是谁都不知道。外公看了他一眼,我们立即不作声了。然后外公看向年轻人,期待听到他的回答。年轻人赶紧配合地摇摇头,说不知道。

"这个都不知道,你们书都念到狗肚子里了,"外公满意地往下说,"坐怀不乱柳下惠,这个总该知道了吧。"

"柳下惠,"年轻人说,"这个知道,那柳下马是什么意思,跟柳下惠有什么关系。"

"没有关系,"外公说,"你这匹柳下马得名于柳永,诗人柳永,《蝶恋花》知道吧。"

"知道。"年轻人点头。他知道得可真不少。

"柳永是个什么人就不用我说了吧,"外公又愤愤然起来,"花天酒地,声色犬马,一辈子活在女人堆里,最后死了还是一群妓女给买的棺材,像这种人写的诗还能流传千古,搁以前早就被批斗死了。不过也好,流传到现在给你们树立个反面典型,看看裙下之臣都是什么下场。"

外公发了一通议论,发现离题太远,赶紧回到年轻人的"命"上。

"你这一辈子最大的弱点就是女人,娶了美娇娘,还想着旧情人的床,上了旧情人的床,还惦记着新情人的房。"

"什么是新情人的房?"

"这个你自己想,"外公还要往下说,见年轻人实在是一头雾水,只好当着我们解释了一下,"就是乳房,这书上为了押韵写成这样。"

"哦。"年轻人有点害羞,强忍住笑意。

"欲成大事,必须得克服这点。"外公说。

"是啊,色字头上一把刀,"年轻人说,"不过像我这么穷,到哪去娶什么美娇娘。"

"你会成功的,"外公说,"每个人都有成功的机会,关键看你能不能抓住。你看这上面——"外公假装把书给他看,其实还离着老远,"说你三十二岁有个机会,三十八岁还有一个，不过三十四岁有个灾，记住三十四岁不要往东去，俗话说滚滚长江东逝水，记住，离水远一点。"

外公说得煞有介事，年轻人付之一笑，不置可否。外公有点急了，说你不要不相信，这都是有因果的，你看我这个外孙，因为我不懂，他妈就走了，书上说的所有，都一一应验。既然你远的不信，那我就给你说点近的，看到这上面没有，财厚情疏，父兄无靠，我敢断定，你不是没有哥哥就是没有父亲。

年轻人一下子伤感起来。

"这个算得准，我既没有哥哥也没有父亲，家父在我七岁那年就过世了。"

"瞧瞧，瞧瞧。"外公朝周围不存在的观众看了一圈，"我说得怎么样？你这个年轻人聪明懂事，将来必成大器，只不过现在要多受点苦，像你到现在才要出门，一定是家里出了什么事对不对。"

"是，"年轻人说，"家母今年也过世了。"他不禁悲从中来，眼眶湿润了。

"你听我的，保管能抓住三十二岁那个机会，"外公说，"你看这上面，这上面说——"

年轻人沉浸在悲伤中，没心思再听外公说话。外公拍拍他的肩膀，叫他小伙子，小伙子你听我说。他猛然惊醒，一下子站起来。外公说，坐下，你坐下，我告诉你怎么抓住机遇。

"怎么抓住啊。"年轻人顺口搭音。他抬头，看见在等的车。

"车来了，"他提起包袱，"我要走了。来年再向您讨教。"

"别慌，"外公拽住他的行李，"赶路要紧还是前途要紧。"

"我得走了，"年轻人往路上快步走去，"要不然赶不上车了。"

"车还有下一班呢，我张凤奎可只有一个，"外公追着他，"我告诉你，你三十二岁那次机会的关键是——"年轻人挤上了拥挤的客车，外公对着关掉的车门喊，"女人，女人！"不知他是否还能听见，车子开走了。外公站在路边喃喃自语，"成功的关键是女人，灾难的关键还是女人，水能载舟亦能覆舟，你以为为什么要离水远点，因为女人是水做的啊"。

他的包袱抖得太迟了，最后只能说给我们这群什么都不懂的小屁孩听。好在我现在总算明白了，外公，在算命这条道上，你也许不是最知名的，但绝对是最博学的。

除了算命，外公对自己的名声也同样自信。小时候，他总怪我平常不去看他，光是逢年过节带礼物去，显得太官方了，不亲呢。"你坐上公交车，不用给钱，"他说，"告诉他们，你姥爷是张凤奎，让他们在棠镇打听打听，谁不认识我。"

棠镇每年开春都有热闹的庙会，他骑着他的二八自行车把我接过去，带我去看杂技，到他们银行的楼顶看烟花，再坐坐旋转木马什么的。七岁那年，大姨一家碰巧在家，我们同一个村，就一起去庙会，没让外公来接。那一年的庙会格外热闹，因为来了一些新兴玩意，脱衣舞团取代了杂技团，成了最火爆的团体。在外面的露台上，几个身着肉色连体袜的女孩随着迪斯科激情舞蹈，路人无不驻足观望，围得水泄不通。

因为我们有男有女有老有少，姨父只买了一张票，自己进去了，据说里面是真正的一丝不挂。我们只能在外面看了一会儿免费的连体丝袜，她们跳来跳去只会那几个动作，只看一会儿大家就嚷着要走了。大姨招呼我们去吃饭，只有我还兴致勃勃地一步三回头地看，我就是喜欢热闹。大姨强行把我拽走。我们来到一个小吃店吃午饭，吃完之后，我们都很兴奋，终于可以接着玩了。趁他们结账之际我跑出去，躲在前面的柜台后面，准备等他们路过的时候吓他们一跳。等了好一会儿，他们迟迟不来。我跑回去，小吃店老板告诉我人已经走了。

就这样，我迷路了，不知道该往哪里走，哪哪都是人，最后我走到一条安静点的马路，却发现不是来时的那条。我只好走回去，在熙攘的人群里，没有一个认识的人。我哭了，不知道怎么办，只好原路返回。回到小吃店，我问店主有没有见过大姨。

"你大姨是谁。"年轻的老板娘问我。这时候我突然灵机一动,想起外公告诉我的话,他说镇上的人都认识他,那卖油条的应该也不例外。

"我姥爷叫张凤奎,你认识他吗。"

"不认识。"

"你知道他吗。"

"不知道。"

"你是这镇上的吗。"

"是啊。"

"那你怎么不认识我姥爷,他说镇上每个人都认识他。"

"难道你姥爷是关公吗,我们都认识,真是的。"老板娘一边炸油条一边和我说话,有点不耐烦了,她问我为什么要找姥爷。我告诉她我迷路了,她说噢我知道了,刚刚有人来找过你。我问她是不是我大姨,她说不知道,你就在这里等好了。她把我抱起来,让我坐在一辆自行车上。

过了一会儿,大姨果然来了,一看到我,她就哭了,问我跑哪去了。我说我就在前面躲着,你们怎么不往前走。她说一出门看不见我,还以为我又跑去看脱衣舞去了。短短这一会儿,他们发动了家里所有的人出来找我,连我奶奶都知道了。我的继母咬牙切齿,发誓把我弄丢了饶不了外公。好在有惊无险,我平安归来。晚上,外公奚落我,说怎么回事,听说你喜欢看脱衣舞,我说我只是喜欢听那个音乐。

"音乐有什么好听的,吭里吭当的,把人都吵死了。就这个跳光屁股舞的，我已经跟公安局举报几回了，×他娘那群王八蛋收了钱，就这么视而不见。"他说，"你看你那两个姨父是什么货色，那么大的人了，去看这种玩意，家里没有女人吗。"

骂够了这种世风日下的生活，他开始教训我，"怎么回事，迷了路不会问吗，把你姥爷我的大名往那一扔，人家还不抢着把你送回来"。

"我说了，他们不认识你。"

"谁，谁不认识我。"

"卖油条的老板娘。"

"问她有什么用，年轻人什么都不知道，你要问那些大门面，粮油店，棉麻厂，邮政局……"

小时候我对外公谈不上多喜欢，因为他太严厉了，动不动就摆出一副封建家长的气势来。十四岁那年，为了反抗继母的暴政，我离家出走，在外公这里住了半年。他说好不再把我送回家，结果迫于各种说不上来的原因，还是食了言。这之后，他一直觉得对不住我，一见面就给我道歉。在这件事上，他第一次消了气焰，埋怨自己无能。以前他多强啊，总是一副胸有成竹的样子，做什么都信心爆棚。他让我把挨揍挨骂的事情都写下来，说是要学越王勾践，不能忘了受过的苦。我遵照他的吩咐，每天去杂货铺后面的僻静处写一个小时，写了整整一本。结果他不经我允许，擅自把这些念给别人听。我们村的人去他们村买树，他拿着本子，给人念了半天，说是让人们知道知道继母的暴行。奶奶听说这事很是担忧，说我不该写那些乱七八糟的东西，让花知道了我又该挨揍了。我也因此更加记恨外公，倒不是怕继母知道，而是因为少年脆弱的自尊，这些事情怎么能随便乱说呢。

第二年春节，我赖着不去外公家。奶奶给我备好礼物，把我赶到马路上，结果我又把礼物原封不动地拿回去。以往我都是初三去外公家，这次晃到初七才去，外公骂了我半天，说要是过了初七还不来就准备到我家揍我。

"不管怎么样，我都是你姥爷，你眼里必须要有我这个长辈，过年必须要来看我。"

他骂完我，又开始向我道歉，这样的情况持续了好几年，直到他中了风。中风之后，他脑子有些糊涂，人也变得啰唆，每天要有人搀扶才能走路，后来慢慢地路也没法走，再后来生活不能自理，大小便失禁。曾经威严的一家之长，整天躺在床上，孩子们来看望他，站一站就走，刚开始是因为他啰嗦，后来他说话开始语无伦次，再后来，他连人都认不清了。

他去世的前一年我去看他，站在床前，他把我认错了。我告诉他我是欢欢，他佯怒道，胡说，欢子都长那么高了吗。外婆在一旁确认，说就是阿欢，你难道连最喜欢的阿欢都不认识了吗。

哦，阿欢。他沉默良久，眼里慢慢渗出眼泪，姥爷对不起你啊。

外婆怪他，老糊涂，又胡说什么呢。

外公自顾自往下说，你还怪姥爷吗欢子。

现在还说这些干啥，你好好保重身体。我走出房间，去外面看舅舅们打牌。我们已经长大了，对于不爱听的无须再忍耐，可以直接走出去。外公的病情还没那么严重的时候，曾经对他唯唯诺诺的孙子就完全变了样。那天他教训一个老实的表弟，他直接走出去，只留下外公一个人在屋里骂骂咧咧。没有人再听他的话，一概以他病糊涂了为借口，把他所有合理不合理的要求搪塞过去。他那厚厚一摞命运之书，堆在角落里积着灰，没有人再去翻动。整理遗物的时候，海波在书里发现了那份包含了我们所有人的人生规划单：适合当镇长的表弟现在沉迷网吧，初中就辍了学；适合出国留学的表姐跟人私奔，已经生了孩子；适合当海军的我现在是无业游民，比穷教书的还穷。他的预言一样都没有实现，好在他也看不到了。

2010年秋，他去世了。舅舅打来电话，让我回家参加葬礼。我借口工作忙，没有回去。我没有工作，我只是对外公怀恨在心。今年，是外公的三周年祭，我同样没有回去，虽然我向外婆承诺过。春节时候，在三舅家新建成的楼房里，我透过后窗往外看，外公的墓地就在不远处。这是他"钦点"的墓地，墓碑上依照他的要求，什么都没刻。生前最重名义的人竟然不在墓碑上刻自己的名字，很多人不解他的用意。海波告诉我，外公说他的预言都还没来得及实现，所以暂时什么都不要刻，他会在九泉之下看着我们，等日后谁照他说的混出了名堂，才有资格在他的墓碑上下笔。他预言了那么多孩子的未来，最小的现在才六岁，我们可有得等了。倒是在他周年祭上，有一段预言成了真。活着的时候，他一直说三舅不要脸，骂他是个人渣。现在他的预言应验了，在他的祭日，他儿子的脸掉了半边。

那天，三舅喝醉了酒，在自家门前出了车祸，半边脸和所有牙齿被撞掉，虽然保住一命，但恐怕再也不能喝酒赌钱了。生前的热望终于在死后成了真，我想他在九泉之下虽不至于瞑目，也足以欣然一笑了吧。

人渣的悲伤

我的三舅是个人渣,这几乎已经是公认的事实。外公活着的时候,不遗余力地把这个称号贯彻到他身上,骂他不成器、不是货、不要脸,现在他的预言应验了,在他三周年死祭当天,他儿子的脸掉了半边。

那日下着小雨,外公所有的儿子儿媳女儿女婿以及大部分孙子外孙重孙重外孙孙媳妇孙女婿从各地赶回,济济一堂纪念他的离世。一大家子二三十人,几乎占据他们那个小村子三分之一的人口,这就是让外公自豪的地方。他总把这个庞大的家族挂在嘴边,拿这一家二十多口和人打赌,替人作保,或者跟人叫板。

一大家子浩浩荡荡奔向墓地,抑扬顿挫哭成一片,看起来蔚为壮观,显得极有脸面,外公在天之灵想必也很满意。等仪式结束,这帮人的作为估计他就不太喜欢了,比如说男人又打起了麻将,小孩又玩起了游戏,最可恶的是,三舅又喝醉了酒。这在他眼里全是不务正业的行为，他在世时大家还有所忌惮，在他的祭日上，总算可以放开膀子玩了。

大家常年在外讨生活，难得聚那么全，即便是舅舅兄弟五个，长大后也绝少重逢。加上两位姨父，一共七个大家庭，那么多人，平日里难免有什么摩擦，正好借着外公的死欢聚一堂，一笑泯恩仇，即便不泯恩仇，坐在一起互相明枪暗箭地过过招也不错。作为一个骨灰级酒鬼，见到平日里不怎么见的人，三舅兴奋之情溢于言表，喝醉已经是板上钉钉的事情。这些兄弟姐妹，他全都借过钱，也几乎全都打过架，个个对他有恩又有仇。置身于汹涌的恩仇之间，他没有一丝尴尬，有的只是团圆的喜悦。这要得益于外公的卖力宣传，对于一个出了名的不要脸，恩怨是无效的。他结的仇和借的钱一样多，连自己都记不清，看到酒，他眼里就什么都没有了。

那天他们玩到很晚。因为房子建在村子外面的省道边，他要一个人穿过公路回家。路太泥泞，他怕弄脏了摩托车，就走着回去。他走在深夜的柏油路上，小雨还在下，打在脸上凉凉的。他的外套上有个帽子，他戴上去，省得回家再洗头。从村里到家大约有八百米，天黑路滑，他又喝醉了，所以走得很慢。当然他也不着急，这一辈子他从来没有着过急。他总是不紧不慢的，哪怕弄丢了工作，哪怕妻儿离他而去，哪怕一辆卡车迎面相撞，他都从容面对，不慌不忙。

就在他家门外，那辆卡车疾驰而过，留下他和一地鲜血。他昏迷过去，雨点不断打在脸上，把血冲淡。后来他醒过来，对着亮灯的窗口呼救，这时他才发现自己的嘴烂了，所有牙齿都离他而去，像弹珠一样散落满地（后来舅妈又打着手电一颗一颗找了回来）。他看着亮灯的窗口，发不出声音，也无法动弹，只能躺在雨里，任鲜血汩汩流出，一点一点丢失知觉。期间舅妈从楼上的窗户看了看，见他一个人躺在地上，以为他又喝醉了，赌气般拉上窗帘，继续看一部追了很久的韩剧。等她看完电视，已经过去半个小时。她意识到不对劲，拿着手电跑下楼去，看到三舅，她的叫声响彻夜空，差点就要昏过去。

车祸后的三十分钟，不知道三舅是怎么熬过来的，面对生死未卜的结局，面对漫长无助的等待，不知道他会不会在越来越痛、血越流越少的状态下回顾自己这不受欢迎的一生。以他的性格多半不会，往日已逝，他感兴趣的永远都是下一局，所以这种娘娘腔的事情还是让我来干吧。

提起三舅，我立刻想到酒味，酒精是他唯一的香水。小时候，为了营造出一种潦倒的男子气概，我曾把白酒洒在身上，摇头晃脑地模仿李白。三舅当然不会这样糟蹋东西，不管看到什么酒，他都会一点不剩喝进肚子。所以，他身上的酒味是由内而外散发出来的，就像爱吃花瓣的含香引来蝴蝶，爱喝酒的三舅也招来了不少酒朋肉友。

曾有那么一段时间，他风光无限，过着夜夜笙歌的日子，那是外公刚把银行的公职传给他的时候。因为一条腿略有残疾，外公特殊对待，略过长子，直接把奋斗一生的成果交付于他。那时他刚刚完婚，还是个乖巧青年，没想到短短两年时间，他就变成了一个十足的赌徒加酒徒。

据外公说，他每天喝得五迷三道的，常常一连数日不回家，今天在王家喝醉，明天在赵家醒来，后天又去了刘家。有时他迷迷糊糊醒过来，连自己都不知道自己在哪，当然这不重要，他只要知道酒在哪里就行了。他一手拿着酒杯，一手握住小镇的经济命脉，有求于他的人排着队往杯中倒酒。他来者不拒，吞下那沸腾的液体，签出一张张单子。终于有一天，他签出了大事，在一个谋划好的酒局上，他先是被人灌醉，继而签下一张大单。他当然不知道借款人只是一个傻子。这是为他量身定做的骗局，等银行的人去收款时才发现借下巨款的竟然是一个身无分文的弱智。

钱无论如何是收不回来了，外公内疚不已，不能接受儿子给国家带来那么大的损失。他东拼西凑，填上大半窟窿，余下的就从他的退休金里扣。作为当事人，三舅当然脱不了干系，好在他那时候已经弄丢了工作，身家也不比找他贷款的傻子高出多少，外公又那么积极地将功补过，他几乎没受什么影响。

他弄丢工作的原因比借傻子钱还不可原谅，同样是在酒局上，他跟镇上的派出所所长大打出手。老所长资历很高，并不常和他喝酒,那天是因为所长的一个亲戚贷款建厂,老所长屈尊和亲戚一起,打算在酒桌上把事给办了。三舅见所长都有求于他,心里高兴,喝起酒来如虎添翼,没完没了。他不住地劝酒,老头很快就招架不住,后来也是急眼了,把他递过来的酒杯扔到桌子上。酒水洒在他的身上,酒杯辘辘到地上摔碎了。那段时间他本就膨胀得厉害,再加上喝醉了酒,他一下就怒了。

"我一手掀翻桌子,一手抄起酒瓶,"每当讲到这段他就眉飞色舞,连演带说,"我揪着他的衣领,把酒瓶砸到他的头上。你别说,白酒瓶子就是瓷实,那老头子当场倒地,酒瓶子一点事没有。"

三舅被当场拘留,没几天革职令就下来了。外公知道他惹了什么人,根本没做努力,只是一个劲儿给人赔不是,把他从里面弄了出来。照外公的说法,他一辈子不要脸,就那天要了一回,结果就丢了工作砸了饭碗,从此再也没有人给他好脸看。

弄丢了铁饭碗,三舅像没事人一样,照样天天上街喝酒打牌。情况和他料想的有些出入,他的口袋越来越瘪,他的朋友越来越少。没有人再请他吃饭,没有人再许他赊账,赌桌上,没有人再借钱给他。很快,他就到了山穷水尽的地步,只能从舅妈那里索要存款,要不来就打,闹。舅妈不胜其扰,终日以泪洗面。那一年，住在他们隔壁的女人跟人私奔到了外地，再也没有回来。舅妈得到启示，也要和三舅离婚。三舅这回倒是怕了，怎么都不肯离。连外公都支持舅妈，他接管了三舅的儿子海波，让他跟随舅妈的姓氏，不许他再认三舅这个父亲。舅妈在外公的鼓励下离家出走，去追寻自己的生活。这下三舅彻底成了孤家寡人，用外公的话说，既然是个不知悔改的烂人，就让他自己烂掉吧，免得连累别人。

三舅一个人烂了好些年，还是活蹦乱跳的。他的院子长满杂草，他的厨房荒废了。他练就了蹭饭的本领，每到饭点，他就积极地走亲访友，总有人于心不忍，给他盛上一碗。他懒散惯了，再也没有工作过。大姨在一个南方小城卖水果，生意很红火，带去了四舅五舅。有一年三舅心血来潮，也攒钱买了一张车票找过去。大姨给他租了房子，让他推着车子去卖货，他把车子推到黑车司机的聚集处，跟等活的司机打扑克。每天下来，他卖掉的水果还没有赌徒们吃掉的多，更别提他输掉的了。

除了赌钱，喝酒这件事他也没怠慢。跟众多亲友聚在一处，他每天都很开心，看谁家做好了饭，他打一瓶散装酒就过去。一喝多他就胡说八道，疯言疯语，难免说到人家不爱听的。三个月不到，他几乎跟亲戚们吵了个遍，其中也不乏动手的。大姨见他还是老样子，只好放弃努力，不再给他交房租也不再给他进货。很快他就待不下去，借钱买了张车票铩羽而归。

一生之中，他就做过这么一次尝试，还这么快就以失败告终，从此他再也没有工作过。他一个人待在家里，在外公的授意下，兄弟疏远他，妻儿不认他，村人躲着他。他常年身无分文，孤零零地一个人生活。每一年我去拜年都别想从他手里拿到压岁钱，见到我，他总说今年没挣到钱，来年给你补上。我没指望他给我补上，我只是担心他靠什么为生，直到有一天我误打误撞发现了他的秘密。

十四岁那年我离家出走，跑来投奔外公。外公要把我送回家去，我对他失去信任，在他们村外徘徊，不知道能去哪里。一天晚上三舅醉酒归来，在池塘边发现了我。他把我带回家，给我泡了一碗泡面。吃完之后，我们看着电视，等着。到了凌晨，他带我出了门。在一家叫"艳妹酒楼"的公路旅店，我们吃了点宵夜，三舅又喝了不少酒。后来我们沿着公路往回走，在学校门口的商店，他找出藏好的工具，开始挖商店的后墙。挖好了洞，后面还有货架遮挡，他用力往里踹，被倒下的货架压住了腿。我们被困在那里，直到第二天店主赶到。也就是在那时候，我知道了他的经济来源是什么。自从知道他有这一手，我就放心多了，再也没有担心过他的吃饭问题。

外公来解救我们的时候态度很强硬，只想带我一个人回去，让店主送三舅去坐牢。店主和三舅是朋友，他只想挽回损失，并不想惊动警察。他知道三舅没钱，死命缠着外公，让他给钱，不然就让警察把我们俩都抓走。外公骂了我们一顿，最后还是同意了赔偿。就在那一次，外公给我转了学，我在三舅家住了一个学期。他经常彻夜不归，我和海波睡在主卧，他睡在厢房里。有时他半夜回来，过一会儿又出去了。半夜里，他煮一碗泡面，一个人安安静静地吃完，再到院子里把碗洗净，放到橱柜里。柜子里一开始只有一只碗，我和海波加入后又添了两只。有时候我们会被泡面的香气熏醒，就坐起来各泡一包一起吃。在自家的晚上，三舅只能吃泡面，到白天，他才能去别处蹭点饭。在自家兄弟那里，从来没人请他。好在他脸皮够厚，总能主动寻觅，等人家都吃完了，他去厨房掀开锅盖看看，碰到剩饭就一扫而空。他太急迫，都是直接用勺子舀着吃，一边吃，还一边装模作样地评点几句，好像只是去品尝一下，而不是为了果腹充饥。

三舅妈在家的时候，特别会做饭，我至今记得她做的鱼头煲和炸豆腐。她应该是喜欢三舅的，只是怕他没钱的时候闹她，才被迫常年在外工作。她很少回来，零星的几次还是被三舅抓住机会，有了身孕。那是他们的次子海浪，尚在腹中，已经注定了坎坷的命运。三舅天天闹着要钱，她挺着大肚子艰难度日，对三舅失望透顶。一生下孩子，她就走了。外公断定三舅养不好这孩子，强行让他过继给五舅。五舅那时不能生育，已经收养了一个女儿，也很愿意收养这个儿子。他给了三舅一些钱,把海浪要了过去。海浪生得漂亮,学习也好,每次都是前三名。海浪越好,三舅就越后悔,每次见到他都父爱泛滥,言辞间全是言外之意。搞得五舅防他就跟防狼一样,见他一靠近海浪就浑身不自在。防了那么多年,终究还是没防住,海浪差不多到了十岁,三舅突然发难,要把儿子要回去。

为什么一贯穷酸的三舅突然敢去索要还在念书的海浪呢?这么一个自身难保的人,却敢违反和外公定下的诺言,不但把真相告诉刚刚懂点事的海浪,还要把他从五舅手里夺回来。他能养得起儿子吗?

答案是他不能,他老婆能。

从生下海浪舅妈就一个人在外打拼,据说她一个人在上海卖烧饼,还有人说她在卖身。这种说法很恶毒,还是出自亲戚之口,我至今不能相信,在我的印象中,舅妈是一个特别有爱的母亲。小时候,我去外婆家,她见到我非常热情,抱着我在沙发上看电视,把我的手握在手里,下巴抵在我的头上,在我脖子里呵气。那时我大概七八岁,第一次从她那里感受到了母亲的温暖。可惜我们没见过几面,她生完孩子出去,我们再没见过。不管她在外面干什么,反正一直在挣钱,十来年间,她应该存了不少。她知道指望不上三舅,这些钱都是为大儿子海波存下来的。前年,她带着几张存折回来,给海波在外公指定的坟地里,同样也是外公指定的盖房地点——起了一座楼房。那是一片极好的位置,挨着省道，离新修的高速公路不远，单是一块地皮都可以卖十多万。从地理上说，外公青睐这片地是因为风水，他说了什么已经没人记得，大家只知道这里很旺，所以他要埋在这里，也想让子孙们住在这里。他料事如神，只是没料到一件事，这样一来，生前厌恶至极的孽子就与他朝夕为邻了。谁能想到，三舅的妻子念及旧情原谅了他，他的儿子也改回姓氏，重新叫他爸爸。这些外公极力反对的事都成了真，每个人都说三舅好福气，不知道外公在不远处的坟墓里是不是服气。

同年，海波结了婚，妻子很快有了身孕。作为一个马上就要做爷爷的人，三舅痛定思痛，决定戒酒。有一段时间，他确实比从前好多了，家里放着一箱酒，他竟然可以控制住不去拆开包装，到后来又当作礼物送了出去。去年我去拜年，在大舅家里和四舅喝酒，他一进门我就开始高兴，心想这下要喝个痛快了，没想到他连连摆手，连坐下都不肯。在赌博方面，他也不再是那个兜里有五块就赌十块的愣头青。他终于学会了量力而行，大多数时候，他只跟自家兄弟玩，为了几块钱吵得不可开交，像一群过家家孩子一样懵懂又较真。

到了晚上，我像小时候一样在他家住了一晚。三舅的老房子被五舅做了养猪场，在院子里养了十几头猪和两条看门恶犬。我和四舅五舅一起去养猪场睡觉，三舅拿着一副扑克牌跟了过来。房子里堆满饲料，我们曾经在屋里的水泥地上玩玻璃球，曾经在深夜里吃泡面，也曾坐在床上玩贪吃蛇。如今物是人非了，只有两张破床摆在卧室里，五舅太胖，他那张床烂得不成样子，我只能和四舅挤在一起。我们洗过脚，坐在被窝里。三舅拿着扑克牌，和大家商量玩什么好。我说玩扎金花吧，四个人玩着有意思。听我说到我在我们村一局就赢了一千块，经历过大场面的三舅不禁发出惊叫，说你们这些愣头青可真是太虎了，我们都是一块一块地玩。果真不假，玩起来之后，他们哥仨你一块我一块跟个没完没了，就是不肯一下子跟五块。后来三舅输光了兜里的几十块零钱，又开始耍赖算起旧账，说上午的牌局五舅和三舅还欠着他的钱，他要"兑账"。他们说着说着吵闹起来，把陈年旧账一板一眼摆出来，吵到最后我都迷糊了，不知道他们到底谁欠谁的。

牌桌上可以有烂账，但在孩子这件事上还是很清楚的，五舅帮三舅养了十年的儿子，这是不容抵赖的。就在外公三周年之际，三舅突然毁约，要把孩子要回来。他这一决定显然得到了舅妈的支持，虽然出来说话的就他一个人。海浪每天上学都会经过他家门口，那天放学，三舅拦住了他。他把海浪带回家，和舅妈一起宣布了真相。

海浪很聪明，就算没人把话挑明，恐怕也已隐隐意识到自身的境遇。三五岁的时候，他总是显得特别委屈，动不动就哭个不停。虽然五舅夫妇对他视如己出，似乎还是有一道看不见的隔膜存在于家族之中。这也要怪我那几个舅妈，海浪脾气倔，一犯错她们就骂，说他跟那个死爹一样软硬不吃。五舅作为名义上的父亲，站在一旁嘿嘿傻乐，无从辩驳。就是这样，大人们言辞间的闪烁逃不过小孩子敏感的心。他们总以为孩子太小不懂事，可他们总能记住成长之中的那些蹊跷，并在脑中不断反刍，直到有一天恍然大悟。在这一天将至未至之时，三舅夫妇推波助澜，把这个原本应该烂在肚子里的秘密原原本本告诉了他。当晚，他第一次和亲生父母住在了一起。

两家人吵得不可开交，就差要打官司了。亲戚们都觉得五舅冤，把孩子养那么大，有了感情，再加上海浪学习好，他们一家对他寄予了很大期望。三舅夺去海浪，无异于夺去了人家后半生的希望。因为太胖，五舅早年间不能生育，我妈去世的时候，外公还想过把我送给五舅养，最终因为我爹的反对未能成行。时隔多年，五舅收养海浪，总算有了儿子，明确了下半生的奋斗目标。在这之前，他的奋斗目标一直集中在下半身，眼看着不能生出一个属于自己的孩子弥补一生的缺憾，没想到在收养海浪之后的短短几年时间，他突然灵光迸发，接连生了三个女儿。遗憾也跟着升级为生不出属于自己的儿子，舅妈做过两次剖腹产，年纪越来越大，这个遗憾恐怕注定无法填补。好在还有海浪，这个流淌着自家血液的聪明孩子让遗憾减到最小值，他们在看似圆满的生活里过得提心吊胆。总也阴魂不散的三舅无疑是一枚定时炸弹，就差有人给他拧上发条。

当初把海浪送给五舅的时候三舅就很不情愿，因为外公的全权做主，他自己又没有一点能力，只好勉强同意。现在外公不在了，儿子结婚了，老婆也回来了，他啥都没干，却啥都有了。或许他也是想为家里干点事，或许他只是单纯想挑事，于是事就挑起来了。

鉴于情况太过复杂，我们或许得综合各方好事者从现场发来的第一手材料才能一探究竟：

五舅：凭什么，我养了十多年的孩子要给你。

三舅：因为是我生的，当初我要是射到墙上你养个屁，自己生不出来就抢别人的孩子养，天底下还有王法吗。

五舅：怎么是我抢的，我没有给你钱吗？

三舅：嘿——哈！三百块钱还叫钱，这点钱你连个猪娃都买不到。

五舅：那你还拿着？给你养孩子为什么还要给你钱，我要不养他就饿死了。

三舅：饿死了也是我孩子。

五舅：当时你也同意了，把孩子给我，现在又反悔，你还是人吗？

三舅：我又没跟你签合同，白给你养这么多年还不便宜你了，你还想养到他七老八十吗。

五舅妈：都怪咱爸，当时不让签个字，说什么不用担心，谁养的孩子跟谁亲，你也不看看他生的都是什么种。

五舅：我问你，养孩子是为了什么，是不是让他老了以后养我。

三舅：谁的孩子养谁，这不是天经地义的事吗。

五舅：我养的，就是我的孩子。

三舅：我生的，当然是我的孩子，我要滴血认亲。

五舅：你生的有什么用，你给他擦屎把尿了吗？你给他喂饭泡奶了吗？你每天接他上学放学了吗——

三舅：那都是保姆干的事，难道所有保姆带大的孩子都叫保姆爹妈吗。

五舅：保姆还有工资呢，我养了那么多年就没有劳务费吗，有种你给我钱。

三舅：说了半天还不是为了钱，你等着，我回家拿三百块钱还你。

五舅：怎么是三百，养了十年，一年两万，你要还我二十万。

三舅：嘿——哈！二十万，你以为你是李嘉诚的保姆吗，你是金牌保姆啊？你要就三百，不要拉倒。

五舅：那是我的孩子，你给多少钱也不行。

三舅：你的孩子，你叫他一声他答应吗。

五舅：怎么不答应，海浪。（等了好一会儿，海浪的眼里憋出泪水，最后还是答应了。）你看，答应了吧。

三舅：答应你有什么了不起，叫名字就是用来答应的，你看我，儿子。（海浪没有答应。）你怎么不说话，我可是你亲爹。

五舅：他怎么会有你这样的爹，走海浪，跟我回家，别理这个疯子了。（他去拉海浪的手，他闪开了。）

三舅：你家现在已经不是他的家了，我们让他自己选择，看他愿意跟谁回家。走儿子，咱们回家。（他去摸海浪的头，海浪闪开了。他笑笑，说赶紧回家吧，你妈给你炖了鱼头汤。他走在前面，海浪犹豫一下，跟了上去。）

五舅：海浪！（海浪没有回头，五舅也没有追上去，他哭了，二百四十斤的身体里流出眼泪，不知道淌到何时是个头。）

事情惊动了所有亲友，五舅发动了众多长辈前来评理。三舅活那么大，从没讲过理，这次也没例外。倒是三舅妈过意不去，想要给五舅三万块钱平息此事。五舅一直没有接受这笔钱。现在三舅人在医院，正是用钱的时候，那么多兄弟姐妹，个个都有难处。在集资的家庭会议上，家家都毫无保留地掏出了一本难念的经，所以他们的经，只能自己去念。可惜三舅已经不能开口了。

医药费数目惊人，肇事车辆逃逸了，没办法找到。三舅没有保险也没有医保，他本来有兄弟，现在就跟没有一样。他的命很大，车撞烂的只是他的脸而不是脑子，他躺在床上，头脑还算清楚。医生说可能得装个假下巴，也许会丧失语言功能，也许下辈子只能吃流食了。家人们闻言说正好，这样他就可以天天喝酒了。

恶棍之死

如果一个人非常坏，他的死会不会变成一件喜事，就像电影里，一群人齐心协力除掉一个坏蛋，收获的全是鲜花和掌声，现实中有没有这样的事，如果有，请一定告诉我，因为我活这么大，还没见过一场只有鲜花没有泪水的葬礼。哪怕死掉的人是一个公认的恶棍，哪怕他伤害了所有亲眷，还是会有人为他哭泣。

人活一世，认识的人不算太多，可他们却怎么都死不完。隔三岔五的，就会有一个死讯传来，也许是亲人，也许是朋友，也许只是一个从无交集的同乡，熟悉的名字突然消失，你除了庆幸死掉的人不是自己，会不会发出一声惊叹，抑或干脆号啕大哭。

为那些再也见不到的人。

或根本不想再见的人。

小时候，我们家有一个不受欢迎的客人，每次他来，都会带着打斗与咒骂，鲜血与泪水，最少也能收获一个白眼，那是我继母花的献礼。他是花的二哥，我随弟弟玉龙叫他二舅。不管是我的亲二舅还是这个二舅，我都没见过几面。我的亲二舅因为赌博输掉孩子一直没有脸面回家，十多年才见过一次面，这个二舅好点，隔几年见面一般要取决于他的刑期。小时候，他给我们的感觉就像个神龙见首不见尾的侠客，总是一下消失几年，又毫无预警地回来待上几个月，继而又消失。他消失了，大家按部就班地过日子，好像这个人根本就不存在一样，父母不会提到他，孩子不会想念他（表面上）。他回来的那几个月，家人们或许会为他高兴两天，紧接着又会显得忧心忡忡，怕监狱还是没有把他变好。在这方面他向来不负众望，很快就闹得翻天覆地不可收拾，然后再一次地适时消失，给他的家人一个重建家园的机会。

他的父母算得上是一对命运多舛的老人，小儿子在十一岁戏水身亡，大儿子三十岁葬身矿井，只剩下这位"翻脸不认人"的二儿子和"同样好不到哪里去"（我奶奶语）的女儿。这两个孩子除了盘剥他们，似乎没有做过什么对他们有益的事情。好在他们很勤劳，每天在菜地和集市忙碌，依靠衰老的双手一次又一次重振破碎的家园。无奈他们有一个擅长毁灭的儿子，一旦回来，他们就只能丢弃多年积攒抱头鼠窜，将辛勤搭建的家园拱手相让。

说到毁灭，该从哪说起呢，二哥（道上的人这么叫）毁掉的东西实在是太多了，或许可以从一场大火开始。

那时他还年轻，却已经大有所成，他用偷抢拐骗搞来的钱在镇上开了一家冰棍厂。他是当地九十年代第一个拥有摩托车的人，在自行车和收音机还充当嫁妆的时候，他就看上了电视。风头都让他给出了，风头因他而转向。人们虽然知道他的钱来路不正，还是止不住地投去羡慕眼光。他看中一个来厂里批发冰棍的老头的女儿，那是一个进货量最少的顾客，少到根本不应该直接从厂里拿货。等二哥看到跟在他后面的女孩时，一切不应该都变成了应该，这个老头也理所应当地变成了他的岳丈。我没有见过那个"幸运"的女人，不知道她究竟有多漂亮，反正见过的人都这么说，连自认为漂亮的花都带着些醋意肯定了这种说法。那么漂亮的人，没有见过的人再也无缘得见，只因为她嫁给了二哥，所以她就毁了。

像所有电影一样，恶棍天生不该娶他最爱的女人，一旦走到一起，他给予对方的伤害一定多过爱。《赌城风云》是这样，《疤面煞星》是，就连《教父》也一样，恶棍们想要的太多，而女人们只想要恶棍变好。她们受不了迷人的丈夫整日赌博喝酒，彻夜不归，也受不了他们打架斗殴，喋血街头，更受不了他们的火爆脾性和唯我是从。女人们一直在忍耐，一直在等，等他们回家，等他们变好，或者仅仅是等一个导火索。

二哥的导火索是男孩。

他们的大女儿和我同龄，二女儿和我弟弟同龄，怀上三女儿的时候，二哥把持不住了。他从一个江湖郎中那里买来药方，说是吃下去就能女孩变男孩。郎中给自己留了点余地，告诉他有一定风险，不是所有女孩都能变。他把郎中打得哭爹喊娘，让他保证一定能变，然后瞒着妻子，让她吃下那些草药。

孩子生出来依旧是女孩，家人只是有点失望，二哥怒火冲天，当即去找郎中算账。这下家人才知道他干了什么。等孩子长大一点，药效才慢慢显现，她没有变成男孩（虽然面容很像），而是变成了一个全身瘫痪不能说话的白痴。她的名字已经没人记得，家人叫她傻子，每一声都充满嫌恶。

确定这一事实之后，夫妻间的战争全面爆发，最终以二嫂服毒身亡告终。那是他们家最黑暗的日子，二哥砸碎了所有东西，打遍了所有家人。他的父母深夜跑到我家，头上带着鲜血，让我爹去管，我爹不肯，二老跪在地上向他磕头，好像他是古代能断是非的青天老爷。看着他们已经流血的脑袋又一次磕出血来，我爹只好硬着头皮去找二哥。他们的关系还算不错，每一次二哥来家里做客，花都睡在床上不见他，躲在被窝里骂骂咧咧，偷偷摸摸地表达反抗。我爹只好带他去下馆子，我们也能跟着撮一顿。

我爹去游说二哥，他还算讲义气，卖了妹夫一个脸面，答应不再为难父母双亲。大家刚松了一口气，他就奔着岳父母那边去了。因为极其喜欢妻子，他依照她的意愿把房子建在岳丈村里。那是一座还没完工的二层洋楼，他从摩托车里抽出汽油，一把火烧了这座不可能再有爱人的爱巢。

火刚烧起来的时候，邻里提着水桶来救，他抄一根钢管挡在前面，不许人靠近。人们和他纠缠了一会儿，最后火越来越大，殃及左右二邻，人们又只好回去救自己的房子。

他烧掉了自家和两户邻居的家，赔偿损失之后，变得身无分文。不过他对钱似乎一直不太看重，他总有一种自信，从不为钱发愁。痛失爱妻之后，他重回那种偷抢拐骗的生活，这下没有人再敢说他一句了。夏天的时候，他公然带妓女回家，把床搬到池塘边，撑起半透明的蚊帐，仰望星空和大地，在不时有人经过的大道上享受鱼水之欢。他的父母龟缩在家，一句话都不敢说。尽管他们知道自己的儿子伤风败俗，辱没家门，内心深处还是不希望他去坐牢。

纵火事件过去不久，他在街上跟人打架，腿被打瘸了，不是特别严重，照样能跑能跳，只是走起路来有一点跛，这样的步姿让他更显凶恶。出了医院他又进了监狱，因为对方两人伤得比他更重，他赔不起医药费，只好去坐牢。

两年后他再出来，发现外面的世界变了，他用原来的办法打架，没夺回原来的位置。于是他去了外地。不管到哪座城市，他最熟悉的永远是那里的监狱。他在外面坐牢，家人从不去看。也许大城市里的罪也大，最长的一次有五六年没有见到他。那正好是我们的小学时期，他的三个女儿在没有父母的情况下不算快乐地长大，我认识她们，并深深记得。

大女儿彩慧跟我同岁，非常非常懂事，是爷爷奶奶的好帮手。她是那种没有童年的孩子，为了保住在大人眼里的一点尊严，她收起孩子的一面，不与同龄人为伍，承担起大部分家务。因为年纪大些，她对死掉的母亲和总在坐牢的父亲还算有点印象，但我从没听她提起过他们。

二女儿杨可和我兄弟玉龙同岁，也像他一样不懂事，唯一的不同之处是这个世界上没有一个人宠着她（小时候）。玉龙犯错了会有人求情，挨了打也会有一个怀抱，她犯了错就只是挨打那么简单，可她又总爱犯错。印象中她一直是脏兮兮的，白净漂亮的脸被乱糟糟的头发遮掩，双眼躲闪不定又桀骜难驯。因为要照顾那位没有变性成功的三妹，她没有上过一天学。那个傻子像一个肉瘤黏在她身上，如影随形。也许是药物的原因，傻子虽然没有变成男孩，却有着和男孩一样魁梧的身体。要是她能站起来，比杨可还高出一大截（用到"她"字还是有点不大适应，印象中傻子是性别模糊的一个人，甚至不能称之为人，没有人把她当作一个家庭成员看待，大概唯一和她有些感情的，就是与之朝夕相处的杨可吧）。杨可每天的工作就是背着这个身材高大的妹妹四处溜达，她是个活泼好动的女孩，因为这个，她总是闯祸。

三女儿就是傻子，我不知道她的名字，也没有人愿意告诉我。她大多数时候坐在一个为她特制的椅子上，为了排便，椅座上挖了一个长槽，椅背上系着类似于安全带的布条，防止她从上面掉下来。她坐在椅子上，哼哼唧唧咿咿呀呀，平生只做两件事，就是进食和排泄。哼哼唧唧咿咿呀呀，大概只有杨可才明白，那是她饿了，或者尿湿了裤子。

同为没娘的孩子，我们倒没有惺惺相惜。大家的处境都很艰难，只能努力让自己好过一点。彩慧小心翼翼察言观色，辛辛苦苦地帮家里干活，做错了事一样要受责骂，根本无暇顾及杨可。因为淘气，杨可只能被当作一个出气筒，谁都可以冲她发火，打骂她，戏弄她。我和玉龙曾把一张麻将牌用火烧化，骗她说是花从广州带回来的好吃的，馋嘴的她将信将疑接过去，液态的塑料粘在手上，烫出几个甩不掉的水泡。我们觉得好玩，哈哈大笑。她去告我们的状。她奶奶根本没有听她说话的习惯，一巴掌就把她打出来了。

她带着手上的伤继续照顾傻子，给她收拾屎尿或者喂她吃饭。那是她唯一的任务，出一点差错就要遭受打骂。她奶奶每天忙里忙外，脾气非常火爆，这一点就像她的女儿花一样，动不动就对孩子拳脚相加。私下里我叫她狼外婆，本来我有外婆，来到这里却不得不也这么叫她，为了表示区分，我就根据她的行径在前面加了一个狼字。

我爹不在家的时候，花经常带我们举家住进娘家，刚开始我们什么都不用干，完全是一副客人姿态。狼外婆看不顺眼，骂我和弟弟是两个少爷，整天甩着手晃来晃去。我知道这当然是针对我。花把我叫到跟前，让我以后多帮彩慧干点活。每天我们就一个烧火一个做饭，一个洗衣一个晾晒，家里的活干完了，再一起去田里帮忙。

狼外婆夫妇非常勤劳，他们不光有一大片菜地，还种了不少棉花和西瓜，这都是很费心思的作物。不像我们这些懒人，只种麦子和玉米，完全不用打理。他们就跟庄稼一样，每天长在田里，逢集还要去街上卖菜。不在田里和街上的路上，他们就总是急吼吼的。每一天，彩慧必须准时把饭做好，等他们回来刚好能无缝衔接地吃上。不光要做饭，还要喂猪喂牛，鸡鸭鹅狗什么的就更不用说了，狼外婆夫妇就是这么勤劳，用尽农民的一切赚钱手段。

只有到了晚上，才是休息时间。彩慧刷好碗喂好家畜，杨可把傻子料理干净放上床，两姐妹一起去邻居家看电视。邻居家凳子不是太多，去晚了就要站着，小孩子也不知道累，靠在墙上专注地看，随着剧情屏住呼吸或者发出惊叫。这是唯一不被打扰、没有命令的好时光。那时候在放《风云雄霸天下》，每次开播大家都很激动，杨可跟着大家念出标题：风云雄霸天下！只有她不认识字，彩慧试着教过她，后来还是放弃了。又不上学，她说，认字有个屁用。

杨可和傻子睡在门廊，她们的床乱糟糟的，堆满了破旧衣物。她们就像暂时借住于此，所有家当都堆在床上。有一个雨天，花让玉龙帮忙收衣服，玉龙难得干一次活，七手八脚把衣服裹成一团扔在床上。花一边骂他一边整理，捏出一双补了补丁的袜子说，你把杨可的臭袜子也收进来了，赶紧扔出去。玉龙接过来扔进雨里。花笑骂道，这个坏种真扔啊。她把杨可叫过来，说玉龙把你的袜子扔雨里了。杨可用几乎肉眼不可见的方式哼了一声，到水井边重新洗干净。在这一点上，她不像我和彩慧，已经懂得喜怒不露于色。不论何时，她都要表达愤怒，只不过方式在一点点改进，最早她是用骂的，大家一眼就能看出并立即打她一顿，后来她改用吐口水，效果还是不太理想，到最后只能冷哼一声，而且声音越来越小，直到只有她自己才能听见。但她从来没有放弃哼这一声的权利，不像我们，为了少挨几顿打完全没了声，就是挨打，也力求无声。在这一点上，杨可是看不起我们的，虽然她也怕挨打，虽然她也服从，但她从没软过，从没有被那些教训真正教训过。

她挨打最狠的一次，是偷了一个老人的钱，人家找上门来，她已经把钱花光了。狼外婆把她吊起来打，那真是一场酷刑，连一向冷漠的玉龙都看不下去，骂了一声出去玩去了。我要照顾弟弟妹妹，只好在旁边看着。妹妹犯错，彩慧当然也不能袖手旁观，在一旁帮着教训她。狼外婆打得实在厉害，我们吓得不敢出声，只有花躺在凉席上一边吃东西一边不时说一声使劲打，问问她到底把钱花哪去了。

是的，狼外婆打她，不是因为她偷了钱，而是因为她偷了钱居然不上交。而且还被人给发现了，这是她们最不能容忍的。狼外婆和花都是偷盗高手，她们偷东西很少被抓住。又是一个雨天，我跟狼外婆在地里拔草，雨下下来，人们四散而逃。狼外婆不紧不慢，继续干活。我问她怎么还不回家，她说你想回就自己回吧。我不敢说话了，只能继续干活。等人都走光了，她提着竹筐跑到人家地里摘了满满一筐香瓜，上面用草盖着。在路上她让我吃了一个，问我好吃不。我说好吃。她高兴坏了，说我早就注意到这家的瓜好，一直逮不到机会，今天可真是天公作美。我说咱们地里的瓜也不比这个差啊。她说咱的是咱的人家的是人家的，一定要分清。我完全搞不懂她什么意思，她自家的瓜地料理得那么好，吃都吃不完，却要去偷人家的。后来那场雨越下越大，地里的瓜都漂了起来，在水里泡了几天，很快就烂掉了——烂瓜的事等会再说，先接着说杨可偷钱的事。

狼外婆死了命地打她，让她说出钱在哪。杨可说花了，狼外婆说你天天照顾傻子，哪有机会花，到底在哪花的。问到这里她就不说话了，眼神坚毅地挨打。狼外婆不信邪，非要撬开她的嘴，一个劲儿地打她，最后连自己都累得抡不起胳膊。她把鞭子丢在地上，让花代替她。花本来没有兴趣，见杨可死活不说倒是跃跃欲试了。她喜欢有挑战的事，像我这种软骨头，她打几鞭子就意兴阑珊了，相比之下还是玉龙耐打，所以她屡打不爽。一直以来她都没把杨可放在眼里，没想到这一次那么难搞。花拿起鞭子，问了最后一句。杨可哼了一声，吐不出来的口水黏在衣领处。花知道这次有得玩了，正要抡鞭子，彩慧突然开口说，钱是我花掉的。

说话之前，她的眼泪成串地淌下来，活这么大，我从来没见过淌得那么顺畅的眼泪，我想了半天，没找到一个合适的比喻，她的眼泪淌下来，完全不受控制地淌下来。

你胡说！杨可喊道。

杨可把钱给我了，彩慧说，她让我从学校买点零食给傻子吃，现在还有六十多块没花完，我给你们找出来。

你胡说！杨可喊道，那是我的钱，你不能给他们。

杨可人生中的第一笔大钱就这么被没收了。狼外婆拿着钱，对她冷嘲热讽，"买东西给傻子吃？你还挺疼她啊，她能吃出来什么是屎什么是饭吗，她吃了就能开口叫你一声姐吗，她知道你是谁吗……"

狼外婆说出了我的疑问，这个傻子，到底认不认识与之朝夕相处的杨可，这确实是个没人关心的问题。她总是一副痴呆傻相，让人们没兴趣再看第二眼。杨可也常常对她不耐烦，有时候还会打她，没想到她偷到了钱却是买来东西分给她吃。作为家里的最底层，她们几乎没有吃过零食，夏天狼外婆夫妇收回成车的西瓜，想吃多少就吃多少，杨可和傻子待在门廊里，屋里的一切狂欢都和她们无缘，因为身上脏臭，她甚至不能随意出入客厅。那天我们在吃西瓜，有不少被水泡烂的，玉龙要扔掉，花制止了他，让他喊杨可过来吃。玉龙在屋里叫杨可的名字，说赶紧来吃烂瓜。杨可抱着烂瓜回到门廊，狼外婆骂道，烂掉的就喊杨可吃，杨可是你们家的垃圾桶吗。虽然嘴上这么说，她并没有阻止我们再次叫杨可吃烂瓜。

以前我们一直以为傻子只知道吃喝拉撒，什么感觉都没有。直到有一次无意发觉，她还是知道一些事情的。那天玉龙拆了两包方便面，第二袋不想吃了，彩慧让他给杨可吃，他说给杨可还不如给傻子呢。杨可说那你给傻子啊，反正我也不想吃。玉龙把面丢给她，说你可不要偷吃啊。趁玉龙不注意，杨可还是偷吃了一口，不过大都喂给傻子了。这大概是傻子除馒头面条之外第一次吃到别的东西，我们都觉得给她吃是浪费，还不如让杨可吃掉呢，没想到第二天傻子看到柜子上的方便面包装，伸直了手臂，啊啊地叫起来。面对她的异常举动，杨可过了一会儿才明白过来，她告诉彩慧，说傻子是又想吃方便面了。为了印证这一说法，彩慧把方便面放在傻子面前，傻子啊啊地去够。真是的啊，彩慧说，真是个馋货。她没有把面放到傻子手中，而是放到一个不太显眼的地方去了。她知道，方便面不是傻子该吃的东西。

屎也不是。

杨可吃过傻子的屎。这件事我犹豫了一下要不要说，这不是一个美好回忆，对谁来说都一样。那天大家都很忙，狼外婆夫妇忙着收菜，我和彩慧忙着做饭，玉龙和花忙着玩，杨可也忙着偷懒，疏忽了傻子。狼外婆回来看见傻子倒在地上，身上和地上都是屎，她大叫了几声才得到回应。杨可跑回来看到这副场景，知道大事不妙，赶紧去收拾。这没有让狼外婆消气，她骂了杨可几句，觉得还不过瘾，把她按到地上，说你给我舔干净。狼外婆用一根树枝蘸了蘸往她嘴里送。杨可的脸上粘了傻子的屎，嘴里也是。她哭了，没有声音。花走出来看到这幅情景，先是大笑，然后骂她妈，你搞这么恶心，还让我们怎么吃饭。狼外婆在气头上，又跟女儿吵了一架。杨可一个人走到水井旁洗干净，然后给傻子换衣服，收拾他弄脏的地面和凳子。我和彩慧躲在厨房里忙碌，除了庆幸那不是我们，不知道还能想什么。

彩慧整天洗洗涮涮，手都是红的，到了冬天会生冻疮，裂开无数细小的口子，有时候又痛又痒，有时候渗出血来。她抹上蛇油膏，问我怎么才能好得快些呢。我说不要碰水，说完我们都沉默了。然后她去刷锅，喂猪喂牛，喂鸡鸭鹅。家畜卖了一批又一批，就像庄稼收了一季又一季。财富逐渐积累，我们也慢慢长大。狼外婆夫妇的辛勤劳作一点一点见到成效，他们翻盖了新房，买了电视和沙发，后来又买了摩托车和农用三轮。二哥十年前毁掉的东西，又被他们慢慢挣了回来。

傻子十一岁那年得病死掉了，除了杨可，大家都很高兴。埋掉傻子那天，杨可控制住自己的哭声，却没有控制住眼泪。填上最后一锹土，狼外婆突然"嗷"的一声哭起来，没有人劝她，大家知道这是喜悦的眼泪。傻子就像一个枷锁囚禁着她，不知道会止于何时，面对植物人一样的傻子，连村民们都建议应该舍弃她，可她不敢。二哥警告过她，说是威胁也不过分，他说，如果你们杀死自己的孙女，我就宰掉自己的父母。傻子暴病而亡，也许是最好的结局了。因为年弱早夭，她没有坟头，也没有名字，除了杨可为她流过的眼泪，我不知道还有什么能证明她存在过。

傻子死了，彩慧和杨可也长大了，他们齐心协力，赚钱更快了。就在这时，多年不见的二哥回来了。那一年秋天，正是收玉米的时候，我爹和花没有回来。一天中午放学，我看到了二哥，他坐在机动三轮车上，旁边坐着一个矮小的女人，那是二哥在监狱里认识的外省女人，二哥让我和玉龙叫她舅妈，我叫了，玉龙没有吭声。在花的教育下，他一直对这位舅舅怀有敌意，别说叫这个陌生女人舅妈，连舅舅他都懒得叫。二哥很生气，骂了玉龙一句，说他像自己的妹妹一样六亲不认。他对我很热情，私下里给了我二十块钱，让我不要怕玉龙，说如果玉龙欺负我就告诉他，他来收拾这个小兔崽子。我有点晕，心想玉龙才是你的亲外甥啊。我们一共也没见过几面，不知道他为什么对我那么好。

吃过他带来的饭菜，他让我们带他去收玉米。玉龙有点不信任他，给花打了个电话确认之后才带他去。他和新舅妈用两天时间收完了全部的玉米，然后用车拉走，再也没还回来。没过多久我们就听说二哥鸠占鹊巢，打跑了狼外婆夫妇，把他们辛苦积攒下来的一切据为己有。两位老人在花甲之年远赴他乡，在外打工度日。春节期间人们都回乡过年，他们也不敢回家,就在我家住着。花比她二哥好不到哪里去,除夕夜和母亲吵架,把他们赶了出去。两位老人在旅馆里住了几天,只好又一次踏上外出的火车。

那位在狱中相识的新舅妈给二哥生了一个儿子,因为得罪的人太多,几乎没有亲戚去道贺。狼外婆在外面听说自己终于有了孙子,也很高兴,她把挣到的钱打回来一部分,试探二哥让不让他们回来。二哥法外开恩,允许他们回来照顾孙子。

二哥回来两三年时间,利用父母攒下的基业,又挣了不少钱。他瘸着一条腿,重新在镇上放起高利贷。杨可十五岁那年,他没有经过她的同意,半卖半嫁把她许给了一户吹喇叭的人家。十七岁那年,杨可诞下一个女婴,紧接着又生下两个男孩。她的丈夫会吹喇叭,整天在红白喜事上讨饭吃,平日里她跟着敲个锣打个鼓什么的,后来听说她还学会了跳舞和哭丧,只可惜我无缘得见,我对她的印象永远停留在十二三岁那个调皮的小女孩身上。

杨可出嫁的时候,彩慧很害怕,她偷偷从家里跑出来,一个人去深圳打工。在工厂里,她认识一个杭州男孩,嫁给他并且很快有了孩子。因为彩慧私自逃跑,没有在她的婚事上赚到一毛钱,二哥很不甘心,到处找她。有一年彩慧回来,躲在我家和狼外婆见面。二哥不知怎么得知这件事,要闯进我家抓人。当时情况很严峻,眼看着就挡不住他了,我爹及时找来了我K叔。道高一尺魔高一丈,K叔也不是善茬,一脚踹翻了二哥的摩托车，拿起地上的头盔砸在二哥脑袋上，鲜血当即流出来。作为一个资深恶棍，二哥横行霸道的时候K叔还穿开裆裤呢，没想到一别数年，当初的毛头小子已然成长为新的恶棍。他擦干头上的血，叫着K叔的名字，大王庄敖凯是吧，你等着。

大丈夫行不改名坐不改姓，道上都叫我OK。

OK？二哥有点不明所以，还整了个洋名，好，我记住了。

有本事你再来，K叔说，把你那条腿也打瘸。

到底是上了岁数，二哥不再像以前那么心高气盛，吃了亏也没再找回来。有好几年，他混得风生水起，也就没老想着跟彩慧的杭州婆家要彩礼了。只是彩慧依旧不敢见他。狼外婆把他的男孩照顾到三四岁大，又被他打出去挣钱去了。两位老人被驱逐在外，两个女儿也都已出嫁，只剩他们一家三口在一起，人们想这下总算可以安安稳稳过日子了吧，可他们偏不。

2012，在我们等待世界末日的时候，二哥的死讯传来，显得渺小不堪，又足够震动。也许在人们的意识里都觉得他不会善终，但没有人想到他会这样死去。和他在狱中相识的新舅妈又回到了监狱，只是他已被烧成了灰。法庭上，新舅妈供述她如何杀死了自己的丈夫。那些日子他们吵了架，新舅妈带孩子回到邻县的娘家，二哥去找她。她拿着钉耙躲在门后，二哥进门时她跳出来，在他后脑勺来了一下。二哥高大的身体倒在地上，当场毙命。

曾经因为惧怕二哥不敢回家的人再度沦为他唯一的亲人。狼外婆夫妇坐在原告席上，后面坐着彩慧和她的杭州丈夫，杨可和她的唢呐丈夫，还有那个刚满五岁的男孩，他不知道自己算哪边的，死者是他的父亲，凶手是他的妈妈，他是唯一的目击证人，但他说的话还不能被当作证据。彩慧一家觉得案情远远没有那么简单，这不单是冲动杀人，极有可能是蓄谋已久。二哥生前放了大量的贷给新舅妈的兄长，一吵架，二哥就威胁他们还钱，所以他们杀害了二哥。但这只是猜测，法院只认证据，既然新舅妈认罪，各项证据吻合，也就只能判她一人有罪。宣判时，狼外婆极力主张死刑，她不能原谅这个女人，彩慧和杨可对这位继母也没什么好感，一致支持狼外婆。就这样，新舅妈被判了死刑，又一个孩子沦为孤儿。

二哥的葬礼上，新旧两代孤儿共聚一堂，流下了心事复杂的眼泪。纵观二哥短暂的一生，最大的成果就是制造了这些可怜的孩子，如果可以，我真想在他的墓碑上刻下"孤儿制造者"这几个字，除了这几个受尽磨难的孤儿，还有谁会为他掉一滴眼泪呢。

瞌睡司机

一、说话，吃鱼，养兔子

电视里演着《星光大道》，老毕一说话，表哥就笑。桌上的饭菜热气越来越少，我们都吃完了，只剩下姨父一个人坐在餐桌前。他身材高大，背靠着床，脚伸在桌下，完全挡住了路。他喝着自酿的杨梅酒，不紧不慢地对付桌上的残羹剩饭。大姨忙活着刷碗，数钱，不时有人来买菠萝或甘蔗。姨父挡着路，大姨只能从床上翻来翻去，去门边给人削菠萝，削甘蔗。

忙活到八九点，大姨收拾利落，坐在床上和我说话。《星光大道》结束了，表哥开始看《乡村爱情》，这群东北人不时把他逗得哈哈大笑。姨父仍旧坐在餐桌前，吃着凉透的饭菜。他慢条斯理地对付那个鱼头，吐出一根根干净的鱼刺。

我们有四五年没见了。他们一家一直在这个南方小城卖水果，那一年姨父和表哥回家，顺便也把我带过来。早上，小姨带我去找了份工作，我暂时和他们住在这个十多平方米的出租屋里。多年不见，我一下比大姨高出许多，一时不能适应。她还是那么喜欢说话，从二十年前说到现在，从北京说到上海，好像永远说不到头。

吃好了吗。她问我，有年糕你吃不。

吃饱了。我说，都快撑死了。

我做的饭好吃吧。她说，谁吃了我的饭都止不住，在北京人家当地人都来跟我请教做饭，回去一做就不是那个味道了。他们都说，那老王家女人做一碗面条都好吃得要死，到底放了什么佐料呢？我说能放什么，就油盐酱醋，该放什么放什么。你在河北吃得怎么样，我看你还是太瘦。

天天吃土豆。我说，做饭的是老板他娘，老太太不舍得放油，土豆都是熬熟的，一点味道没有，吃饭就跟吃药一样。

真是遭罪，正长身体的时候吃糠咽菜。她啧啧有声，可惜我不在家，不然肯定不会让你去那么艰苦的地方。前几年生意好，我一天也不舍得回去。你看你姨父，又睡着了。

看到我的目光集中在姨父身上，她停止了讲述。姨父手里拿着筷子，坐在餐桌前点头。他睡得不死，头垂下来又把自己惊醒，再夹点菜喝口酒，看两眼电视，不一会儿又睡过去，如此反复，直到深夜。

大姨踢了下他的凳子，要睡到床上睡去，别着了凉。

我没吃完呢，姨父嘟囔道。

都凉了还吃。大姨轻声责怪。其实这种场景已经见怪不怪了，面对我的惊奇，她才说了两句。

他就那样，大姨说，整天瞌睡得不行。在北京当司机的时候，开着车都能睡着，在盘山路上，押车的跟他聊着天，看着满山的景色，突然他就不说话了，人家回头一看，他正闭着眼睛睡觉呢。把人家吓得魂都没了，以为他不想活了，眼看着就要转弯了，押车的也不会开车，急得哇哇大叫，他又睁开眼，像没事人一样开过去。押车的吓得半死，说什么也不跟他一路了，那个老板看重你姨父实诚，说押车的无理取闹，"你说他开车睡觉，那山路七拐八弯的你们怎么还没死掉"。老板就是相信你姨父的人品，几万块钱的进货款都敢交给他。我经常泡点泡菜晒点腊味送给他们，老板娘欢喜得很。老板说什么也不相信押车的，就让他跟着你姨父，那孩子才二十来岁，每天提心吊胆带着命上路。他看得再紧都没用，你姨父一趟车最少睡个七八回。说不动老板，那孩子就来找我，说我知道你们夫妇是好人，可你家老王实在太危险了，我不是怕他掉山沟子里就是怕他撞到前面的油罐车，老王那么爱睡觉，真不适合干这个工作。我看那孩子面黄肌瘦，估计都是吓的。我给他一罐泡菜，让他多买点馒头就着吃。别人不知道，我还不知道你姨父吗，我想了想，也觉得实在太危险，就不让他干司机了。

后来干吗去了。我说。听长辈讲话，一定要表现出求知若渴的样子。

后来跟我进了服装厂。那是一家日资企业，福利待遇好得很，我干两年就当了小组长，连那个日本来的师傅都说，老王女人的手艺是大大滴好。不管什么款式的做法，我一学就会，车间主任都说，再干个两三年，就让我当线长，还给分房子。后来也是赶得寸，你哥和你姐幼儿园上完了，你哥的病又犯了，我们只好带他们从北京回来，给你哥治病把钱花光，没法带他们走了，就让他们在家上学，我和你姨父来到这儿。要不是你哥的身体不好，我怎么能不管你呢，小时候我就想把你抱回去，你爸死活不同意，你哥又那样，我的功夫全放在他身上了。

还能治好吗？我说，磊磊的脑袋，能不能做手术。

手术早做了，大姨说，基本好了，主要是摔到了脑子，脑子上的事，你想想，全世界都没有办法。

也怨我。姨父突然插话道，那天去医院看你妈，磊磊非要跟着去，我说跟着就跟着吧。他坐在自行车后座上，街上的路坑坑洼洼，人从后座上摔下来，正好摔在路牙子上。

听到自己的名字，表哥腼腆地看了我们一眼，继续看电视。他对我还不太熟悉，几天过后他就开始天天黏着我，嘴里说个不停。

要不是你哥这样，我们现在一百万也有了。大姨说，你不知道，生意好的时候，每年毛利都有十来万，有时候一天都能卖一两千,现在不行了,开奥运会,不让摆摊了,城管管不住小贩,就请黑社会。全是六安的混混,见了就砸,这一车货三四千块,砸掉半个月白干了,生意越来越不好做。那个炸香肠的老太太,一锅滚油直接被踢翻,也不怕烫着人。我们攒了点钱,想给你哥盖房子娶媳妇,当初那么多人看不起我们,我跟你姨父起了誓,一定要多挣钱,盖全村最漂亮的房子,娶个最好的媳妇。当初要不是那个龟孙欺负你姨父,我们怎么会一出门就是十年不进家。所有人都诬陷你,所有人都看不起你,好像穷人就该是坏人一样。

我知道她说的龟孙是谁,那时候我还小,这么大的事情还是听说过。表哥出事以后,他们四处求医,花钱如流水。后来,邻居家的牛被偷了,找了很久找不到,他们都怀疑是姨父干的,这时候也只是怀疑,谁也没有证据。后来说是姨父的父亲透漏给自己的姘头,告诉她就是姨父干的。那位姘头和被偷人家的其中一位弟弟又是姘头,于是话就传了出来。被偷的这家集齐四兄弟一起来讨伐姨父,把他打得很惨。姨父只有两兄弟,另一个龟缩在家不敢出门,为此大姨永远记恨他。

他们把姨父打得死去活来,送到派出所,让他招供。姨父一口咬定没有这回事,警察没有证据,只好把他放了。但是村里已经议论开了,都说你亲爹亲口说的还能有假,想不到表面忠厚的人私下竟然干出这种事。姨父不堪忍受村人的指点,携家带口去了北京,一去十年,时间果然是治愈万物的良药，他们再回来，已经没人再提这件事，除了当事人还心存芥蒂，暗暗较劲。

那个龟孙自己就是骗子还诬陷别人是小偷，大姨说，他在广州坑蒙拐骗，光大牢几进几出了，在号子里可没少被人打，这就是报应。还有他爷爷，喝两滴猫尿就胡说八道，有两个钱就乱搞男女关系，这种人咋不去死呢。

又说到哪去了。姨父小声抗议。他喝了口酒，把鱼头翻了个个。

你学习那么好，咋不上学了。大姨问我。

我把自己的情况告诉她。她叹口气说，当初你要是在我身边就好了，你姐考上了外语学院，怎么也不愿意上，你要在可以顶替她去。娘哩个×，那妮子死活不听话，还以为谁都有这好机会呢。

能顶替吗，我说，她是女的我是男的。

咋不能，她说，反正你的名字也像个妮儿，大不了改性别么。

怎么改？我吓了一跳。

在学生证上把女字划掉改成男不就完了吗。她说，现在说啥也没用了，通知书都失效了，你姐也跑得没影了。×他娘她就鬼迷了心窍了，那个死孩子把她的魂都哄走了。

她怎么了？我以为她被拐卖了，但没有这样说。

和花尾跑了。

花尾？

那孩子的名字。长得跟你姨父一样壮，在市场卖海鲜。我不是不同意他们俩，我是不同意他爹。你知道他们一家是怎么跑出来的吗，花尾他爹是支书，贪污了国家的钱，还睡了人家媳妇，国家要抓他，人家要杀他，实在没办法了一家人才跑出来。贪污来的钱也没落手里，在家里楼房盖了个半岔子，被充公了。那个鬼老头，他娘的不是货，跑到这了还不正经，整天在市场里和人打情骂俏，就和磊磊他爷一样不正经，你说我能把闺女嫁到他家吗。

又说到哪去了。姨父抗议道，他不是在吃饭就是在睡觉，不是在睡觉就是在看电视，但他总能听到谈话中对他父亲的指责，并顺便微弱地抗议。

有个坏爹还不让说了，大姨说，他怎么那么宝贝啊。我就是吃这上面的亏一辈子低着头做人，难道还要让我闺女重蹈覆辙吗。这可是我牺牲一辈子换来的教训，光男人好不行，爹坏一样完蛋。花尾是不错，要人有人要个有个，还知道尊敬老人，但缺点也是这个，现在想想就跟你一样，你们就是太尊重老人了，白长那么大个子。我说花尾，你要和菁菁好也行，但要和你爹断绝关系。他腾一下站起来走了，从此再也不登我的门槛，害得菁菁埋怨我，说我棒打鸳鸯。我说你们要真是鸳鸯能打开吗，他为了那个死爹可以得罪丈母娘，你还说你们是鸳鸯。她从此就生我的气了，学也不好好上了，她英语那么好，书一大堆，什么复读机随身听要什么有什么，可她就是不学了。天天背着我跟花尾出去玩，从我这里要不到钱就跟磊磊要。那时候生意好，天天光零钱就有几百块，根本没有数，她让磊磊偷着给她拿。这也是个吃里扒外的东西（她剜了一眼磊磊，他不为所动，继续看电视），天天好吃好喝招待着，为了你们累死累活，到头来没一个听话的。

菁菁，我那么疼她，她就这么对我，我们日子再穷，也从来没让她受过一天苦。在北京上幼儿园的时候，人家城里小孩穿什么让她穿什么，那个什么巧克力，苦不拉几的，她爱吃再贵也给她买。后来在你姥姥家上中学，人家一个月生活费一百，她一个月四五百都不够花，也不知道她都干什么了。

她照相。我说，有男的有女的，她跟很多人照相，她有好几本相册。她老和一个叫娥子的女孩玩，带她到姥姥家吃饭。（我感觉自己是个叛徒，菁菁老给我买东西吃，我却在背后说她的坏话。）

那个娥子，她还带她来这玩过，路费什么的全是我们出，在这住了十多天，花了一千多块，开学又回去上高中去了。

瞎花钱！我有点愤愤不平。

花钱也就算了，听话也好啊。大姨说，上学那么好，说不上就不上了，连声招呼都不打。那天我看着她就不对劲，我说磊爸你回去看看，菁菁估计有什么问题。你姨父死活不动，那天是八月十五，生意忙得很，我们为了赚那点钱，连闺女走了都不知道。走之前她做了一桌饭菜，都盖得好好的。她去市场里跟你姨父说，我把饭做好了爸，你们回去就可以吃了，我晚上和同学看烟花去。她没有和我说话，那时候正和我怄气。我当时有点奇怪，她因为花尾的事多少天没做过饭了，怎么突然给我们做节日饭呢。我有点怀疑，看到花尾和他那个死爹还在卖海鲜，也就没有太往心里去。谁知道这家人早就商量好了呢。娘哩个×，他们还会使障眼法呢，一边在那卖着海鲜，一边计划着把我闺女拐跑。实际上他们早就买好车票了，我们卖水果平常都是九点收摊，他们海鲜七点收，就这两个小时，他们跑得无影无踪。

我们回到家，看着满桌饭菜，谁还吃得下呢。那么多菜，都是我手把手教会她的。那个死妮子平常不喜欢干活，干起来也是有板有眼，眼尖手快，教什么说一遍就会了。我们刚来的时候在市场卖菜，她和磊磊见我和你姨父累得腰都直不起来，就用小车装着成把的青菜在村口卖，人家看他们小，觉得他们可爱，都来买。那时候菁菁才八九岁，她把卖的钱交给我，坐在地上和我一起数成堆的零钱。她仰着头喊爸，又歪着头叫妈，说你们看我也能挣钱了，将来我长大了挣多多的钱，你们就不用起那么早了。我说×恁娘，就你能哩很……

她哭了，我不知道该怎么安慰她才好。姨父吃完鱼头，又给自己倒了半杯酒。《乡村爱情》结束了，磊磊看起《农业与科技》。他一直很关注这方面的消息，他想养兔子，在月亮上。他觉得月亮是兔子喜欢的地方。

二、说话，看片，喂孩子

过了三年，我从北京去象山看望奶奶，顺道坐两个小时的车来看大姨。两年不见，我从西客站出来，分不清东南西北，一时不知道自己身在何处，只好打车回去。走了一段看到那座桥才想起这条路。2008年一整年，我每天骑车上班都会路过这座桥、路过西客站，车站对面的百乐门拆掉了，我失去了参照物。这座桥还能一眼认出，桥下的小吃摊没有了，留下的痕迹还在，石柱上有红油漆写的"水煎包、胡辣汤"，用来住人的窝棚已经不复存在。每天早上，我睡眼惺忪地骑车从这里经过，停下来吃几个水煎包，喝一碗胡辣汤。有一天，一个男人站在桥上，犹豫着要不要跳下去，后来警察赶到，把他抓走了。

磊磊有了儿子，每年都是大姨给我压岁钱，现在终于有了晚辈，可以回报给她。我们在家里看电视，等着大姨和姨父回来。知道我来了，大姨八点钟就回来了，她带回来一条鱼，开始做饭。我这位新晋表嫂坐在床上嗑着瓜子，看着电视，孩子哭了就掀开衣服喂喂奶。大姨很喜欢这个宝贝孙子，做饭的空隙连忙擦擦手，抱一会儿孩子，再把他放床上继续做饭。

磊磊把电视永远锁定在央视三套，拥挤的屋子里始终洋溢着载歌载舞的欢乐氛围。吃完饭，磊磊和表嫂回不远处的出租屋安顿孩子，大姨终于可以坐下来和我说说话。饭桌前依旧坐着姨父，他边看电视，边吃东西，边睡觉。我给自己倒了杯杨梅酒，他不喝了，他说自己腰疼，不敢再喝酒了。

你觉得你嫂子怎么样？大姨问我。

挺好的，又高又胖，身体好，看起来很能干活。

干活？大姨嘴都快咧到天上去了，如果睡觉也算干活还差不多。什么都不干，就这样，每天不管我和你姨父卖货回来多晚，她都坐床上等着。我就是十二点回来，还要做饭给他们吃。磊磊长这么大没干过活，为了给她买个手机，去冷冻厂干了一个多月，挣三千多块钱全给她了，我一分钱也没见着。你说这都是什么孩子，我清养了一帮白眼狼。他听她的话听得很，真是娶了媳妇就忘了娘。你知道我娶这一个媳妇花了多少——

七八——十来万？我猜了一个最高数。

翻个倍还差不多，大姨压低了声音，好像说什么机密大事，依我看还得再翻个倍，光盖房子就花了二十五万，彩礼一把给了十六万，再加上置办酒席，零打碎敲，花了差不多五十万。我跟你姨父攒了半辈子的积蓄就像一滴眼泪落到热锅里，滋啦一声就干了。

盖房子干什么，又没时间住。我对这种互相攀比的奇怪心理最为痛恨，想普及给大姨点实用的知识，有二十多万还不如做个生意，钱生钱利滚利，比如说开个水果店，盖上房子又没人住，放在老家一年比一年旧，二十多万天天遭受风吹雨打，过不多久就破败了。

不盖房子怎么行。大姨说，人家都盖楼，你不盖，谁愿意把闺女嫁给你，赶上你哥又那样，我要不是这一座气派的房子震住他们，彩礼上他们还想往多了要呢。人家盖房都是十来万，娶媳妇花五六万，二十多万足够了，我们要多花一倍。不过钱花出去就值，你看谁不夸我的房子气派，在全村我的房子第一好。你嫂子虽然彩礼要的多一些，跟那些小媳妇站一起一下就显出来了，有几个人有她高有她胖，生小孩也快，结婚没几个月就怀孕了，头一胎就是个大胖小子，把我欢喜的，虽然我知道后面有得慌（方言，打拼的意思）了，可人不就活个儿孙满堂吗。总算把儿子的终身大事办了，下面又得为孙子慌，我和你姨父注定一辈子劳碌命。现在生意不好做了，连市场里都不让摆摊，我只好趁管理员不在的时候摆两个小时，晚上再去长丰桥、毛家跑着卖卖。每天早上起来卖菜，四五点就得去市场拿货，晚上回来还得给他们做饭，收拾小孩睡觉，要不然你姨父咋能上厕所的时间都能睡着。屙着屙着屎一下靠墙上了，身上粘的全是吐沫和尿——

又说到哪去了，我正吃饭呢。姨父抗议道。

我们娘俩说话碍你啥事了，你吃你的不就完了。大姨不理他，继续说，生意那么难做，大家都和和气气也好，你说出门在外，兄弟伙的不团结谁还和你团结，他偏不。你四舅和我们打几架了，你四妗子见了我就骂。

为啥？

你来的时候不是见么，老四在路口租了间小门面，他在屋里卖，不让我在市场卖，说我挡在他前面，把生意都抢了。我说老四你说这话凭良心不，这么大的市场就让你一家卖，当初是谁把你带来的，谁领着你去上货带着你去抢地盘。后来老五也来了，把他连襟、他连襟把自己的连襟都带来，生意好的时候一条街上六七家水果摊，谁抢谁的生意呢，有钱大家一起赚。后来搞奥运，生意不好了，人家那几家主动不干了，一个个去找活，你不喜欢上班，那咱们一起卖。做生意不就讲个勤快吗。你睡到日头出才推车出来，还说我抢你的生意，你用七两秤给人找假钱还怪我抢你的生意。我的客户都是老客户，就是不在我这买也不会去找你，你一个赌鬼人家敢信你吗。后来老四到处找人借钱，找了我几次我不借给他，十多年前借我八百块钱一直不吭声，我还能再借给他吗。后来狗急了跳墙，又找你借，竟然连个小孩都不放过。

也是我害了大姨，我想，四舅找我借钱的时候我告诉他我的钱都在大姨保管着，让他找大姨要，大姨当然不给，这就激化了矛盾。

我不给他，他骂我，那是你的钱吗。我说不是我的，我替孩子保管着，能随便给你吗。你说你借钱干什么，你要是花在正道上能不借给你吗。他说我编排他，说我到处卖他的赖。那天在市场里，一个老太太从他摊前过来，要买芦柑，问我多少钱，我说都是三块钱，老太太买了一袋还没走。他跑到这边骂我，说我乱降价跟他抢生意，我说大家都卖三块你卖三块五，拿货一块八，就这一转手你就加那么多，你把顾客当傻子，人家能买你的吗。他一蹦三尺高，指着我的鼻子骂，说我卖他的赖。他把我的芦柑箱子扔到马路上，那么好的芦柑全都被车压坏，路上稀糊糊的一片，有个骑自行车的一下子就摔倒了。你说他要是摔到卡车轮子底下出了人命谁负责。就那样，扔了我的芦柑还骂，你嫂子挺着个大肚子，说四舅别吵了，被人家看笑话，他照脸扇了她两个耳光，说大人的事有你说话的份吗。磊磊在一边不愿意了，从地上搬起个大石头要去砸他，我死活拉着不让，说那是你舅你把他砸坏了怎么办。他一点情不领，跑到这边把磊磊手里的石头打掉，又扇了他两巴掌。

他才厉害！我听了愤愤不平，虽然四舅对我也很好，但我还是向着大姨的，不会让花尾来和他打吗，他长那么大个子不打架干吗。

后来花尾和菁菁来了，去跟他说了一回。他把他们骂了出来。花尾前脚刚走，他又来劲了，那天磊磊在村口卖，他跑来骂磊磊，不让他卖。磊磊来找你姨父，他和你姨父吵了一架，把两个电子秤扔河沟子里了，后来你姨父又下河去捞。

真是一点理不讲。我不知道该怎么说才好，毕竟这种问题我也没法解决。

现在你四妗子见我还骂，我也不理她，骂我累的是她的嘴，我又不少一块肉。这两天听说你要来，她也不骂了，看来还知道要点老脸。

磊磊走进来，说小孩要睡觉了，让大姨去给包一下。为防小孩尿床，通常要把他们包在尿片里，这是一项技术活，如今的年轻人不太好掌握。大姨去了，姨父也终于吃完了饭，不洗脚也不刷牙，和衣躺被子里睡了。磊磊坐在我对面，也不怎么说话。我告诉他我在北京住的地方离老毕录《星光大道》的地方不远，如果你来我们可以去看《星光大道》。一听到老毕他就开心起来，说现在大家都叫他毕姥爷，我说是。我们说完了老毕，就没什么可说的了。

我想了一会儿，又跟他说起李咏，问他李咏还砸金蛋吗。还在砸，他说，昨天有人砸了个电动车。我问他还给李咏发短信吗，他说手机没费了，李咏老砸不上自己，也不想发了。后来我们又聊了会儿王小丫和董卿，他对这些人不太感兴趣，就没再说别的了。两年不见，他跟我有点生疏。2008年一整年，我们天天一起吃饭，看鬼片，给李咏发短信。现在他突然结了婚，开始为人父为人夫，不知道他能不能适应。

姨父打起呼噜，磊磊不得不把电视声音调大一点。我问他还有鬼片吗，他说最近不喜欢看鬼片，喜欢看舞曲。其实他一直喜欢舞曲，手机里永远都是迪斯科音乐。我对这些舞曲倒是没有太大兴趣，他要放的时候我拦住了他，说晚上搞出那么大动静不太好。他停下来，习惯性地翻找碟片，后来他拿出一张碟，说这个不错，你看不看。我接过来，是成人版的《西游记》。

黄色《西游记》。他说，可逗了，孙悟空用老二当金箍棒。他把碟片放进去，封套留在桌子上，我看到上面写着：孙悟空棒打白骨精，老唐僧魂断女儿国。想不到这群拍三级片的还挺有文化。等电影开始，我才知道根本不是三级片，就是一个粗制滥造的A片，屏幕里的人物穿戴着粗糙的道具，在简陋的屋子里交合。只有孙悟空的生殖器花了些心思，上面套了一个长筒，描画成金箍棒的模样，在各个阴道里乱戳一通。姨父被屋里的莺声浪语吵醒了，歪着头不声不响地和我们一起看。这让我想起几年前，磊磊买了一堆毛片，全部被他扔进河里。现在他倒是愿意和儿子一起欣赏这种艺术了。正看着，大姨回来了。她没有大惊小怪，在农村，人们一向笃信印刷品，认为有人制作就一定是有说法的。

你们爷仁怎么看起来黄色片了。她笑道，这是谁买的。

还能有谁，磊磊呗。姨父赶紧和自己撇清关系，现在我看这种片子一点反应都没有，就是给我个光屁股美女也没什么反应，除了挣钱，我什么都没有心思干了。

胡说八道什么，赶紧关了睡觉吧。大姨笑骂道。

磊磊关了电视。我们一起走出去，街道昏暗，到处是矮小的出租屋，本地人的楼房如同被蚁群哄抬的巨象矗立在夜色中。我答应明天到网吧，给他的手机下点新舞曲。磊磊很高兴，他告诉我，以前那个网吧不在了，现在又开了一家小的。我说好，明天你带我去。

三、说话，吃饭，睡觉

不觉又三年。

没有客人的晚上，屋里只有电视声和儿童的吵闹声。磊磊又添了一个儿子，他们花钱办了准生证和户口，这个孩子有了合法的身份。大的三岁了，开始上幼儿园，小的和母亲坐在被窝里，想吃奶就哭两声。

大姨的头发白了一半，在狭窄的屋子里忙得团团转，家里的房子有三百多平，她已经三年没回去看过了。姨父似乎更加嗜睡，在饭桌前都能打起呼噜。他庞大的身躯与响亮的呼噜不免影响到家人看电视。大家对他这一恶习颇有微词，一催他上床他又会瞪大眼睛，努力看几眼电视。大家只好放过他，最好准备迎接再度响起的呼噜。

表嫂前段时间考了驾照，虽然还没有车，这正是他们下一阶段的奋斗目标。这个粗大的女人在整个家庭受到女王一般的待遇，家人总是无条件满足她的愿望。大姨和姨父只是负责挣钱，从不消费。当然，除了挣钱他们也没有时间干别的。过了午夜，姨父终于抵挡不住睡意乖乖上床睡觉，为又一个漫长而繁忙的白天补充体力。

法外之徒

一听到OK，就有坏事发生。

——我奶奶

我的叔叔敖凯连汉字都不识几个，却有一个英文名字，人们都叫他OK，我叫他K叔。他比我大十岁，说起来还是个80后。他是我最小的叔叔，也是我们家最不让人省心的一员，不管对长辈晚辈都是如此，经常把晚辈逗哭，把长辈气炸，把平辈打趴下。现在说起爷爷的死，奶奶还是要归咎到他头上，说都是他给气的。有时候，他是整个家族的麻烦，比如说在外面打坏了人，因为犯罪锒铛入狱，或者大手大脚花得身无分文，连妻儿都养活不起；有时候，他又是大家的救星，当家族成员脸面受辱、与人冲突时，他又会第一个冲上去，用拳头讨回应有的尊严和利益。

我们可以说是一起长大的，他十岁的时候我出生，因为长得高大，他十四岁就出门打工了。他不算是一个合格的打工者，总是心系家乡，有事没事回来看看。我奶奶有一个专门的词骂他：不长远。小时候，我总盼着他隔三岔五回来一趟，给我点零钱花花，帮我打几个人。后来长大一些，我开始捡他的旧衣服穿，用他的发胶，跟在他屁股后面晃荡。这一点他倒像一个兄长，虽谈不上无微不至，关键时刻也指得上。

五年级时，我被人打了，实在气愤不过，就告诉了他。他跟我到学校，把那个刺头叫到厕所，一脚踹倒在小便池里。刺头就是比一般人硬些，K叔让他给我道歉，打了半天都没能如愿。K叔有点下不来台，心想他一走刺头又找我麻烦该如何是好。没办法，他只好把刺头摁进粪坑，问他是吃屎还是道歉。刺头最终道了歉，保证不再动我一根寒毛。在场的同学心有余悸，纷纷说K叔太狠了，同时也对我这种行为表示鄙视，小孩子之间的事竟然搬大人出来（他们用的词是社会青年），实在是不厚道。说得我无地自容，之前我也挨过打，多半不了了之，这次实在是咽不下这口气。那个刺头当着全班同学的面在自习课上打了我一个耳光。因为对方块头太大，我没有反击的勇气，连骂一声都不敢。还是我的同桌、同时也是我暗恋已久的女生替我打抱不平，大声质问他，欺负比你个小的算什么本事。要是没人在场，他打十巴掌我也认了，但在喜欢的女孩面前，半巴掌都是耻辱。在那样的时候，我只能庆幸有K叔这样的家人。当然，古话说得好，授人以鱼不如授人以渔，K叔也不是生来就这么强悍，他也曾无端受过胯下之辱，那是我们家永久的伤疤，直到现在奶奶提起来还是义愤填膺。

当时我大约五六岁，虽然年纪不大，对那场家族大战还是有些印象。那一年我爹因为贩卖黄书进了监狱，同时我一个同宗的伯父因为善于打击孕妇，荣升为本埠的计划生育专干。他对女人干过最多的事情就是胁迫她们结扎和流产，人们形象地称他为"送子观音"。他凭借这一手绝活年纪轻轻就在乡村官场混出了名堂，正是意气风发的时候，觉得自己就是正义的化身、国家的栋梁，对于我爹这种贩卖淫秽制品、影响国家形象的劳教分子自然是一百个看不上了。

K叔那时已经出去打工两年，因为年岁小老往家里跑，挣的钱花完了他就干几天老本行，推着车子卖卖冰棍什么的。那时正是秋天，他改卖麻糖，从送子爷门前经过，有个邻居叫住他，买了点麻糖。他做完这笔生意，正准备盖上木箱，送子爷从屋里走出来，拿了一根麻糖吃。K叔问他买不买，他说我想买本黄书，你有吗。

我只卖麻糖。K叔说。那几天我爹入狱的消息刚刚传来，K叔知道他在拿这事取笑。本来K叔还算有点幽默感，因为奶奶老在家里哭，花又丢下孩子跑得无踪无影，K叔不免有些反感提到这茬。说话的空当，送子爷又拿了一根麻糖，还邀请门前闲聊的邻居一块吃，因为没有付钱，连最爱占便宜的兰婶都拒绝了这个诱人的邀请。送子爷只好自己吃掉,麻糖又酥又甜,吃起来很是诱人。他大口咀嚼,一只手接着残渣。不吃白不吃,他说,像他们这种人家搁以前就是走资派,不好好种地,就知道投机倒把,卖这种可有可无的玩意。

K叔有点生气,砰一声盖上木箱,问他,你到底买不买。

不买。

不买你吃我的麻糖。K叔说,你吃了两根,给我四毛钱。

你跟我要钱?送子爷喝道,你哥都坐牢了你还敢跟我要钱。他把没有吃完的麻糖扔在K叔脸上,给,还你的麻糖。

K叔还没骂出声来就挨了几个耳光,他来不及扶住车子,木箱摔在地上,麻糖碎了一地。K叔骂出声来,不顾碎在地上的麻糖,径直扑向送子爷。他还是个少年,比不上送子爷这种三十来岁的壮汉。用他的话说,那一次他被送子爷打了个落花流水,根本没有还手的余地。送子爷打够了,最后一脚把他踹进门前的粪池。关于那个粪池,我奶奶有话要说,火箭(送子爷的常规绰号)不光养牛,还喂猪,粪池里一直满满当当,稀糊糊,臭烘烘,跟泄了气的稀饭似的。人家嫌臭都不这样沤肥,就他这样干,每天还在门前吃饭,你说这种在粪汤前都能吃下饭的人还有什么干不出来。现在他养猪,把屎都变成沼气做饭,也不知道是怎么做出来的,想想都恶心。我宁愿不吃都不这样干。他们家的猪可能拉了,屎尿排到鱼塘里,除了泥巴狗(泥鳅)所有鱼都活不成。后来他放了点鲇鱼进去，长得可大了，白送我都不吃，在粪汤里沤大的。臭气熏天的，打那路过我都想吐，夏天有时候风大，坐在咱家门前都能闻到。

奶奶说什么都絮絮叨叨，没有重点，说到哪算哪，上面这段话是我归纳的，总结起来不难看出，我奶奶虽然穷，但很爱干净。送子爷虽然富，却不太讲究，或许这就是他致富的原因。粪池越臭，说明牲口越健康。置身于送子爷家肥沃的粪池里，K叔变成了一个屎人。面对渐渐聚拢的邻居，年轻人应有的骄傲被瓦解殆尽。透过浓烈的臭味和人群，他看到有几个孩子在抢吃土中的麻糖，看热闹的妇人站成一排，以便遮住他的视线。K叔想从粪池里爬上来，被送子爷用一根竹竿捣下去。

你先待着，听我说。送子爷把竹竿抵在K叔身上，像个驯兽师，知道我为什么打你不？因为你哥！我刚当上国家干部，他就进了国家的监狱，给咱姓郑的脸上抹黑，给我添晦气。我要不教训教训你，能对得起国家吗。

送子爷在粪池里教训K叔，引得大家争相观看。我们两家住得不远，也就百十米路，当时三叔正在院里看武侠小说，一听说这事，立马差二婶去找二叔，他抄起一把铁锹跑过去。人们纷纷给他让路，好让他加入战团，三叔读书还行，打架没什么经验，几个回合就被夺了武器。这时候送子爷的三个弟兄也赶来了，三人一起围殴三叔。送子爷站在一旁照看K叔，让他老实待在粪坑里。

三叔一边挨打一边生气，埋怨二叔还不来。最后二叔总算来了，原来二婶怕他打架，根本没有去找他，还是看热闹的人惊动了他。他飞奔而来，奶奶在后面追着，叫他不要打架。一看到二哥K叔就兴奋起来，他抓起一块半干不湿的粪便，扔到送子爷脑门上。送子爷猝不及防，满脸是屎，恶心得睁不开眼睛。二叔跑到跟前，一脚踹在他肚子上，让他好一会儿直不起腰。K叔突然开窍，利用满坑的生化武器，配合二叔去解救三叔。送子爷辛勤积攒的肥料源源不断地洒向大地，二叔在屎林尿雨中挥拳奋战。

虽然二人战术新奇，配合默契，无奈还是寡不敌众，送子爷四兄弟齐聚，除了老四个头小（但下手狠），其余全是大块头。二叔再厉害也只能对付一个半，K叔的臭气弹只能起到扰乱视听的作用，还往往伤及无辜，白白触怒围观群众。臭气在空中弥漫，两大家族浴粪而战。现在说起来三叔还埋怨奶奶，她怕打坏了人家，就牢牢抱住自己的儿子让人家打。起初她抱的是二叔，无奈二叔力气太大，打起架来不管不顾，一挥拳就把她打倒了。没办法，她只好去抱三叔。三叔本来就不会打架，又被她死死抱住，对面的小个老四不断飞身踹他。不管他怎么挣扎，奶奶就是不撒手，还喊着不要打了不要打了。拳脚无眼，混战中奶奶也没少中招。

二叔和对面老二平日里交好，两人互相不打。对面老二几乎没有动手，只有当二叔占了上风，才会去拉一下偏架。二叔一个人对抗送子爷和他家老三。老三长得壮实，像个铁塔一样屹立不倒。其实他也是个好人，只是年轻，一打架就红眼。知道老三难搞，二叔锁死送子爷，一个劲儿往他身上招呼。送子爷招架不住喊兄弟们帮忙，老二顶多拉二叔一下，喊了半天，老四终于肯丢下三叔，转身去帮大哥。那场大战止步于他这一次转身，他抄起地上的铁锹，把二叔打昏了。见有人倒地，大家都愣住了。奶奶扑到二叔身上，边哭边为他叫魂。过了一会儿二叔悠悠醒来，一跃而起，还想继续投入战斗。无奈人家兄弟已经尽兴而归，到送子爷院里擦拭身上的粪便去了。

K叔终于得以从粪池里爬出来，那天我们一行人就这么奇奇怪怪地往家走。因为挨打太多，三叔和二叔走起路来不太稳当，他们不甘心就这么回去，挣扎着想回去再比画一下。奶奶死死拉住他们，把他们往家里拽。我记忆最深的就是，在回家的路上，我们踩到了牛粪。路那么宽，我们刚刚从粪坑逃脱，偏偏又踩上了牛粪。

受到这般奇耻大辱，K叔并没有因此消沉。这事过去短短三四年时间，他就一战成名，迅速赢得了所有人的敬畏。

因为常年在家不务正业，他结交了一帮志同道合的狐朋狗友，以大队支书的儿子王刚为首，号称蔡州十三条龙。他们歃血为盟，结为兄弟，四处偷鸡摸狗，花天酒地，干点为害乡里的坏事。有一天，几个人在村头杂货店喝酒，中途起了口角，K叔砸烂一个酒瓶，把尖利的豁口扎进王刚的手臂。王刚的胳膊血流如注，一条筋被扎断了。当时没人意识到问题的严重性，第一反应不是救人而是打架，十三条龙中比较亲王刚的几位合起来打K叔。K叔喝醉了，被打倒在地。二叔从隔壁的赌桌上过来，轻易搞定了几个醉鬼。期间王刚靠在墙上流血，无人理会。

见了红，事情传得很快，大家互相招呼着去村头看打架。我和几个小伙伴蹦蹦跳跳地跑去看，路上遇到背柴回家的奶奶。奶奶问我们干什么那么着急忙慌，我说去看打架。奶奶骂了一句，打架有什么好看的。她天生不是一个爱看热闹的人，背着柴火回家做饭去了。估计什么人告诉了她，不一会儿她又追上来，那是我见她跑得最快的一次。我说你也想去看打架吗，她没有理我，姿势难看地一溜烟跑前面去了。

第二天，K叔的传说开始在各个场合以不同版本流传，事实只有一个，K叔捅了支书的儿子，说得精彩与否，就要看传闲话的本领了。大家比较在意的是支书儿子这一个点，如果K叔扎的是别人，恐怕就没有这番效果了。毕竟，支书是乡间最大的官，是有权有势有面子的象征。K叔的行为有点挑战强权的意思，虽然他也只是脑子一热，很快就后悔不迭。

俗话说好事不出门坏事传千里，K叔对他瞬间暴涨的恶名还算有点欣喜，奶奶则惶惶不可终日，担心K叔还没找到对象就恶名在外，以后谁还愿意给他说媳妇。为此，她和爷爷一起编了个谎，说人是二叔捅的，K叔当时喝醉了什么都不知道。警察来抓人的时候也是让二叔去的，支书说不对，你小儿子干的事怎么让二儿子顶替。奶奶跪在支书面前，求他网开一面，承诺负责所有医药费，只求他不要把K叔的名声搞臭。支书同意了，天天带着各种单据来找爷爷要钱。爷爷卖掉养了十多年的牛和羊，四处筹借，花光积蓄了结了这件事。

一个多月后，王刚出院，胳膊上留下一条大约五公分的伤疤。一年之后爷爷去世，留下两张恐怖的X光片。他死得非常突然，中午吃完饭，他站起来差点摔倒，连忙扶住墙叫奶奶。奶奶把他扶到床上，他昏迷过去。奶奶让我去找二叔回来，送爷爷去了医院。我去上学，晚上回到家，爷爷已经不在了。他是脑出血死掉的，遗体摆在家里，奶奶为他擦脸的时候，我看到他脸上都是淤青。在医院照的X光片，被奶奶遗忘在角落里，我不知道那是什么，常常拿出来玩。对着阳光，白色的头颅上有好几道裂缝，像是藏着一些再也不能抹去的伤痛。

奶奶一直埋怨K叔，说爷爷的死都是他害的。出事那段时间，他们整天寝食难安，支书常常半夜敲门，把爷爷吓出一身冷汗。他披着衣服，在手电的照耀下给支书数钱。

本来就是一个胆小的人,奶奶说,一辈子没有跟人急过眼。结婚三十多年,他连句脏话都没说过,我脾气差,一骂他他就笑,搞得我也不好意思骂了。要不是养了这么一帮不争气的孩子,他咋会那么早就走了呢……

爷爷的口碑确实好,连花都怀念他是个好人。他规矩得好像不是个农民,生长在这块土地上,为了保险起见,起码得掌握一两句脏话以备不时之需,他从来没有,对谁都是一副憨厚的笑脸。印象中他总是扛着铁锹,把沿路的野屎铲到树下埋起来,把田间堵塞的排水沟重新挖开,随手垫一垫路上不起眼的小水坑。他不赌博不喝酒,在各种重大的场合很难看到他的身影,只有在自己的葬礼上,才算真正做了一回主角。大部分时间他都是站在角落里,面带温良的笑容注视一切。不知为何,他这么老实,四个儿子却个个都是酒肉之徒,连孙子也算上,我们一个个嗜赌成性,好像没有遗传到他半点优良美德。说起爷爷,K叔还有些不好意思,他说起小时候,人家都在打牌,唯独爷爷煮几个鸡蛋跑去卖,卖的那点钱还不够丢人的。"胡莱输了钱,吃他的鸡蛋不给钱,他也不吭声。去年我在打牌,胡莱在边上瞎说,我站起来就是一巴掌,老家伙立马闭嘴一个屁也不敢放了。"

就你厉害。一般这时候奶奶都会责怪他,打人家老年人光荣吗,你厉害能厉害一辈子吗。胡莱以前不比你厉害,看看现在。你爸一辈子谁也不惹,人家会无缘无故打他吗。

咋没有,连街上卖烧饼的烧不熟都敢打他,你当我不记得吗。K叔说着激动起来,小时候我们跟他去赶集,他笨唧唧的一个趔趄,把烧不熟的一摞烧饼碰到地上。烧不熟让他把脏了的都买了。他不买,烧不熟就打他,后来卖肉的杀不净也来了,两兄弟一起打他。你问老三,他连手都不敢还。我们两个就站在那看他挨打,我要是再大几岁——像老三那么大——早就上了。后来老三的同学路过,问他挨打的那个是你爸吗。我说不是。

我不上?三叔反驳道,他们两兄弟都有刀,我当时十二三岁能打得过吗。

不上就对了。奶奶说,伸手不打笑脸人,他们打一会儿看你不还手自然就不打了,挨几巴掌能少块肉吗。

你不懂,K叔嫌弃地说,这是面子问题。

面子有什么用,能做面条吗。

跟你说你也不懂。一旦对话陷入死胡同,K叔就扔出这句结束语,急吼吼地甩门而去。兜里有钱的时候,他很少在家,连吃饭都是急匆匆的。等到钱花完了,他就蔫头耷尾的,整天蒙头睡觉,连饭也不吃了。他想着法跟奶奶要钱,要不来就怄气,把家里的氛围搞坏。爷爷有句话形容他:有钱是个英雄汉,没钱是根软面条。爷爷的文采不是太好,没有押上韵,要是综合后面发生的事,他倒可以说一句顺溜点的。那天下着雨,我们待在厨房里,奶奶擀面条,爷爷烧火。K叔缠了好几天没要到钱,睡在床上不起来。奶奶盘算着要不要做他的饭,我自告奋勇去问他。我跑到他屋里,揪了揪他的被子，问他吃饭不。滚！他喝道，把自己裹得更严实了。我回去报告奶奶，大家决定不做他的饭了。没想到奶奶刚擀好面条他就进来了。奶奶笑着说你刚刚不起来，这回没你的饭吃。

吃什么饭！他端起放面条的锅盖往外走，奶奶跑去阻拦，被他一把推倒在柴堆上。他走进下着雨的院子，把面条倒在樱桃树下的水沟里。那棵樱桃树还是他儿时偷来的树种，长得非常茂盛，一到春天就硕果累累。

他把锅盖扔到地上，冲奶奶喊，给我钱！大概也意识到自己的无理，他把目光移向别处，要钱的决心却很坚定。奶奶又开始喋喋不休地跟他算账：今年你出去四个月，挣回来一千二百块钱，两百块买化肥，一百八十块给你的新房子油漆大门，这就三百八了，剩下的八百二第一次给你三百，第二次……算到最后，算出K叔挣的钱还剩下十二块。奶奶掏出贴身装着的塑料袋，打开一层又一层的包裹，从里面数出十二块扔在地上。K叔没有弯腰去捡，趁奶奶不备一把抢过她手里的塑料袋夺门而去。

看到他这种行为，一直默默烧火的爷爷终于压不住火气，苦笑着骂了句王八蛋。难得听到爷爷骂人，我真想告诉他，那句顺口溜或许可以这样编：有钱是个英雄汉，没钱是个王八蛋。估计爷爷不会同意，他骂人恐怕连自己都有点意外，这次K叔实在是过分得有点不像话，他一下子不知道如何是好才骂了句。后来奶奶说了一句话我们都笑了，她对爷爷说，别跟那个坏种生气，塑料袋里的钱还没有地上多呢，最多也就七八块，还都是毛票，他看着挺多，等出去就该后悔了。

年轻时候的K叔经常为钱烦恼，等再大一点，就该为媳妇操心了。爷爷去世后，K叔一直没有找到对象，奶奶每参加一次婚礼就会失眠一次。她担心自己一个人没办法负担K叔的婚事。她总跟我说，你K叔都二十三岁了，还没有人说媒，你说我能不愁吗。她从K叔二十三岁开始，一直提心吊胆到二十七。K叔也不好好挣钱，因为扎了王刚，他从此化身为一条汉子，被村里的混子老大吸收，一起在广州不务正业。三叔让他在广州卖书，他不认识字，只能记封面，比如说红色的那本多少钱，粉红的那本又多少钱，还有淡红朱红等等，他记得很吃力，卖得也很差劲，只几天就不干了。他无所事事，整日在街头游荡。后来他遇到青龙，作为拜过把子的兄弟，青龙在广州混得风生水起，手底下二三十弟兄，每天过着灯红酒绿的生活。K叔毫不迟疑地加入他们，开始了打打杀杀的街头生涯。

他们的主要业务是在夜总会和地下赌场看场子，副业是承接各种帮人打架报仇的活计，有时候也玩玩飞车党，到街上抢点手提包金项链什么的。这是他跟我们说的，具体怎么样我们谁也没有见过，光是听都让奶奶惊叫连连，夜不能寐。

奶奶不让K叔跟青龙混,他根本不听。那几年,我们都觉得K叔完了,这样的日子不知道什么时候就到头了。他确实挣了不少钱,开始往家里带女朋友,奶奶还没记住上一个,就又带回下一个。他在外面逍遥自在,奶奶在家提心吊胆。有一年,听说青龙受伤住院,奶奶吓得要死。那孩子胸口中了一刀,医院都放弃抢救了,他哥哥跪在医生面前,把卡一张张掏出来,求他们救活青龙。青龙的命实在是大,在医院住了半年又康复如初。

这期间他们群龙无首,K叔回到家里。他花完了挣到的钱,又开始跟奶奶要。毕竟年岁大了,他不再像以前那么强硬,开始懂得迂回。以往他要钱就是明摆着去赌博,现在他学会找理由了。那天奶奶同样在做饭,他愁眉苦脸地跟奶奶要钱,奶奶不理他。他有气无力地说,妈,我得病了。

啥病,牙疼还是拉稀。奶奶奚落他。

性病。他说,阳痿。

不要脸,当着小孩乱说。

真的,我不骗你。K叔尽可能让自己显得真诚一点,那天银龙带了个女人过来,人家都十分钟半个小时,我两分钟就不行了。他们都说我阳痿,说我以后生不了孩子。我不怕丢人,阳痿就算了,可生不了孩子怎么办,以后你咋抱孙子。

谁信你啊。

不信就算了。K叔说,将来我生不了孩子闹离婚别说今天没告诉你。张庄的那谁不就是这样吗,他要是早治肯定不至于绝后。

怎么治。奶奶就这么上套了。

去六郎庄,郎文芳一千块钱包好。

奶奶当即给了他钱,他拿着钱装模作样地喝了半碗粥,烫得直吐舌头,最后实在是等不及了,把没喝完的一股脑倒我碗里,活蹦乱跳地跑出去了。

青龙出院后,他们重出江湖,又跑广州去了。听说他们开发了新营生。那时很多人跑摩的,不少人买回来自己骑。他们偷摩托车,有时候也抢,趁人刚下车没来得及拔钥匙,冲人发射麻醉针,直接用沾了乙烷的湿布捂住嘴,致人昏迷后骑上车逃之夭夭。

村里很多人跟他们买车,K叔见那么多人都有车,也想搞一辆威风威风。他把朋友偷的一辆非常拉风的250运回来,在县城里组装,准备直接骑回来接受村人膜拜。他的车太过闪亮,恐怕整个县城都没有那么好的,路人侧目的同时也引起了警察注意,因为拿不出任何证件,被警方连人带车一起扣下来。

中午奶奶还接到他的电话,说马上回来,没想到下午就进了警局。那段日子奶奶愁眉不展,为了不让他坐牢四处求人。一个收了礼的小队长告诉我们,因为那天K叔不老实,他们在网上找到失车信息之后直接联系了案发地，案子将要移交广州方面处理。

青龙特地赶回来为他走动，让他咬紧牙关，不要招供，就说车是买来的。K叔当然没有招出任何人，讲义气是这些流氓起码的素质。在拘留所，人家用扳指敲击他的脚趾，说一个不字就敲红一片指甲。他的双足红到发紫，但他什么都没有说，再一次受到了流氓的广泛认可。既然不愿出卖别人，就只好委屈自己了，在中山的一处牢房，他度过了耻辱的十一个月。为什么是耻辱呢？因为出狱后，他同样什么都没有说。

他的名声本就不好，又坐了牢，奶奶更加担心他的婚事，怕他找不到媳妇。那时我刚上中学，学校里盛行写情书，因为作文写得还可以，不少朋友让我帮他们写，当然我也给自己写，奇怪的是帮朋友写的大多都成了，自己写的两封（分别给两个人）全都石沉大海，现在想来，或许谁写的并不重要，关键还是送情书的人。当时我没有认识到这一点，对自己的写作能力极为自信，见奶奶整天唉声叹气，我说不要紧，等K叔回来问问他看上了谁家姑娘，我帮他写几封情书就是了。奶奶明显不相信中学生的爱情，说你们那都是过家家，大人要结婚考虑的还是家庭。以我们的家庭条件，奶奶考虑来考虑去，越想越觉得K叔是必然要打光棍的了。结果呢，K叔刚出监狱里没几天就找到了女朋友，也就是我现在的婶子。

很明显，婶子就喜欢他流氓的一面，虽然后来也深受其苦。她跟我说，有一次他们在天桥上闹着玩，她在前面跑K叔在后面追，有人听到她的尖叫，多看了几眼。结果K叔跑过去打了人家一顿。他们哈哈大笑，像没事人一样继续在路上逛悠。不多久，一群人拿着钢管砍刀跑过来，原来他们惹到了广州治保会的成员。K叔见大事不妙，拉着婶子撒丫子就跑，等跑回自家地盘，两伙人干了一架。

就为这点事打得噼里啪啦的。婶子说。看得出来她讲起来还很激动，那种害怕而又刺激的场面无疑让人兴奋。当然，兴奋归兴奋，没有哪个女人愿意让自家男人整天在外打打杀杀，更何况他们这一行还有一个最让女人受不了，整天出入娱乐场所，声色犬马，酒地花天。她被他的流氓气息所吸引，又想让他只对自己流氓，所以只能让他离开那伙流氓。她怀孕之后，K叔在奶奶和所有家人的劝说下拜别罪恶都市，回归穷乡恶土。

K叔没有存款，日子过得很艰难，基本靠四处借贷为生。K叔不喜欢干活，整天活在赌桌，孩子出生那天也不例外，他坚持打完扑克才去看是男是女。他重回跟奶奶要钱的岁月，现在又多了婶子，两个女人每天被他搜刮得两手空空，平常度日都难维系。实在要不到钱，他就跟老婆吵架，吵架演化为打架，打架升级成冷战，婶子只能赌气跑回娘家。刚刚组建的家庭看起来风雨飘摇，随时有一拍两散的可能。连我都忍不住担心，怕他们万一过不下去分开了奶奶不知会气成啥样。

一天晚上他们又吵起来，孩子发烧，K叔犯懒，不愿意带她去看。奶奶唠叨，婶子哭诉，他打了婶子，奶奶打了他。最终还是我出面劝说，他才找到台阶，答应在我的陪同下带孩子上街看病。在路上我语重心长地教育了他，让他不要老打老婆，很多女人都是这样跑掉的。黑暗中他笑了一声，说你不懂，女人就得狠打。

现在我倒是有些懂他了，虽然打骂解决不了问题，起码能让自己好过一点。当然，我必须申明，这里的懂他不是懂他的道理，而是懂了他的无能。面对真正的爱与期望，他也有无能的时候。

在家几年，K叔借遍了要好的亲友，卖光了成材的大树。等儿子出生，他更穷了，逢年过节只能借钱度日。兄弟们开始嫌弃他，觉得他好吃懒做，一个人都是累赘，又搞出这么一大家子。他时常提起在外逍遥的日子，埋怨这个家把他拴住了。青龙给他打过几次电话，说广州永远有他一席之地。他按照奶奶教的托词说不混了，要在家照顾妻儿。青龙很轻蔑，说不混怎么养老婆，我不混能有四个老婆吗。说起来青龙确实厉害，他的四个老婆住在同一小区，按照风水大师的建议布置在不同的楼层与方向，以便为他保命招财。从他上一次遇险的情况来看确实有些作用，至于招财，没有人知道他有多少钱，给他卖命的兄弟也是像打工仔一样靠干活拿工资。上次K叔入狱，他回来疏通关系，因为出钱太少，我爹兄弟几个在街上跟他干了一架，第二天他就扔下这个烂摊子走了。家里人都说他不讲义气，K叔虽然照旧为他辩解，似乎还是有了一些芥蒂。十三条龙之中，K叔跟银龙关系最铁，银龙和青龙是叔伯兄弟，原本一起在广州打天下，后来银龙悄悄退出，回乡创业。对外他们没有闹掰，银龙私下跟K叔抱怨青龙不够意思。结合过往种种，K叔对青龙的盛情邀约就稍显犹豫了。事实证明他们离开得非常及时，不多久青龙就出了事。

那年春天K叔一共接到了两个工作邀约。第一份工作由岳丈提供，他们在宁波当清洁工，希望K叔也带妻儿过去，这样也不失为一种团圆。作为一个曾叱咤街头的混混，突然化身为扫大街的清洁工，这样的落差让K叔难以接受。他一口回绝，继续等待好机遇。身无一技之长，想挣大钱又不想太辛苦，哪有这等好事呢。就在此时第二份offer不约而至，青龙在电话那头兴奋异常，告诉他有一单大活，用不了一个月就能挣二十万。K叔问干什么，他说保密。K叔有点生气，说那就不干。青龙神秘兮兮地说不干我也不能告诉你。

挂掉电话K叔又后悔了，想想可是二十万啊。第二天他再打过去，说不管那是什么，算我一份。青龙当天下午打来路费，他收拾行李准备上路，遭到了新老两代女性的一致反对。奶奶一听到广州就头大，更别说青龙了。婶子呢，宁愿他是个穷鬼，也不愿他去鬼混。奶奶扔了他的行李，婶子撕了他的车票，两个孩子趴在地上哭个不停，这些都不能阻断他的脚步。他推开奶奶，打倒婶子，一意孤行。这时候奶奶解开了腰带。她的腰带是两根布条组成的，一根红色一根黑色，她把红色的那根扔给婶子，威胁K叔说，你要是敢出这个门，我们娘俩就吊死在门框上。

K叔哭笑不得，他对婶子说，赶紧把腰带还给咱妈吧，别让她再老提着裤子了，车票都被你们撕了，我还能去哪呢。

半个月后从山西传来消息，青龙伙同其他三人绑架煤老板的儿子未遂，作为主犯获刑十四年。K叔大吃一惊，由衷感谢老娘与妻子的劝诫，同时听从她们的建议举家赶往宁波，做了一名不太合格的清洁工。

没怎么出过远门的奶奶跟他们一道，在出租屋里帮忙带孩子。那时他们已然山穷水尽，家徒四壁，年纪轻轻过着比孤寡老人还穷的日子。为了应聘上岗，岳丈资助他一千块打点了关系。

第一年春节他们没有回家，第二年我为了看望奶奶从北京过去，和他们生活了差不多一个月。我第一次看到了K叔老实干活的样子。

他们租住在十多平方米的平房里，屋里摆着三张床，一张床堆放杂物，两张床用来睡人。我和K叔挤在一张床上，忍受着彼此的臭脚。

婶子打着两份工，每天早上五点半帮人卖早点，到八点，回家简单吃点饭，九点准时赶到酒店当服务员，一直工作到晚九点。K叔算是国家聘用人员，说是干满十五年可以转正，到时就有退休金了。我问他有没有打算干满十五年，他笑了一下，说这活太累了，根本不是人干的。他需要打扫一条繁华的步行街。因为送的钱多，人家给他分了个好路段，工资倒不比别人高多少，主要是垃圾多，对于清洁工来说垃圾就是金钱。这样虽然累一些，每个月捡来的垃圾也能卖出一些钱。

因为地处要处，必须保持路面整洁，环卫局经常突击检查，看不到人就要扣钱。沿街全是密密麻麻的小摊，卖水果的、卖小吃的、卖衣服鞋子的。K叔穿着橘黄的马夹，一手扫帚一手铲斗，在熙熙攘攘的街道上来回移动，不间断地捡起增生的杂物，除了塑料瓶和纸壳，别的他一概恨之入骨：油腻的竹签、新鲜的果皮、肮脏的手纸，甚至只是简单的一口吐沫都能让他火冒三丈。人群聚在一起，仿佛就是为了制造垃圾，刚捡起一个又扔下两个，刚扔下两个又倒掉一堆。我不知道他是怎么忍过来的，在那条街上干了两年多，居然只打过四五架。

第一架是和卖麻辣烫的，干了差不多半年之后，他突然开窍，觉得可以向这些源源不断制造垃圾的小贩收点钱，他称之为垃圾处理费。他要的不多，视垃圾制造量一个月收三到五十块不等。一开始大家当然不交，他决定拿卖麻辣烫的开刀，那是一对青年男女，他们的生意最好也最能制造垃圾。

K叔过去收钱，男青年问凭什么，K叔不善言辞，只能打他。女青年挡在K叔面前，说你收钱得到国家批准了吗。K叔不知道如何反驳，只好连她一块打了。后来我教他，你应该跟他们摆事实讲道理，她问你收钱得到国家批准了吗，你就问她摆摊有没有国家批准，扔垃圾有没有批准。婶子很赞同，说就是，还是欢欢念过书脑子好使。

讲理有个屁用，K叔很不屑，你把老天爷讲下来有人给你一毛钱吗。

不得不说，K叔虽然没念过书，却深谙杀鸡儆猴之道，他说这一架打得越狠，后面的人给钱越痛快。其实我也没有使劲招呼，两个年轻人出门在外也不容易，说不定还是私奔到这来的，用电视里的话说叫因为爱情，我只是虚张声势，先把摊子砸了，这一下油水乱溅，把人都吸引过来，然后再把那个男的撂倒，抓着头往地上一磕，让他见点红，这样大家害怕了，目的也就达到了。

男青年只是略微受了点伤，他们是非法摊位，报警也是不了了之。他们两天没有出现，摊位马上被人占了。第三天女青年推着车子出来，发现已经没了自己的位置，她正和那个卖水果的老头理论，K叔把老头的车子推到街上，让他从哪来的还回哪去。老头讪笑，我还以为他们被你打跑了呢。女青年轻声言谢之后，掏出五十块递给K叔，K叔接过来，然后挨家去要，靠着这项发明，他每个月又多了些除垃圾之外的进账。

真正老老实实挣钱，你才知道钱有多难挣——K叔有感而发。

他们夫妻二人勤勤恳恳，每天早出晚归，一个月加起来还挣不了一万块。

K叔突然之间变得无比吝啬，婶子买双丝袜都得跟他打报告，而且大多数情况他都不予批准。婶子挣的比他多，每个月都要把工资上交，他再装模作样地交给奶奶，然后钱就冻结了，再也拿不出来了。作为一个80后，婶子还是很赶时髦的，她平常喜欢上QQ，希望买一台电脑，K叔连字都不认识几个，当然不同意。后来他们买了个DVD播放器，每天听最流行的歌曲，看最暴力的电影。我过去时带着用稿费刚买的电脑，里面有还没来得及删掉的《斯巴达克斯》第一季，在为K叔下载了所有甄子丹的新电影之后，有一次电脑自动播放到《斯巴达克斯》，他马上被这些杀人不眨眼的大个老外所吸引，在看不懂字幕的情况下硬生生看完了一整季的剧。每当人头飞起、鲜血四溅，他都大呼过瘾。看了十几集，他也搞不太懂斯巴达克斯是干什么的，为什么每天打个不停，他只是纯粹喜欢看这些大汉打架。以前他觉得甄子丹是中国最能打的男人，现在他不得不正视这些老外的实力。后来我告诉他演斯巴达的那个演员得癌症死掉了，他还着实惋惜了半天。

在狭小的出租屋里，我的电脑为他们带来了不少乐趣。大年夜里，有贼溜进来，偷走了我们的电脑和手机，连同K叔口袋里还没焐热的工资。那天环卫局局长请K叔和我去酒吧蹦迪，我们都喝醉了，差不多十二点才回来。奶奶和婶子经过一天的工作同样疲惫不堪，有时候K叔早上赖床，奶奶会代替他去打扫，她瘦小的身体裹在K叔宽大的工作服里，像个小小的幽灵一样出没于人群之中。局长很器重K叔，不然也不会把他安排在那么繁华的街道上。有一次他从车上下来，看到在街头忙碌的奶奶，突然流出了眼泪，奶奶正要上前跟他解释K叔为什么没来，他钻进车子走了。后来他找到K叔，说别再让你老娘干活了，她年纪太大了。K叔连声答应，只是仍会犯懒，奶奶心疼他，总是趁早晚没人的时候帮他出工。后来局长仍不时碰到这位让他感伤的老人，但他没有戳穿，算是默认了这对母子组合。

那天K叔跳了各种舞，蹦得没有一丝力气，我们回到家，大家都睡了。K叔的疯劲还没过去，他打开DVD，调大音量，放一首强劲的舞曲，把大人孩子全都吵醒。他在两张床之间蹦来跳去，亲吻婶子，戏弄孩子，拥抱奶奶，大家被他闹得睡意全无。奶奶一面骂他，一面也受到欢乐氛围的感染，和孩子在被窝里说笑。这两个孩子在狭小的出租屋里待了两年，每一天，大人把他们锁在屋里去上班。姐弟俩在昏暗的屋子里看喜羊羊，等待大人回归。有一次我和K叔吃完饭没有收起桌上的黄酒，我那位年仅三岁的小堂弟像喝水一样一杯又一杯，等到奶奶回来，他已经醉得不省人事。

闹到后半夜，我们都睡了，狭小的屋子里挤满了疲惫的灵魂，迎来了以逸待劳的贼。贼很细心，拿走了所有他认为值钱的东西，连我刚买的袜子都没放过。

凌晨五点，婶子起来去上班，突然就找不到昨夜脱下的衣服。她打开门，看到所有人的衣服都堆在门边，其中的钱物被搜刮一空，K叔的诺基亚因为太过破旧被丢在一旁。我发现床头柜子上的电脑不翼而飞，枕头下的手机还在，我把手机掷在地上，骂了句脏话。让我生气不只是丢掉电脑，而是里面没来得及备份的小说与照片。

奶奶埋怨K叔，说他把大家搅得精疲力尽，贼进了屋子竟然全睡得跟死猪一样。K叔自知理亏闭口不语。奶奶一口咬定是原本在同一个院子的安徽老头所为，他是一个职业盗贼，前几天刚刚搬走，但仍会不时回来勘探地形。奶奶一边骂这个老头，一边捎带着说起一件往事。这个死老头子，什么都偷，有时候院里光自行车就六七辆，都是他偷来的，还有乱七八糟的书包本子什么的，估计是偷学生的。他给了妞妞几本花书看，我又让妞妞还回去了，我怎么能让孩子玩偷来的东西呢。娘哩个×，这个死老头，什么都偷，谁家的东西都偷。我早就说了，这个老头不得好死。他连一个院的都偷，隔壁卖米花糖的山东老太挣钱那么辛苦，整天在锅里熬糖稀，热得睁不开眼睛，那天晚上睡觉没锁门，第二天枕头底下的三千多块钱就没了。把老太太心疼得，哭得要死要活，连米花糖都不做了。我怎么也劝不住，两三天不吃不喝，眼看着老太太一个想不开就要蹬腿了，那个死老头躲在屋里不敢出来，我说你们都是干这一行的，是谁干的你跟他说说，老太太挣点钱也不容易，能不能还一点回来。他说，我咋会知道，这种进屋偷的都是高手，谁知道咋回事呢。到了第二天他又改口了，鬼鬼祟祟地去安慰老太太，说兴许你的钱没丢呢，兴许你放别的地方了呢？你看那个空油罐子，你们不是都喜欢放那里面吗。老太太只顾着哭，也不理他，说我放的钱我还不知道吗。他把油罐子挪到老太太跟前，说人老了，记忆靠不住了，你就敢确定不在这里边吗。他打开罐子，递给老太太。老太太眼一下直了，从油腻腻的罐子里拿出个透明塑料袋，里面包的全是钱，一数，不多不少，连零头都对。还真在里面。老太太高兴得要死，完全没想到这里面有鬼。她直跟老头磕头。我看出来了，这个死老头还没有坏透——不过也坏得差不多了，这个老不死的……奶奶及时把情绪从往事中拉回来，继续保持愤怒。我和K叔本来还挺沮丧，一听她这么说马上有了针对，我们穿好衣服，要去找这老头算账，奶奶一看又着急起来，死活拉住不让去，说老头肯定把赃物都转移了。

为了不让奶奶担心，我们假装不去，等她和婶子去上班了，我们把熟睡中的孩子锁在屋里，于晨光中找到老头的新居。里面亮着灯，K叔要去踹门，我拦住他。我们从贴了报纸的窗缝中往里看，那是一个瘦小的老头，坐在单人床上，正从一个廉价的女士皮包里分拣有用的东西。纸巾和化妆盒被扔到一边，一个小巧的卡片相机得到重视，在枯干的手中被一双浊目擦亮。我示意K叔可以踹门了，一声闷响激起一个哆嗦，击飞了枯手中的一台相机。老人惊慌四顾，条件反射地把皮包塞到床下，用被子盖住床上的杂物。

K叔都把门踹烂了还没踹开。老头从里面喊别撞了，我帮你打开。我们走进几乎完全碎掉的门，才发现里面上着好几道锁。那些锁式样繁杂，估计也都是偷来的。不得不说，老头作为一个小偷很有安全意识，只是他似乎完全没有想到，门和锁是相辅相成的，锁再多，还是没办法改变门的薄。当然，这个道理我没跟他说，估计他也用不上。

老头看到K叔先是一惊，但马上若有所悟，说被偷了吧。K叔一脚把他踹倒在地，我让你偷。老头吃力地爬起来，背靠在床上，说你能不能让人把话说完。

"说，把东西都藏哪了。"

"真不是我啊。"老头咳嗽不已，看起来伤得不轻，K叔那一脚正中胸口，"打早我就知道，你们家来了个带电脑的年轻人，你说我知道的事别人能不知道吗。我是打过主意，可也就是想一想，比起那点钱我还是更想要命。我也出活了，你看——"他从床下拽出那个女包，"就这点收获，住出租屋的都是穷鬼，能有多少油水可捞。我爬了栋楼，才搞了这么个玩意，看着挺好，里面全是没用的东西。"

"谁干的，"K叔说，"告诉我。"

"我哪知道，"老头苦笑，"你也在道上混过，你知道规矩，我就是知道也不能跟你说。"

"是这样，"K叔突然严肃，点了点头，"敬你是条汉子，以后别去那个院子了。"

老头连连称是，K叔转身欲走，这时候我多嘴说了句且慢，没想到造成了后面没法收拾的局面，虽然我的电脑回来了，虽然婶子的手机回来了，虽然K叔的工资回来了，我想，我们宁愿牺牲掉这些也不愿意看到这种局面。

"你可以不说是谁偷的，"我对老头说，"但能说一般偷了电脑到哪儿卖吧。"

"电脑，"老头说，"我只偷过一次，我偷得最多的还是手机，不过都一个卖法。"

他告诉我们一个地方，那是一家电脑修理铺，在一条幽深的小街里。我在那蹲了一整天，傍晚时一个男人拿着我的电脑包出现在街道一头，我用手机拍了照。等他从修理店出来，我尾随他回家，在门前做了标记。晚上我带K叔找到那里，在那家门前停下之后，K叔脸上的表情复杂起来，"你确定没搞错"。K叔像一个明知道要溺死的人抓住一根救不了命的稻草那样问我。

"有照片为证。"我给他看了手机里的照片。他爆发了,冲进屋子,直接叫了那个人的名字:

"文!你他妈竟然偷到我头上来了。"

他把那个矮小的男人从饭桌前拉出来,一脚踹到墙上,小个子文刚开始还辩解,一通拳打脚踢之后只好默认了。他的妻子没有哭叫,十分冷静地站在门前,说打吧,打死这个杀千刀的。我搞不清状况,不知道他们怎么竟是熟人,当然我很快知道,小个子文不只是K叔的熟人,还是媒人,还是他的连襟,就连K叔来这里工作都是他极力主张的。大家都知道他手脚不干净,谁能想到他连自己亲人都敢染指呢。后来他好几次跪在K叔面前认错,说不是故意要偷他工资,原本只是想偷电脑,没想到一下看到那么多钱,脑袋一热就没控制住。虽然他偷走了婶子心爱的手机,婶子还是原谅了这位姐夫哥。K叔完全没办法接受,第二年就不顾劝说辞掉工作回了家。

这里关于小个子文多说两句,他不久前和老婆离了婚,他的儿子大个子斌斌在街头和人打架,被货车压断了双腿。斌斌本来也是一条好汉,不知道以后该如何过活,那天K叔没轻没重修理他爸爸时,他实在看不下去,就拿起门前掉漆的灭火器,先是喊了一声OK,等K叔回过头,他一下把他打倒了。在这群亡命之徒面前,我实在不知道该怎么办,差点没忍住丢下K叔一个人逃之夭夭。小个子文靠在墙上流着血,看着同样流血不止的K叔,他喃喃着该怎么办,大个子斌斌没有扔下灭火器,看样子还想再来一下。我畏畏缩缩地走上前去,把手机举起来,"你们难道想杀人灭口吗,我可已经报警了"。

"灭你妈的×,"大个子斌斌骂道,"赶紧送他去医院。"

他推出摩托车,我们一起把K叔送到医院。K叔在途中醒了,他对大个子斌斌说,你他娘的,实在是太猛了。

从宁波回到家,K叔说什么也不愿再回去,在家简单过了个年,输掉了三分之一的积蓄,等到打工的人三三两两地离开,他茫然四顾,又一次不知该干些什么。一直待到春天,银龙给他出了个主意,让他去云贵两省经营抓娃娃机,这是银龙以前的营生,机器里放点毛绒玩具香烟饮料什么的,摆在超市门前,诱使人们把手头的硬币投进去,以小博大。这个营生还算挣钱,需要投入两三万块买设备。一听到这个,奶奶就阻拦,当然她说的话一般只对十岁以下儿童有用,尽管她有一百个不放心,K叔还是带着那点辛苦钱上路了。在那些多雨的城市,K叔每天驾驶摩托车往来于湿滑的山道上,收集各个机器里的硬币。

他把钱一块一块地挣回来,在那陌生的、山水险恶的地方,不光要跟同行抢地盘,还要对付地头蛇的骚扰。因为老也抓不到娃娃,有人往机器里乱塞东西,有人直接砸烂玻璃哄抢一空。K叔出人意料地学会了修理这些机器,这在家里成了个重大新闻，一直以来，他只会毁灭，没想到竟然也能耐着性子修好那些铁皮玩具。一年辛劳，他挣了差不多十几万，其中三万块打麻将输掉了，五万块借给银龙搞房地产，春节回家又输掉了七八千，不管怎么说，他终于有了存款。第二年他又过去，生意开始走下坡路，人们的新鲜劲过去了，没有人再玩这个。一年时间，他带着这些机器辗转于云贵两省大部分城市，再也没有一片处女地可供开采。后来他试着去天津、山东等地，全都无功而返。没办法，他只好跟着我爹去当了一名建筑工人，在烈日之下进行高空作业。他受不了这份辛苦，没干多久就跑回家去了。婶子又回到宁波做起酒店服务员，因为政府对公款吃喝的打压，她的工作也大不如前。后来K叔还过去当了一阵保安，很快也不了了之。那么多营生，他能干好的一向很少。听说他已经办下护照，明年兄弟四人将一起奔赴俄罗斯做建筑工人，对了，还有我的兄弟，除我之外家里所有的成年男人，要共赴异国掘金。俄罗斯，我们强大的邻居，希望他们能在那里有所建树吧，也依照奶奶的希望，祝愿他们工作顺利，平安。

今天是大年初四，我在北京，他们在家，想必又像往年一样喝酒打牌，不亦乐乎。只是在家的时日已然不多，马上就要和家人分离了。去年春节，我回家待了一个月，一家人坐在院子里晒晒太阳，喝喝小酒，打打麻将，干着这些，K

叔别的也没耽误，一个月时间，他又打了好几千块的架。

第一架赢得了所有村人的赏识。在赌桌上打架已经沦为常态，那天外庄的几个年轻人赢得多了点，有人说他们出老千，K叔拿起一个条凳扔过去，年轻人被打破了头，赌场老板赔了七八百块的医药费。对方报了警，老板又交了几千块的罚款，他们哭丧着脸，说K叔害苦了他们。大家不同意这个说法，有人在你们的赌场里出老千，OK替你们出头，你们应该感谢才是。

第二架让人哭笑不得。大年初二那天他们兄弟四人结伴去外婆家做客，奶奶一向不喜欢他们四人凑一块，一凑一块就会喝醉，一喝醉就会闹事。这一天同样不例外，四人大醉而归，走到半路我爹的三轮车没油了，大家只好下来推。趁他们推车的当，K叔走到路边撒了泡尿。旁边正好是一户人家，门前聚集了一群闲聊的女人，眼睁睁看着K叔冲她们撒尿，女人们很不乐意，尤其是户主，那位五十来岁的女人说起来和我们家还有点沾亲带故，只不过拐的弯太多，年轻人根本不知道。她一边骂一边拿土块丢K叔，K叔觉得她烦，上前把她打倒了。她的两个女婿从屋里出来，把K叔打倒了。我爹兄弟几个又跑过去，把那两兄弟打倒了。这样胡乱打了一通，最后叫来了警察。

K叔觉得自己混得不错，叫了不少兄弟去警局，没想到那个妇女混得更开，叫来的车比K叔还多。既然双方都有人，只能比谁家的人脸面大了，比了半天没搞清楚，最后妇女的小女婿从市里打了个电话，于是高下立判，K叔道歉，外加赔偿三千块精神损失费。

他觉得很没面子，好几天不愿回家，一回来，奶奶就骂了他一顿，"你尿的是金子吗？一泡尿就三千块，你咋不跑天安门城楼子上尿去"。

奶奶虽然表面骂他，还是为他平安归来松了口气。K叔就是这么不让人省心，总是干一些比孩子还离谱的事。除夕夜我打电话回家，他告诉我，所有手续都已办好，过完十五就要出国了。我说到了俄罗斯你就不要打架了，那里的男人长得比较高大，你是绝对打不过的。他笑笑，说是，咱是去挣钱，又不是去玩。

后记

所有故事都是人活出来的

没有人不爱听故事,爷爷在我九岁时去世,我已经记不清他的样子,他在灶前给我讲鬼故事的情景倒是像幅世界名画,一直印在我记忆深处。那些似是而非的鬼事,放学路上的鬼火,祖爷爷夜归时芦苇丛中窸窣的鬼影,好像我也经历过这些一样历历在目。人都是来来去去的,能留下来的,永远是生命中最动人的时刻。这些故事被反复讲起,即使变得面目全非,我相信最本真最值得讲述的地方依旧保留其中。这样的故事不是小说,是用生命活出来的。

当初讲故事的人变成故事里的人,我知道,世界又更新了一次。你看,我也长大了,记忆经过时间的洗刷去芜存真,故人离世的消息传来,脑海中首先浮现的不是他的脸,而是他作为一个人最经典的时刻,或是一件趣事,或是一件坏事,或者仅仅只是一个习惯性动作、一个没有太多意义却十分美好的场景。比如一个远房姑妈的英年早逝,我想起的是她抱着一摞《还珠格格》欣喜若狂的样子。她说这下可以尽情看个二十遍了，我相信她一定看得很快乐。

我在农村长大，熟人社会，每个人都认识，后来我写小说，他们毫无疑问成为最直接的素材。在这一系列故事里，我没有用小说的方式处理，这不是说没有虚构的地方，我只是沿着真实的脉络处理素材，不去提炼主题，也不做评判。就像是画家的人物素描，不加任何色彩，我只是单纯想检验一下自己的记忆，检验一下我认识的这些人，他们留在我心里的样子。

于是我决定顺从心意，想到哪写到哪，不做任何结构上的处理。首先对我招手的是菊花，这个无论是形象还是经历都很传奇的女人。她高大漂亮，至今未嫁，总是待在一棵枣树下。那时候我太小，只是觉得好玩，也许是记忆太深刻，想到她就一股脑写出来，就像一个固定词组一样不假思索，不容置疑。这样的写作快感是写小说时很难遇到的。看过这个故事的人问我，她为什么不与男人同床？她是不是同性恋？这时我才被猛然一击，对啊，她为什么会是这样？大家总说她有病我就天然这样理解，竟然从未怀疑过。菊花现在还在，但我没有想要去问问她的欲望。她对我来说，只是童年时期一道美丽而神秘的风景。当我遵从记忆把她写出来，对于读者，她就变成了一幅抽象画，随你们怎么理解吧，她就是这样倔强而神秘的存在。

后面的人物也是这样，我在写作中或在写作后才发现问题。差不多把童年时印象深刻的人写尽后,我发现了一个规律,他们多多少少有一些不被理解的地方,有一些不同于常人的地方,我想这就是他们离故事比较近的原因。他们不同于常人的举止,就是最迷人的存在。把这些迷人之处写下来,如果读到它的人能在脑中留下一两个别样的风景,就像爷爷的故事留给我的那样,虽然没有经历过,但总也忘不了,那就是故事最美妙的地方了。一来我可以说,我有很好的讲故事才华,二来他们可以说,他们有很好的故事可供讲述。

把这些故事统称为"病人列传",没有任何不敬的意思,就像把自家的故事称为"Cult家族",也没有任何冒犯的想法。这是写作时的直观感受,或许这也可以从侧面反映出那个地方,那里的人们是怎样的生活状态。我不喜欢把故事讲得像社会调查,也不想过多阐释时代带给人的副作用,时代与命运,都藏在故事里,人逃不过环境的局限,却能活出千奇百怪的样子,这就是写作让我着迷的地方。

我是奶奶带大的孩子,她目不识丁,把一生奉献给家人,让人感觉不到她为自己而活的时刻。她不吃任何好吃的,不穿任何好看的,最大的娱乐可能就是和邻居说说别的邻居闲话。她生于一九四〇年左右,我一直有一个感觉,她或许是现今社会最后一代女奴,碍于受教育程度和家庭环境,她没有追求过自己想要的生活,以至于连追求生活中丁点欢愉的欲望都没有了,只是习惯性把家人的快乐当成自己的快乐。当我回忆起她，想到的都是如何对家人无私奉献，对邻居古道热肠，但也有一些小小的例外，比如她对动物，向来没有半点仁慈之心。在她的世界里，动物的生命同样是服务于人的，家畜给人吃，宠物给人玩，玩完还要给人吃。这多少让人觉得她有些残忍，拜她所赐，小时候我也没少祸害动物。现在呢，即使是蚊子，我能不杀就不杀，我对蚊子没什么感情，也不喜欢养猫狗这样的宠物，我只是单纯地下不去手。她就完全没有这些顾虑，她身上这种小小的残忍属性我当然不会苛责。有时候我会想，她是吃过树皮的人，她身上保持的最大善良就是不伤害同类。

到我的继母，她就没那么善良了，她绝对是一个坏人，一个极具暴力倾向的坏人。不管对自己的亲骨肉还是我，她打起来都毫不手软。她为什么会变成一个没有同情心的人，虽然基本无解，但多少有迹可循。她的娘家妈妈同样心狠手辣，打起人来不分青红皂白，却不像她这样完全不论亲疏。事实上，那个老太太除去对别人比较坏，对自己家人的奉献一点也不输我奶奶，因为比我奶奶能干，她奉献给家人的还要更多，只是因为儿女暴虐成性，她的奉献也没有落太多好。

所以我称这组故事为"Cult家族"，一个家族的暴力基因，是怎么继承和发展的，我不清楚。把这样的故事写下来，只是因为我活在这样的世界，痛并快乐着，即便暴躁无理如我的继母，我也很喜欢她。虽然现在我仍对她敬而远

后记：所有故事都是人活出来的

之，但只要不和她讲话，就对她一点恨意都没有了，是的，只要和她说话，她独特的语言方式还是会惹人生气。童年时她对我的虐待让邻里侧目，我发誓长大了要除之而后快。现在，我不知道怎么就背叛了童年的自己，对她完全恨不起来。我只是觉得幸运，在她的魔爪下平安长大，还没有成为一个变态。

这些故事说起来，读起来都不会太过轻松，我见过的喜剧并不多，但我喜欢喜剧。十来岁的时候，我把中央台一个节目的宣传语作为自己的人生信条，"快乐生活每一天"，应该是这一句，因为电视里面说，"快乐是一天不快乐也是一天"，那个时候天然觉得电视里说的都是真理。现在呢，我取自己名字中的一个字，篡改李白一句诗，把"人生得不得意都须尽欢"作为在各大社交网站的签名。为了显得萌，我喜欢把最后一个"欢"字写成很多个欢。这要感谢我的父亲给我取名叫欢欢，我很喜欢这个名字。并不是说我每天过得多快乐，或者要强行过得多快乐，我只是喜欢喜剧的方式。正如我用喜剧的方式写下这些基本都很难过的故事，我只是尽可能从无常的生命当中去发掘永恒的幸福和美好。所以我得谢谢这些给我深刻印象的人，是你们让我的记忆丰饶而又迷人，让我想说故事的时候，随时有故事可说。也谢谢你们，把自己的故事活得那么好玩。

图书在版编目（CIP）数据

驻马店伤心故事集 / 郑在欢著. -- 上海：上海文艺出版社, 2023
ISBN 978-7-5321-8340-1

Ⅰ.①驻… Ⅱ.①郑… Ⅲ.①短篇小说—小说集—中国—当代 Ⅳ.① I247.7

中国国家版本馆CIP数据核字(2023)第018641号

发 行 人：毕　胜
责任编辑：解文佳
特约编辑：赵　芳　罗丹妮
封面设计：蔡佳豪
内文制作：李俊红　李政坷

书　名：驻马店伤心故事集
作　者：郑在欢
出　版：上海世纪出版集团 上海文艺出版社
地　址：上海市闵行区号景路159弄A座2楼　201101
发　行：上海文艺出版社发行中心
　　　　上海市闵行区号景路159弄A座2楼206室　201101　www.ewen.co
印　刷：山东临沂新华印刷物流集团有限责任公司
开　本：850×1092mm　1/32
印　张：10.25
字　数：178千字
印　次：2023年3月第1版　2023年3月第1次印刷
ISBN：978-7-5321-8340-1/I.6582
定　价：52.00元

告读者：如发现印装质量问题，影响阅读，请与出版社发行部门联系调换。